mtb

Zum Buch:

Lainey Kline hat ein Ziel, bevor sie Melbourne für immer verlässt: sich in eine sexy Femme fatale zu verwandeln, auf den glamourösesten Maskenball der Saison zu gehen und ihren absoluten Traummann zu verführen. Und tatsächlich geht ihr Plan auf. Es gibt nur ein kleines Problem – eine köstlich heiße Nacht mit dem unwiderstehlichen Damien McNight ist ihr plötzlich nicht genug. Nun will Lainey mehr. Aber ein leidenschaftlicher One-Night-Stand ist eine Sache, sein Herz zu verlieren, eine ganz andere …

»Die Leserin wird in eine Welt von Lust und Leidenschaft entführt.«

Dailymail

Zur Autorin:

USA-Today-Bestsellerautorin Stefanie London hat für ihre prickelnden Romane schon mehrere Preise gewonnen, unter anderem den RITA-Award. Die gebürtige Australierin lebt mit ihrem ganz persönlichen Romanhelden in Toronto. Sie liebt guten Kaffee, Lippenstifte, Liebesromane und alles, was mit Zombies zu tun hat.

Stefanie London

Unmasked – Jetzt gehörst du mir

Roman

Aus dem Englischen von
Melanie Koster

mtb

MIRA® TASCHENBUCH

FSC MIX Papier FSC® C014496

1. Auflage: November 2019
Neuausgabe

Originaltitel: »Unmasked«

Published by arrangement with
HARLEQUIN ENTERPRISES II B.V./SÀRL

Umschlaggestaltung: zero-media.net, München
Umschlagabbildung: FXQuadro / Shutterstock
Satz: GGP Media GmbH, Pößneck
Printed in Germany
Dieses Buch wurde auf FSC®-zertifiziertem Papier gedruckt.
ISBN 978-3-7457-0045-9

www.mira-taschenbuch.de

Für Kanada. Danke, dass ich bleiben durfte.

1. Kapitel

Lainey Kline starrte die Schokoladentorte an, auf der in zittrigen Worten aus weißem Zuckerguss *Sorry, dass ich euch verlasse* stand. War ein Entschuldigungsdessert übertrieben? Subtilität war noch nie ihr Ding gewesen, und die Ankündigung, dass sie einen neuen Job an Land gezogen hatte – und von Melbourne nach London ziehen wollte –, vertrug ja schließlich einen besonderen Pfiff. Einen besonders *schokoladigen* Pfiff.

Ihre beiden besten Freundinnen, Imogen und Corinna, starrten sie an. »Du machst per Torte mit uns Schluss?«, fragte Imogen. »Im Ernst?«

»Ich mache nicht Schluss«, erwiderte Lainey und bemühte sich, eines der positiven Argumente anzubringen, die sie vor dem Spiegel geübt hatte. »Ich schlage euch einfach nur eine Fernbeziehung vor.«

Imogen schüttelte den Kopf. »Ein Monat ist *viel zu kurz*, um sich zu verabschieden.«

»Ich fasse es nicht, dass du es eine ganze Woche lang für dich behalten hast.« Corinna grinste.

Die drei saßen an dem Picknicktisch im Garten von

Corinnas Eltern. Corinna war zwar schon vor zwei Jahren ausgezogen, aber noch immer trafen sich die drei Frauen gern im Haus der Familie McKnight, vor allem im Sommer. Der üppige, weitläufige Garten stand voller einheimischer Bäume, die schillernd bunte Vögel wie Rosellasittiche und Rosakakadus anlockten. Normalerweise wirkte das Vogelgezwitscher beruhigend auf Lainey, doch heute nicht.

»Leicht war das nicht, das könnt ihr mir glauben.« Lainey beobachtete, wie die Bläschen in ihrem Sektglas nach oben stiegen. »Als ich den Flug gebucht hatte, wollte ich es am liebsten überall herumposaunen. Aber euch beiden musste ich es unbedingt gleichzeitig erzählen, und es ist so schwierig, eure Termine unter einen Hut zu bekommen.«

Bei Imogens langen Arbeitszeiten und Corinnas aktivem Sozialleben hatte es eine Woche gedauert, einen Tag zu finden, an dem beide Zeit hatten. Aber so hatten sie es sich geschworen – alle Neuigkeiten mussten innerhalb ihrer Dreierclique verkündet werden. Wenn niemand bevorzugt wurde, konnte das berühmte »Drei sind einer zu viel«-Problem gar nicht erst entstehen. Doch damit würde es bald vorbei sein. Lainey war vor lauter Sorge ganz flau im Magen. Sie war sich bewusst, dass ihre besten Freundinnen zwangsläufig enger zusammenrücken würden, sobald sie fort wäre, und hoffte, dass sie sie nicht völlig vergessen würden.

Darum die Torte. Jemanden, der sich mit Buttercremetorte entschuldigte, konnte man ja wohl kaum vergessen.

»Also, Stylistin der Stars, hm? Vielleicht frisierst du ja am Ende noch die königliche Familie.« Imogen rang sich ein Lächeln ab, aber ihre Augen schimmerten feucht. »Na ja, zumindest Prince Harry. Der gute alte Will hat ja kaum noch was. Der kann sich seine spärlichen Reste höchstens noch quer über die Glatze kämmen.«

»Ich bezweifle, dass sie mich in die Nähe der Royals lassen«, entgegnete Lainey, griff nach dem großen Messer neben der Torte und schnitt das *Sorry* mittendurch. »Außerdem werde ich eher mit Social Media zu tun haben.«

Lainey war Friseurin, seit sie an ihrem sechzehnten Geburtstag die Schule abgebrochen hatte. Jetzt arbeitete sie schon seit acht Jahren in dieser Branche, länger, als sie je zuvor irgendetwas durchgehalten hatte. Auf jeden Fall länger als ihre gescheiterten Laufbahnen als Tarotkartenleserin oder Werbe-Girl für Red Bull. Vor zwei Jahren hatte sie dann – gelangweilt und auf der Suche nach einem kreativen Ventil – damit begonnen, ihre Frisuren auf Instagram zu veröffentlichen. Innerhalb von einem Jahr hatte sie über eine Million Follower gehabt, und jede Menge Markenhersteller rissen sich darum, mit ihr zusammenzuarbeiten.

Und so hatte sie eine Stelle als Social-Media-Beraterin bei einem bekannten Promi-Hairstylisten in London ergattert.

»Der Vertrag läuft aber nur über sechs Monate, richtig?«, fragte Imogen und reichte Corinna ein Stück Torte. »Danach kommst zurück?«

»Ich hoffe, dass sie mich fest anstellen.« Die Endgültigkeit ihres Umzugs lag Lainey schwer im Magen.

»Wir werden dich natürlich vermissen«, sagt Corinna und warf Imogen einen Blick zu, »aber es freut mich für dich, dass du eine Möglichkeit gefunden hast, deine Leidenschaft zum Beruf zu machen. Klingt nach einer fantastischen Chance.«

Als die Spätnachmittagssonne langsam tiefer sank und Eukalyptusduft die Luft erfüllte, fragte Lainey sich, ob sie sich nicht besser einen anderen Ort für ihre große Bekanntgabe hätte aussuchen sollen. Hier gab es so viele Erinnerungen. Und so aufgeregt sie wegen ihres neuen Jobs auch war, beim Gedanken daran, ihre besten Freundinnen zurückzulassen, wurde ihr ganz schlecht. Als würde sich ihr Körper physisch gegen die Trennung von den anderen sträuben.

Es ist das Beste so. Du warst unglücklich, und ein Neuanfang ist genau das, was du brauchst.

»Ich freue mich ja auch für dich«, versicherte Imogen mit schon leicht schwammigen Worten. Die Frau war wirklich ein Leichtgewicht – zwei Gläser Sekt, und schon hatte sie einen kleinen Schwips. »Aber ich wünschte, du hättest *hier* einen so coolen Job gefunden.«

»Ich muss einfach weg.« Zu Laineys Entsetzen zitterte ihre Stimme.

Imogen runzelte die Stirn. »Weg wovon?«

Das Geständnis lag ihr schon auf der Zungenspitze. Zu gern wäre sie mit ihrem Geheimnis herausgeplatzt, aber was würde das bringen? Die Entscheidung war gefällt. Schon in einem Monat würde sie abreisen, und Lainey hatte es sich zur Regel gemacht, nie auf den negativen Dingen herumzureiten.

»Ich meine damit nur, dass es in Übersee mehr Chancen gibt«, erklärte sie behutsam. »Hier kann ich mich nicht weiterentwickeln. Marsha schien es nicht das Geringste auszumachen, dass ich gekündigt habe. Sie hält jeden für ersetzbar. Und es ist ja nun mal auch nicht so, als hätte ich eine Beziehung, die mich hier hält. Zum *Glück*.«

Lainey hoffte, dass Imogen wegen des Alkohols nicht bemerken würde, wie falsch ihre Stimme klang. Corinna zog eine Augenbraue hoch, hakte aber zum Glück nicht weiter nach.

»Jedenfalls seid ihr zur Verschwiegenheit verpflichtet«, fuhr Lainey fort. »Ich will es allen anderen selbst erzählen.« Sie sah den beiden fest in die Augen und lächelte, als sie nickten. »Ich möchte, dass die Leute es von mir persönlich erfahren.«

Das Bewerbungsverfahren für diesen Job lief zwar schon seit fast zwei Monaten, doch Lainey hatte niemandem ein Sterbenswörtchen erzählt, bis sie vor einer Woche den Vertrag unterschrieben und ihren Flug gebucht hatte. Irgendwie hatte sie nicht wirklich daran geglaubt, dass es klappen würde. Selbst jetzt noch kam ihr die ganze Sache ein bisschen unwirklich vor.

»Hast du eine ›Bevor ich meine Heimat verlasse‹-Löffelliste?«, fragte Corinna. »Es muss doch irgendetwas geben, das du vor deiner Abreise unbedingt noch abhaken willst.«

Nicht irgendetwas, sondern irgendjemanden. Laineys Umzug hatte genauso viel mit der Verwirklichung ihrer Karriereträume zu tun wie mit der Flucht aus ihrer aussichtslosen Situation in Melbourne. Sie hatte etwas Dummes getan. Idiotisches. Ungeheuer Dämliches.

Etwas, das sich eines Tages im Kapitel »Wie ich mich am liebsten selbst foltere« in ihren Memoiren wiederfinden könnte.

Im Laufe der Jahre hatte Lainey sich über beide Ohren in den einen Mann verknallt, der absolut unerreichbar war. In den einen Mann, der sie keines zweiten Blickes würdigte – Corinnas großen Bruder.

Und zusehen zu müssen, wie Damian McKnight heiratete, sich scheiden ließ und schließlich in der Fernseh-Kuppelshow *Australia's Most Eligible* groß herausgebracht wurde, hatte sie innerlich zerrissen. Ihr großer Traum, dass sich ihre Liebe erfüllte wie in ihren heiß geliebten romantischen Komödien, hatte sich in Luft aufgelöst. Und jetzt blieb ihr nur noch eine Lösung: Irgendwohin zu gehen, wo sie sich auf die wichtigen Dinge – wie ihre Karriere – konzentrieren und vergessen konnte, dass sie zu einem unglücklichen Liebesleben verdammt war. Weil sie den einen

Mann haben wollte, den sie nicht haben konnte.

»Das ist doch die perfekte Gelegenheit, mal über die Stränge zu schlagen«, sagte Corinna. »Du kannst hier anstellen, was immer du willst, und dann nach England abhauen, ohne dich den Konsequenzen stellen zu müssen. Es gibt doch garantiert jemanden, an dem du dich schon immer mal rächen wolltest. Vielleicht ein bescheuerter Kunde, der dir das Leben schwer gemacht hat?«

»Oder vielleicht sage ich einfach deinem Bruder, dass ich ihn scharf finde«, erwiderte Lainey augenzwinkernd. Corinna tat so, als würde sie sich die Finger in den Hals stecken, und alle lachten.

Es war ein Running Gag. Sowohl Lainey als auch Imogen hielten Damian McKnight für den heißesten Typen überhaupt – ein Prädikat, das normalerweise für die Hemsworth-Brüder und Prince Harry reserviert war. Aber darüber Witze zu reißen, war die einzige Möglichkeit, geheim zu halten, wie sehr Lainey sich zu ihm hingezogen fühlte – denn je mehr sie es übertrieb, desto weniger glaubten die beiden anderen, dass es ihr ernst wäre. So konnte sie ihre wahren Gefühle vor aller Augen verbergen.

Er war ihr Märchenprinz, ihr Mr. Darcy, er war Harry und sie Sally. Er war Danny und sie Sandra Dee. Der einzige Mann, der sie je wirklich gekannt hatte.

»Apropos Damian«, bemerkte Corinna, »wusstet ihr, dass er eine Karte für den Carmina-Ball abgegriffen hat?«

»Wow.« Imogen zwinkerte. »Der bescheuerte Verlobte meiner Schwester geht auch hin … ohne sie, wie ich hinzufügen möchte, was ja nun wirklich niemanden überrascht.«

Der Carmina-Ball war etwas, von dem Lainey nur wusste, weil sie im Internet die Ballkleider vom Roten Teppich bewundert hatte. Man kam nur mit Einladung hinein, und er war eindeutig den oberen Zehntausend vorbehalten – also nichts für einfache Friseurinnen wie sie.

»Angeblich kostet die Karte fünftausend Dollar«, fügte Imogen hinzu. »Fünf. Verdammte. Tausend!«

»Für die ist das bestimmt bloß Kleingeld«, sagte Lainey und verdrehte die Augen. »Trotzdem, Damian ist sicher aufgeregt, dass er eine Einladung bekommen hat.«

»Wer weiß das schon bei ihm?« Corinna zuckte mit den Schultern. »Der Kerl guckt dieser Tage ständig so finster drein. Ich habe ihm gesagt, er soll mal lieber vorsichtig sein – nicht, dass sich der Wind dreht und ihm diese hässliche Fratze am Ende noch für den Rest seines Lebens bleibt.«

Lainey prustete. »Ich würde ihn trotzdem vernaschen.«

Imogen verschluckte sich beinahe an ihrer Torte, als Corinna sichtbar erschauderte und sagte: »Ihr seid ja widerlich.«

»Er ist süß, Cori. Auch wenn ihr verwandt seid – das kannst du nicht abstreiten.« Imogen grinste.

»Wir reden jetzt *nicht* über meinen Bruder«, entschied Corinna. »Außerdem will ich wissen, was es da mit deiner

Schwester auf sich hat, Immie. Willst du mir erzählen, Richie Rich hätte es sich nicht leisten können, ihr eine Karte zu kaufen?«

»Er hat gesagt, es würde da nur um Geschäfte gehen und dass er das Geld lieber für eine romantische Reise mit ihr in irgendein schickes Resort in Thailand als für eine Karte zum Ball ausgeben würde.« Imogen verzog die Lippen zu einem für sie völlig untypischen, spöttischen Grinsen. »Aber *ich* glaube, der wahre Grund ist, dass er sie mit einer Frau betrügt, die dort sein wird.«

»Langsam.« Lainey hob die Hände. »Seit wann betrügt er sie denn?«

»Penny hat da etwas gesagt, das schon lange an mir nagt. Dass Dan jeden Monat für ein paar Tage zum Arbeiten nach Sydney fährt.« Imogen spielte an ihrem Perlenohrring herum. »Letzten Monat war ich mit ein paar Arbeitskollegen im Boatbuilders Yard in South Wharf etwas trinken, und da habe ich ihn gesehen.«

»Als er eigentlich in Sydney hätte sein sollen?«, fragte Corinna.

»Jepp, und ich hatte gerade an diesem Nachmittag noch mit Penny gesprochen. Sie meinte, er würde erst am nächsten Abend zurückkommen.« Sie biss die Zähne zusammen. »Ich wusste nicht, was ich tun sollte. Er war mit so einer Blondine da, und sie sahen aus, als würden sie flirten, aber in der Menge habe ich ihn aus den Augen verloren.«

»Hast du es Penny erzählt?«, fragte Lainey.

Imogen seufzte. »Ich habe es versucht, aber sie hat mir vorgeworfen, ich hätte ihn von Anfang an nicht ausstehen können. Sie wollte nichts davon hören.«

»Vielleicht ist er früher zurückgekommen«, meinte Lainey. »Er wurde vielleicht wegen eines Meetings zurückbeordert. Das Ganze könnte völlig harmlos sein.«

»Ich kann's nicht erklären …«, seufzte Imogen. »Ich weiß einfach, dass da irgendwas läuft. Ich bin mir *sicher*.«

»Und was willst du unternehmen?«, fragte Lainey.

Imogen zog ihr Handy aus der Tasche und rief ein Foto von einer Frau mit einer Maske auf. Die Maske war roséfarben und mit rosa Schmucksteinchen besetzt. Im oberen Rand steckten weiße Federn, und zu beiden Seiten hingen hauchzarte Ketten aus Roségold in eleganten Schlingen hinab.

»Bist du das?«, fragte Lainey, und Imogen nickte. »Ich verstehe nicht ganz.«

»Ich werde mich auf den Carmina-Ball einschleichen. Dann werde ich ihn in flagranti erwischen und dafür sorgen, dass meine Schwester nicht mit dem falschen Kerl vor den Altar tritt.«

Lainey sah sich das Bild mit zusammengekniffenen Augen an, fasziniert von dem aufwendigen Design aus Edelsteinen und Perlen. Es war unmöglich, Imogens Gesichtszüge auszumachen. Noch ein bisschen dramatisches Make-up und eine Perücke oder eine andere Haarfarbe, und niemand würde sie erkennen.

»Du spinnst«, sagte Corinna und schüttelte den Kopf. Ihr Handy summte, und sie schnappte es sich vom Tisch. »Sorry, Ladys, das ist Joe. Da muss ich rangehen.«

»Hi, Joe!«, riefen Lainey und Imogen im Chor, als Corinna den Anruf entgegennahm, und brachen in Gelächter aus, als Corinna die Augen verdrehte und ins Haus ging.

»Und schon sind wir abgemeldet«, sagte Imogen und griff nach ihrem Sektglas. Dabei schwappte ein bisschen über den Rand. Heute Abend würden sie *definitiv* mit dem Taxi nach Hause fahren.

»Er scheint echt ein netter Kerl zu sein«, bemerkte Lainey. »Sie hat jedenfalls mehr Glück als ich, so viel ist mal sicher. Ich hatte schon seit Monaten kein Date mehr.«

Imogen lachte. »Also besser gesagt: Dein Leben wurde schon seit Monaten nicht mehr unnötig verkompliziert.«

»Ich dachte, du hörst immer gern von meinen Dating-Desastern.« Lainey grinste und kratzte ein bisschen Zuckerguss von den Überresten der Torte. Ihre Botschaft war jetzt nur noch ein unleserliches Durcheinander. »Zumindest haben die immer großen Unterhaltungswert.«

Desaster war auf jeden Fall die richtige Bezeichnung. Während Corinna immer nur süße, anständige Männer abbekam, landete Lainey ständig in den schrägsten Dating-Situationen, die man sich nur vorstellen konnte. Sie war mal mit einem Typen ausgegangen, der sich als so alt wie ihr Vater entpuppte, außerdem mit zwei Ex-Knackis und mit einem Zirkusartisten, der ihr am liebsten dabei zusah, wie sie mit nichts außer zwei unterschiedlichen Socken bekleidet herumlief.

»Auf irgendwie masochistische Art und Weise ... ja, ich geb's zu.« Imogen schob sich mit der Gabel einen Happen Torte in den Mund.

»Wieso ist das masochistisch?«

»Weil mir klar ist, dass ich wieder die Scherben aufsammeln darf, wenn es schiefläuft.« In Imogens Augen funkelte es, dann lächelte sie amüsiert. »Was war damals, als dieser Typ wollte, dass du mit ihm in die Hippie-Kommune in Nimben ziehst? Ich hab dir gesagt, du sollst nicht mit ihm gehen.«

»Ich bin ja auch nicht mit ihm gegangen ... na ja, zumindest nicht ganz.« Lainey biss sich auf die Lippen, um sich das Lachen zu verkneifen.

Gut, dann war Imogen eben normalerweise die Stimme der Vernunft. Was ihren Plan, sich auf den Carmina-Ball zu schleichen, umso interessanter machte. Denn wenn Imogen sich irgendetwas vornahm, selbst etwas so Verrücktes, dann hatte es Hand und Fuß. Sie würde einen handfesten Plan parat, sämtliche Eventualitäten abgewogen und alle notwendigen Einzelheiten ausgeklügelt haben.

»Ich bin den ganzen Weg bis zur Staatsgrenze gefahren, um deinen Hintern wieder nach Hause zu schleifen«, sagte

Imogen und verschränkte die Arme. »Und was war dieses eine Mal, als du mit diesem Kerl mitten im Nirgendwo zelten gegangen bist und er dann verhaftet wurde und dich da draußen hat sitzen lassen?«

»Ich wusste doch nicht, dass das Auto gestohlen war.« Lainey zuckte mit den Schultern. »Außerdem bin ich mir ziemlich sicher, dass mir in diesem besonderen Fall Damian aus der Patsche geholfen hat.«

Imogen kicherte. »Wenn man vom Teufel spricht.«

Lainey warf abrupt den Kopf herum. Das Objekt ihrer Fantasien stand im Türrahmen. Damian McKnight in all seiner Pracht. Ein Anblick, bei dem Lainey ein Ziehen zwischen den Beinen verspürte. Er trug eine verwaschene Jeans, die sich perfekt um seine Schenkel schmiegte. Sein blau kariertes Hemd stand am Kragen offen, und er hatte die Ärmel hochgekrempelt, was Laineys Blick auf seine samtige, olivfarbene Haut lenkte.

»Was redet ihr da gerade über mich?«, fragte er argwöhnisch, während er näher kam.

Wie üblich schenkte Lainey ihm ein zuckersüßes Lächeln, das er nicht erwiderte. Er besaß zwar anbetungswürdige Oberarme und absolut umwerfende Augen, aber Damian McKnight war eine absolute Spaßbremse. Mr. Stock-im-Hintern hatte sie ihn einmal genannt.

Es war ihr wirklich ein Rätsel, wieso sie seine Ernsthaftigkeit so verdammt anziehend fand.

Früher war er mal witzig und locker gewesen, bevor Jenny ihm das Herz in eine Million kleine Stücke gebrochen hat. Vielleicht musst du ihm einfach nur zeigen, wie er wieder Spaß haben kann …

Aber klar doch. Damian hatte sich immer so verhalten, als wäre sie ein lästiges Insekt, das ihn umschwirrte und sich ihm aufdrängte. Das dort herumhing, wo es unerwünscht war. Und dann diese Sache in dem Jahr nach seiner Scheidung. Als sie betrunken gewesen war und versucht hatte, ihn zu küssen. Da hatte er ihr deutlich zu verstehen gegeben, dass er sich nicht darauf einlassen würde, obwohl er ihr den ganzen Abend über Blicke zugeworfen hatte. Sie war damals einundzwanzig und sich voll und ganz im Klaren darüber gewesen, was sie von ihm wollte.

»Wir haben in Erinnerungen an ein paar von Laineys denkwürdigen Dating-Erlebnissen geschwelgt«, antwortete Imogen.

Damian schmunzelte. »Wie das eine Mal, als du bei diesem Anwaltstypen aus dem Fenster klettern musstest, weil seine andere Freundin früher nach Hause kam?«

»Er hatte mir erzählt, er wäre single«, protestierte Lainey und griff nach ihrem Glas. »Ich wäre *nie* mit ihm ausgegangen, wenn ich das gewusst hätte.«

Er schüttelte den Kopf. Das tat er oft in ihrer Gegenwart … eigentlich taten das *alle*. »Wo steckt euer dritter Musketier?«

»Drinnen und telefoniert mit ihrem Loverboy«, erwiderte Lainey.

»Und was ist mit dir?« Er musterte sie. »Irgendwelche neuen Opfer in letzter Zeit?«

Lainey trank den Rest ihres Sekts aus und versuchte, so zu tun, als hätte sie seinen glühenden Blick nicht bemerkt. Damian beherrschte den »Blue Steel«-Blick perfekt, und sie wusste genau, dass Frauen in ganz Melbourne ihren rechten Arm dafür geben würden, um einmal mit diesem Blick von ihm bedacht zu werden. Und seit seinem Abstecher ins Fernsehen hatte der Typ sogar einen Fanclub auf Facebook. Einen Fanclub, Himmel noch mal!

»Ich bin gern single, das weißt du. Aber vielleicht ziehe ich später noch um die Häuser und schaue, ob mir irgendjemand ins Auge fällt.«

Seine Kiefermuskeln spannten sich an. *Interessant.* »Wenn ja, dann richte demjenigen doch bitte mein Beileid aus.«

Ein seltsamer Unterton schwang in Damians Stimme mit, ein Hauch von Angespanntheit, der ihre Neugier weckte. Kam das daher, dass es ihm einfach nur egal war, oder gefiel ihm die Vorstellung nicht, dass sie auf Anmachtour ging?

Bei ihm wusste sie nie, woran sie war. Er hatte gesagt, er wäre nicht interessiert, aber seine Körpersprache erzählte etwas anderes.

»Und was hast du heute Abend vor?«, fragte sie.

»Nicht viel. Mum brauchte Hilfe bei den Rohrleitungen in der Küche, und Dads Rücken setzt ihm immer noch schwer zu«, sagte er mit kurzem Nicken. »Ich leiste Frondienste und bekomme Lasagne.«

Bei diesen Worten schmolz Lainey innerlich dahin. Trotz seines rasanten und lukrativen Aufstiegs in der Geschäftswelt vergaß Damian nie, wo er herkam oder wer in seinem Leben wichtig war. Seine Familie ging ihm über alles, und er war immer und jederzeit für seine Eltern oder seine Schwester da.

Es verblüffte Lainey noch immer, wieso ihn seine Frau verlassen hatte. Wer, der noch recht bei Verstand war, würde *ihn* verlassen?

Damian musterte sie erneut kurz, und sie spürte seinen Blick bis in die Zehenspitzen. »Ich mache mich dann mal besser an die Arbeit. Benehmt euch, okay?«

»Nie.« Lainey musste sich das Lachen verkneifen, als er die Augen verdrehte und ging, ohne sich noch einmal umzudrehen.

Der Mann hatte einen so perfekten Hintern, dass er in einer Galerie ausgestellt gehörte.

»Total verkrampft«, murmelte Lainey, den Blick auf seine Hüften gerichtet, während er im Haus verschwand. »Aber *verdammt* heiß.«

Imogen schnaubte. »Du meinst wohl ›verdammt unerreichbar‹.«

»Kommt aufs Gleiche raus.« Lainey klopfte mit den Nägeln auf den Tisch. »So, und jetzt will ich mehr über diesen Carmina-Ball-Plan hören. Ich bin fasziniert.«

»Ich wollte es eigentlich geheim halten.« Imogen vergrub das Gesicht in den Händen. »Aber Corinna hat mir dauernd Sekt nachgeschenkt, und dann der Schock über deine Neuigkeiten, da ist es mir einfach … ooh. Bitte erzähl's keinem.«

»Meine Lippen sind versiegelt.« Lainey tat so, als würde sie einen Schlüssel im Schloss drehen. »Wie willst du denn ohne Einladung überhaupt reinkommen?«

»Ich kenne die Chefin vom Catering-Service.« Imogen beugte sich vor. »Ich gehe mit ihrem Team rein, und sobald die Party beginnt, schleiche ich mich davon und ziehe mein Kostüm an.«

Lainey saugte an ihrer Unterlippe. Der Plan war völlig verrückt. Absolut und total beknackt.

Apropos Damian, wusstet ihr, dass er eine Karte für den Carmina-Ball abgegriffen hat?

Corinnas Worte hallten ihr durch den Kopf wie Sirenengesang, zusammen mit der verführerischen Vorstellung, alles tun zu können, worauf sie Lust hätte, bevor sie nach London abreisen würde. Wenn Imogen sich verkleidet auf den Ball schleichen konnte, dann konnte Lainey das auch.

Und was zum Teufel willst du tun, wenn du drin bist?

Alles, was sie wollte. Sie lächelte verrucht. Sie würde alles tun können, was sie wollte.

»Bei deinem großen Abenteuer ist nicht zufällig noch ein Platz frei?«, fragte Lainey.

»Ach, und was hättest du davon?«

Im Allgemeinen war sich Lainey ihrer Verführungskünste bei Männern wohl bewusst – doch an Damian biss sie sich die Zähne aus. Er widerstand ihr, wo andere Männer ihr verfielen, und sie glaubte nicht, dass es an mangelnder körperlicher Anziehungskraft lag. Die gab es zwischen ihnen zur Genüge. Ihr Körper entflammte lichterloh, wann immer er ihr nahekam. Und was ihn anging … tja, sie hatte ihn schon früher dabei ertappt, wie er sie mit diesem heißen Blick aus seinen stahlblauen Augen ansah. Doch aus irgendeinem Grund ging er nie auf ihre Flirts ein, erwiderte keine ihrer neckenden Anspielungen.

Aber der ganze Sinn und Zweck eines Maskenballs war es doch, ein bisschen Spaß zu haben, ohne sich zu erkennen zu geben, oder? Sie würde ihre Theorie, dass da doch irgendetwas zwischen ihnen war, auf die Probe stellen können.

Damian McKnight übte eine Faszination auf sie aus wie noch niemand je zuvor. Er war ein Mann unter lauter Jungs. Ein absolutes Hirngespinst.

In ruhigen Augenblicken hatte sie sich schon oft gefragt, ob er der Grund für ihre Dates mit flatterhaften, unzuverlässigen Typen war. Sie konnte Damian niemals haben, also suchte sie sich das genaue Gegenteil – die tickenden Zeitbomben und die Spaßvögel. Typen, bei denen nicht das geringste Risiko bestand, sich in sie zu verlieben.

»Ich korrigiere«, sagte Imogen und kniff die Augen zusammen. »*Will* ich das überhaupt wissen?«

»Wahrscheinlich nicht«, gab Lainey zu. Ihr Blick hing an dem leeren Türrahmen, durch den Damian gerade verschwunden war.

»Hast du das vor, was ich gar nicht zu vermuten wage?«, fragte Imogen und folgte Laineys Blick. »Keine gute Idee.«

»Bitte, Immie«, sagte Lainey. »Er wird doch gar nicht wissen, dass ich es bin. Ich behalte meine Maske an, und falls es schiefläuft, mache ich mich aus dem Staub.«

»Ich dachte immer, du willst Corinna bloß aufziehen.« Die Freundin nahm ihr Glas, ließ aber die Hand auf halbem Weg in der Luft hängen, als hätte sie den Drink völlig vergessen. »War es dir die ganze Zeit über ernst mit ihm?«

»Ja«, gab Lainey zu. »Aber er hat mich immer nur wie eine Art kleine Schwester behandelt. Bitte. Das ist vielleicht meine einzige Chance. Wenn ich erst mal weg bin … dann war's das.«

Imogen zögerte einen Augenblick, dann nahm sie die Hände hoch. »Von mir aus. Aber ich werde nicht Partei ergreifen, wenn dir das Ganze um die Ohren fliegt.«

Lainey biss sich auf die Lippe und versuchte, sich ihre Aufregung nicht anmerken zu lassen. Eine Nacht, um ihre Fantasien in die Tat umzusetzen. Danach würde sie weiterziehen und so tun, als wäre es nie passiert.

2. Kapitel

Damians Woche hatte schon nicht gut begonnen und endete noch schlimmer. Dass er am Wochenende Lainey gesehen hatte, hatte ihn mit allerlei unangemessenen Gedanken abgelenkt, wodurch er sich schuldig und reizbar fühlte. Er kam sich vor wie Schneewittchens verstoßener achter Zwerg.

Mit Ablenkung konnte er umgehen. Eine Niederlage andererseits … das war *nicht* zu ertragen.

»Wie ist das Meeting gelaufen?« Aaron griff nach seinem üblichen Gin Tonic. Sie hatten sich in ihrer Stammkneipe verabredet, einer alten Bar, die nicht mehr trendy war und in der man deshalb ordentlich bedient wurde. Und da der Carmina-Ball morgen Abend bevorstand, wollte Damian Energie tanken, um sich zu wappnen. Partys waren nicht wirklich sein Ding, aber dass er eine Einladung zu diesem Event erhalten hatte, zeigte, dass er in die richtigen Kreise vordrang. Zwar würden alle verkleidet sein, doch man hatte ihm gesagt, dass dort jede Menge Geschäfte abgewickelt würden, wenn man die richtigen Menschen kannte und die richtigen Fragen stellte.

Ihm kam das alles wie eine kleine Geheimgesellschaft vor.

Er knurrte. »Frag nicht.«

»So gut, ja?«

Damian kippte seinen Drink hinunter, um die Übelkeit in seinem Magen zu ertränken. Das Meeting vorhin hätte der Beginn einer neuen Ära für seine Unternehmensberatung sein sollen. Eine weitere Sprosse auf der Leiter hin zu der verlockenden, saftigen Karotte, die um Haaresbreite außer Reichweite baumelte. Anerkennung. Vergeltung.

Stattdessen hatte man ihm eine dicke, fette Ablehnung mitten ins Gesicht geschmettert. Nach weniger als fünf Minuten, was wie Salz in der Wunde war. Nicht, dass Damian je Angst vor dem Wort *Nein* gehabt hätte. Als er sich selbstständig gemacht hatte, war er anfangs überall abgewiesen worden. Aber bei diesem Klienten war es etwas anderes.

Bei diesem Klienten war es etwas Persönliches.

»Er meinte, er will nicht, dass sein familienfreundliches Image mit jemandem wie mir in Verbindung gebracht wird. Als wäre ich ein beschissener Geächteter. Es war *eine* Reality Show, verdammt noch mal.«

Er bereute seine Teilnahme bei *Australia's Most Eligible* mehr als jeden anderen Mist, den er im Laufe seiner Karriere gebaut hatte. Er war nicht auf der Suche nach Liebe gewesen, wie die Show vorgab – das war keiner der Kandidaten. Sie alle wollten bloß Publicity. Bekanntheit. Sein PR-Berater hatte ihm damals versichert, dass die Show sein junges Melbourner Unternehmen landesweit bekannt machen würde … und das hatte sie ja auch. Damian war auf dem Bildschirm gut rübergekommen, und sein Geschäft hatte nach Ausstrahlung der Show einen ordentlichen Zuwachs an Aufmerksamkeit erhalten.

Doch die neuen Kunden waren größtenteils nur kleine Fische. Und Damian gab sich nicht mit Brotkrumen zufrieden – er wollte das ganze verdammte Brot.

Nur durch harte Arbeit hatte er sein Unternehmen so weit bringen können. Er hatte zahllose Überstunden gemacht und sich schwer ins Zeug gelegt, um Klienten zu bekommen. Jetzt hatte er eine Ebene erreicht, von der andere nur träumen konnten, doch die Tage seiner Reality-TV-Show hafteten ihm noch immer an wie ein übler Geruch.

»Und der verdammte Scheiß läuft nach Drehbuch. Die machen dich zu einer bestimmten Figur – das weiß doch jeder.« Damian schüttelte den Kopf. »Aber er sagte, Leute, die sich ›billiger Tricks‹ bedienen, um voranzukommen, seien nicht die Art von Menschen, mit denen er Geschäfte machen will. Ach ja, und offenbar sind diese Art von Fernsehshows der Grund, wieso unsere Gesellschaft den Bach runtergeht. Weil niemand mehr ›gute, altmodische Werte‹ besitzt.«

»Klingt nach einem Arschloch. Aber du landest doch immer wieder auf den Füßen«, erwiderte Aaron mit einem Schulterzucken. »Du findest einen anderen Klienten.«

»Klar. Aber ich will diesen.« Damian drehte das leere

Whiskyglas in den Händen. »Ich muss es einfach irgendwie schaffen, familienfreundlicher zu wirken.«

»Du?« Aaron lachte. »Keine Beleidigung, Kumpel, aber du bist nicht gerade der familienfreundliche Typ.«

Verärgerung brodelte in ihm auf. Das *wusste* er. Sechs Monate vor seinem dreißigsten Geburtstag die Scheidungspapiere zu bekommen, hatte bei ihm einen bitteren Nachgeschmack hinterlassen, was das Thema Familie anging. Und Beziehungen. Weshalb er sich bei diesen auch immer an ein festes Ablaufdatum hielt. Damit kam er gut klar, und es verhinderte, dass die Dinge kompliziert wurden. Doch seit seinem Abstecher ins Fernsehen nahmen mehr Menschen Notiz von seinen Dating-Gewohnheiten. Und darunter eben auch potenzielle Klienten.

»Um welche Firma geht es?«, fragte Aaron.

»McPartlin & Co.«

Das Unternehmen hatte mit einem einzigen Restaurant begonnen, besaß mittlerweile sieben gehobene Speiselokale im ganzen Land und hatte zudem erst kürzlich eins in Neuseeland eröffnet. Außerdem hatte der Inhaber einen lukrativen Deal mit der Supermarktkette Coles abgeschlossen. Es gab sogar Pläne, schon innerhalb der nächsten fünf Jahre nach Singapur, Hongkong und Dubai zu expandieren.

Der Unternehmenschef war allerdings bekanntermaßen stockkonservativ und traditionsverbunden. Verdammt, er hatte sogar einen der besten Köche der Welt gefeuert, weil der in der Küche geflucht hatte und »Kraftausdrücke« nicht toleriert wurden. Da es aber nicht gerade unüblich für Chefköche war, sich anschaulicher Sprache zu bedienen, hatte der Vorfall Schlagzeilen gemacht.

»Jerry McPartlins Unternehmen.« Aarons Gesicht war abzulesen, dass ihm nun einiges klar wurde. »Der Klient deines Ex-Bosses?«

»Genau der.«

»Okay, Kumpel. Du solltest mal tief durchatmen und gründlich nachdenken.« Aaron stellte seinen Drink ab und legte Damian eine Hand auf die Schulter. »Ich weiß, du bist stinksauer auf Ben wegen dem, was passiert ist, aber …«

»Er hat meine Frau gevögelt, Aaron.«

Darum ging es hier. Rache. Der Deal mit McPartlin & Co. hatte Bens kleine Beratungsfirma in die Oberliga katapultiert. Dieses Unternehmen war Bens Aushängeschild.

Und Damian würde alles in seiner Macht Stehende tun, um ihm diesen Kunden wegzunehmen, genauso, wie Ben Damian etwas Kostbares genommen hatte.

Bei der Erinnerung daran flackerte es ihm rot vor den Augen wie der Umhang eines Matadors. »Und dann hat er noch die Dreistigkeit besessen, mir zu sagen, ich würde es nie zu etwas bringen. Dass ich nie auch nur annähernd die Liga erreichen würde, in der er spielt.«

»Er ist ein Arschloch, das ist eine wohlbekannte Tatsache.« Aaron schüttelte den Kopf. »Aber du musst loslassen.

Das ist jetzt vier Jahre her. Es ist nicht gesund, so lange an so etwas festzuhalten.«

»Bist du fertig, Oprah?«

»Lass ihn doch reden, Kumpel. Ich sage das nur, weil du wie ein Bruder für mich bist.« Er seufzte. »Kipp ein paar Drinks, such dir eine Frau und vergiss Ben. Und vergiss auch Jenny, wenn du schon mal dabei bist. Die beiden sind es nicht wert.«

Aaron war der Einzige außerhalb seiner Familie, der wusste, was es mit seiner Scheidung und seinem abrupten Weggang aus Bens Firma auf sich hatte. Vertrauen gehörte – besonders dieser Tage – nicht zu Damians Stärken, aber in Aarons Hände würde er sein Leben legen, wenn es die Situation verlangte.

Allerdings hatte der Mann seine Jugendliebe geheiratet und führte ein Leben voller Sonnenschein. Er verstand Damians Bedürfnis nach Vergeltung nicht.

»Ein paar Drinks zu kippen und mir eine Frau zu suchen ist genau das Verhalten, dessentwegen McPartlin & Co. mich für ungeeignet für ihr Unternehmen halten. Ich muss mein Image ändern.«

»Und wie willst du das anstellen?«

»Vielleicht sollte ich mich verloben. Das würde mich auf jeden Fall familientauglich machen.« Damian trommelte mit den Fingern auf der Bar, seine Gedanken rasten. Auf der Suche nach einer Lösung. »Ich könnte der Typ Mann sein, der für die richtige Frau endlich sesshaft geworden ist.«

Aaron sah ihn an, als sei er verrückt geworden. »Und mit wem willst du dich verloben?«

»Mit einer Frau, die mir nichts bedeutet.« Anders ausgedrückt, mit einer Frau, die ihn nicht würde bescheißen können.

»Ich hab immer gedacht, wenn ich mich mal nackt in einer Scheune wiederfinde, wäre wenigstens ein sexy Cowboy mit von der Partie.« Lainey wand sich auf der Stelle, um sich das Kleid über die Hüften zu ziehen. Es saß einen Hauch zu eng, aber es war geliehen, also musste sie sich damit begnügen.

»Soll das heißen, ich bin dir nicht gut genug für ein bisschen Spaß im Heu?« Imogen grinste. »Jetzt hör auf zu jammern und mach mir den Reißverschluss zu.«

Beide Kleider gehörten einer Freundin von Imogen, die eine Boutique in Malvern besaß. Die Größenauswahl für Leihgaben war begrenzt gewesen, und da Lainey es sich nicht leisten konnte, ein paar Tausend Dollar für ein schickes Abendkleid hinzublättern, musste sie eben den Bauch einziehen und aufs Essen verzichten. Erstens, weil sich die Korsettstäbe im Mieder nicht dehnen ließen, und zweitens, weil die Kleider unter keinen Umständen schmutzig werden durften.

Und trotzdem waren sie gerade dabei, sich in einem Stall umzuziehen. Verkehrte Welt.

Lainey packte den Reißverschluss in Imogens Rücken und zog. In der Mitte hakte er kurz, ließ sich dann jedoch weiterziehen. Das Kleid saß eng, aber es würde gehen.

»Wie sehe ich aus?«, fragte sie.

Imogens Kleid bestand komplett aus schwarzer Spitze und verführerischem Satin – Welten entfernt von ihrem normalerweise eher gediegenen Modestil. Ihre juwelenbedeckte Maske verbarg den Großteil ihres Gesichts, und der pflaumenfarbene Lippenstift auf ihren üblicherweise ungeschminkten Lippen machte ihre Verwandlung perfekt.

»Unglaublich.«

»Und du …« Imogen kreischte. »Mit der Frisur siehst du aus wie ein völlig anderer Mensch.«

Lainey hatte Jahre damit verbracht, ihrem von Natur aus dunkelblonden Haar ein perfektes Gwen-Stefani-Platinblond zu verleihen. Doch Anfang dieser Woche hatte sie das jahrelange sorgfältige Bleichen und die aufwendige Pflege über Bord geworfen und war zu einem feurigen Rotschopf geworden.

Sie hatte sich für ein leuchtendes Rubinrot entschieden, das ihren hellen Porzellanteint noch stärker hervorhob. Auch ihre grünbraunen Augen wurden betont, und sie sah aus wie die *Kleine Meerjungfrau*. Der Look stand ihr so gut, dass sie sich fragte, wieso sie vorher noch nie Rot ausprobiert hatte.

Imogen zupfte den glitzernden Stoff an Laineys Kleid zurecht. »Du wirst jeden Mann in diesem Ballsaal in Bedrängnis bringen.«

Die dünnen Träger und der tiefe Ausschnitt ließen keinen Platz für einen BH. Und seitlich hatte der glitzernde Silberrock einen Schlitz, durch den sie sich ziemlich entblößt vorkam. Aber genau deshalb hatte sie es sich ausgesucht. Wenn sie schon etwas Dummes und Gewagtes tun würde, dann wollte sie dabei verdammt noch mal heiß aussehen.

»Eine falsche Bewegung und meine Möpse hüpfen raus«, sagte sie mit kläglichem Grinsen. »Gut möglich, dass Damian mich völlig ignoriert und ich lediglich die High Society von Melbourne schockiere.«

»Zumindest bist du aus einem positiven Grund hier«, sagte Imogen. Sie klang angespannt, obwohl das wegen der Maske, die ihr Gesicht bedeckte, schwer zu sagen war.

»Es wird schon alles funktionieren. Du hast deinen Plan gut durchdacht. Du sorgst dich um deine Schwester«, sagte Lainey. »Aber du tust nichts Falsches.«

Imogen nickte. »Genau. Ich suche einfach nur Beweise, dass er sie hintergeht.«

»Würdest du nicht lieber rausfinden, dass er sie *nicht* hintergeht?« Lainey hob eine Augenbraue.

Imogen presste die Lippen zu einer schmalen Linie zusammen. »Verurteile du meine Pläne nicht, und ich verurteile deine nicht, okay?«

»Na gut.« Lainey hielt die Hände hoch. »Ich schwöre feierlich, es nicht mehr zu erwähnen.«

»Gut.« Imogen nickte und packte die beiden Uniformen zusammen, die sie getragen hatten, um sich zusammen mit der Inhaberin der Catering-Firma aufs Gelände zu schleichen. »Die können wir hierlassen, und Marie holt sie später ab.«

Lainey nickte. »Übrigens, was hat sie eigentlich von der Sache?«

»Ich setze sie bei der Arbeit auf die Liste der Vorzugslieferanten«, sagte Imogen. »Wir brauchen ständig Caterer, und somit würde ihr das jede Menge Aufträge einbringen. Eigentlich sollen alle neuen Lieferanten erst ein Prüfverfahren durchlaufen, aber ich habe meinem Boss einfach gesagt, dass wir sie nehmen sollten, und er meinte, okay.«

»Das Privileg, die rechte Hand des Geschäftsführers zu sein?«

»Genau, und weil ich weiß, dass sie einfach großartig ist, habe ich auch kein *allzu* schlechtes Gewissen deswegen. Du weißt ja, dass es nicht meine Art ist, Vorschriften zu umgehen, aber immerhin geht sie ein ziemliches Risiko für mich ein …« Kurz huschte ein schuldbewusster Ausdruck über Imogens Gesicht, doch sie fing sich sofort wieder. »Egal, legen wir los.«

»Wir schaffen das.« Lainey drückte Imogen die Hände und blieb zurück, während ihre Freundin am Gebäude entlang zum Seiteneingang schlich.

Am Ende des Gebäudes, wo sich ein Pfad durch den

Garten schlängelte, blieb Imogen kurz stehen und lugte um die Ecke. Sie raffte den Saum ihres Kleides, eine Hand voll schwarzer Spitze und Satin, die den Blick auf silberne Riemchensandalen mit vernünftigem, halbhohem Absatz freigaben. Lainey lächelte. Da versteckte sich ja *doch* ein Hauch der wahren Imogen unter dem Kostüm.

Eine Sekunde später gab Imogen Lainey das Daumenhoch-Zeichen. Dann war sie weg. Der Plan sah vor, dass Lainey bis dreißig zählen und dann denselben Weg nehmen sollte.

Sie griff in ihre Clutch und zog eine runde Puderdose heraus. Im Gegensatz zu dem seidig glänzenden Kleid, den schicken Schuhen und der glamourösen Maske war die Puderdose schon ziemlich abgewetzt. Ein lieb gewonnenes Accessoire. Der goldene Verschluss war angelaufen, und die gestickte Rose auf dem Deckel hatte schon bessere Tage gesehen. Doch heute Abend war sie ihr Talisman. Die Puderdose hatte Laineys Großmutter gehört, einer Frau, die im Namen der Liebe mutige Dinge getan hatte. Wie ihre Ehe mit einem wohlhabenden Aristokraten und ihr privilegiertes Leben aufzugeben, weswegen ihre Familie sie enterbt und verstoßen hatte. Für die große Liebe hatte sie alles aufgegeben – ihren Komfort, ihre Sicherheit, ihre Familie.

Sie würde verstehen, wieso Lainey etwas so Haarsträubendes tat, um eine Nacht mit dem Mann ihrer Träume zu verbringen.

»Eins Katze Hund, zwei Katze Hund«, murmelte Lainey und zwang sich, die Abzähltechnik, die ihre Mutter ihr als Kind beigebracht hatte, nicht im Eilverfahren herunterzurasseln. »Drei Katze Hund, vier Katze Hund …«

Bei etwa zwanzig Katze Hund hielt sie es nicht mehr aus. Sie fasste mit den Fingerspitzen an ihre schwarze Spitzenmaske und unterdrückte ein nervöses Kichern. Schimmernde Perlen streichelten ihr bei jeder Kopfbewegung über die Wangen. In Kombination mit dem skandalösen Kleid verlieh ihr dies ein Gefühl enormer Macht. Sie fühlte sich sexy auf eine Art und Weise, wie sie es noch nie erlebt hatte.

Mit klackernden Absätzen lief Lainey über den Steinweg, und als sie um die Ecke bog, lag ein offener Hof vor ihr. Er war groß und von weißen Rosen und Gardenien umringt. Der Duft war betörend. Zwei große Glastüren, die zum Ballsaal führten, standen offen, und es war Musik zu hören. Lainey flatterte der Magen.

Ein Kellner mit einem Tablett voller Weingläser ging an ihr vorbei, und sie winkte ihn zu sich. Sie hatte ihn vorhin schon gesehen, als sie mit den Catering-Mitarbeitern angekommen waren. Aber er sah sie ohne einen Funken des Wiedererkennens an.

Puh.

Lainey ging auf die offenen Türen zu. Sie wollte sich einen Überblick über die Lage verschaffen – sehen, wie viele

Menschen drinnen waren und ob es schwer sein würde, Damian zu finden. Der Carmina-Ball war in vollem Gang.

Lainey holte so tief Luft, dass sich ihr die Korsettstäbe des Kleids in die Rippen bohrten, und betrat den Ballsaal. Es war wie in einem Film – geheimnisvolle, maskierte Männer in Smokings, Frauen in atemberaubenden Abendkleidern, die funkelnden Kronleuchter, die aussahen wie die im Schloss aus *Die Schöne und das Biest*. Es war, als wären all ihre Liebesfilm-Märchenträume wahr geworden.

War das hier alles wirklich real?

Sie hob ihr Weinglas an die Lippen und genoss es, wie ihr das Herz im Brustkorb flatterte. Ja, es war real. Und heute Nacht würde sie ihre lang gehegte Fantasie Wirklichkeit werden lassen.

3. Kapitel

Damian machte es nichts aus, einen Anzug zu tragen. Es machte ihm verdammt noch mal noch nicht einmal etwas aus, einen Smoking zu tragen. Aber wie eine Mischung aus dem Phantom der Oper und einem verschmähten Freier aus *Eyes Wide Shut* auszusehen, trieb ihn an seine Grenzen.

Vor ihm erstreckte sich der Ballsaal des Patterson House mit all seinem goldenen Prunk. Das Gebäude war Ende des neunzehnten Jahrhunderts erbaut worden, doch den Ballsaal hatte man in den Dreißigern umgestaltet. Es war ein passender Ort für eine solche Veranstaltung – voller Geschichte und altem Geld, blaublütig durch und durch. Die Frauen trugen spektakuläre Ballkleider, die Männer Smokings. *Jeder* trug eine Maske. Manche waren schlichte Streifen aus Spitze oder Filigran, die das Gesicht größtenteils unbedeckt und erkennbar ließen. Andere waren kunstvoller gestaltet, voller Perlen und mit aufwendigen Designs – eher ein Bestandteil des Outfits als ein schlichtes Accessoire.

Damian zupfte an seiner schwarzen Ledermaske. Sie sollte an eine Krähe erinnern und war mit Satinfedern versehen. Offenbar ließ sie ihn geheimnisvoll aussehen. Das hatte er nun davon, dass er Aarons Frau eine Maske für ihn hatte besorgen lassen. Aber er hatte sie gebeten, unbedingt eine auszusuchen, die sein Gesicht nur halb verdeckte. Er fand es unsinnig, zum Ball zu kommen und dann nicht erkennen zu lassen, dass er hier war. Vor allem, da eine Einladung zum Carmina-Ball angeblich das Leben verändern konnte – eine Einführung in den Kreis der Menschen, die »von Bedeutung« waren. Eine Chance, sich mit den Mächtigen von Melbourne gut zu stellen.

Aber an die Einladung waren Bedingungen geknüpft ... in Form von fünftausend Dollar Eintrittsgebühr und einer erwarteten Teilnahme an den gemeinnützigen Veranstaltungen des Abends. Damian hatte zwar kein Problem damit, für wohltätige Zwecke zu spenden, aber seiner Familie hatte er eine kleine Notlüge erzählt, wieso er heute Abend hier war. Sie sollte sich keine Sorgen machen, er könne seinen jüngst erworbenen Reichtum sinnlos verprassen.

»Du siehst großartig aus«, sagte Aarons Frau Jessie und legte ihm eine Hand auf den Arm. »Ich wusste, dass du eine Bereicherung für diesen Kreis sein würdest.«

»Wieso, weil du etwas zum Anhimmeln haben wolltest?« Damian grinste, als sie ihm einen Klaps auf den Oberarm gab.

»Nimm dich in Acht«, sagte Aaron und legte ihr den Arm um die Taille. »Du brauchst keine Angst zu haben, dass ich eifersüchtig werde, aber Jessie versteht es, sich zu rächen, wie es nur eine Frau kann. Die Hölle selbst kann nicht so wüten wie eine abgewiesene Highschool-Schülerin.«

Aaron und Jessie waren im Gegensatz zu Damian als Angehörige der Elite aufgewachsen, hatten teure Privatschulen besucht und mit etlichen Nullen gepolsterte finanzielle Sicherheitsnetze gehabt. Doch ungeachtet ihrer Privilegien waren beide unglaublich hart arbeitende Menschen. Damian hatte Aaron kennengelernt, als sie nach dem Studium mit Anfang zwanzig in einer der vier größten Beratungsfirmen angefangen hatten, wo sie Routinearbeit verrichteten und jedes Mal zusammenzuckten, wenn einer der Geschäftspartner ihnen in die Augen sah. Sie hatten sich gemeinsam eingearbeitet und waren die Karriereleiter gemeinsam aufgestiegen, bis Damian zu Bens Firma wechselte. Ihre enge Freundschaft hatten sie seither aufrechterhalten.

Und wegen Aaron und Jessie war er heute Abend hier, also sollte er *wirklich* versuchen, sich zu amüsieren.

»Du streitest es nicht ab, hm?«, sagte Damian und stupste sie mit dem Ellbogen an.

Jessie lachte. »Man hätte dich nicht ins Fernsehen geholt, wenn du nicht entsprechend aussehen würdest.«

»Bestärke ihn nicht auch noch«, murmelte Aaron. »Ich musste sowieso schon ein Zusatzticket auftreiben, damit sein Ego heute Abend auch kommen konnte.«

Damian schmunzelte und ließ den Blick über den Raum schweifen. »Also, her mit den Fakten. Wer ist hier wer?«

»Das da ist Arthur Wentworth mit seinen Söhnen, Parker und Ian«, sagte Jessie. »Ihnen gehört die Wentworth Group. Kaufhäuser, Luxuswagen, Haute Couture – alles Mögliche.«

»Sie gehören zu meinen Klienten«, fügte Aaron hinzu. »Denk nicht mal dran, sie abzuwerben.«

Damian lächelte. Aaron hatte sich in der Firma, in der sie beide ihre Karrieren begonnen hatten, zum Partner hochgearbeitet. Manchmal fragte Damian sich, was geworden wäre, wenn auch er dortgeblieben wäre, statt Ben zu folgen. Hätte er immer noch seine positive Grundeinstellung … oder seine Frau?

»Ich stecke meine Finger nicht in deine Keksdose, versprochen«, sagte er gedehnt.

»Wer ist sonst noch von Interesse?« Jessie schnalzte mit der Zunge. »Die Familie Allbrook ist hier – ihnen gehört eine riesige Architekturfirma, die jede Menge Highend-Wohntürme in der Stadt baut. Dann wären da noch Richter, Politiker, Generaldirektoren, Anwälte, sogar ein paar Promis. Es ging das Gerücht um, dass Cate Blanchett kommen wollte.«

»Fantastisch. Dann hole ich mir ein Autogramm«, sagte Damian, ohne eine Miene zu verziehen.

Jessie wirkte einen Augenblick lang entsetzt, bis sie merkte, dass er scherzte. »Damian, bitte.«

»Man merkt, dass du aus South Yarra kommst«, sagte er. »Das solltest du vielleicht besser überspielen.«

»Hier nicht.« Aaron schmunzelte. »Der feinen Gesellschaft anzugehören ist praktisch eine Voraussetzung, um hier reinzukommen.«

Jessie verdrehte die Augen und fuhr fort damit, ihm die Menschen im Saal aufzuzeigen. »Oh, und meine Freundin Amelia hat erzählt, dass der Restaurantbetreiber Jerry McPartlin hier sein würde. Ich habe letzte Woche in seinem neuen Lokal, dem Gilt, gegessen. Es war absolut himmlisch.«

Damian horchte auf und ignorierte Aaron, der ihn streng ansah. »Wirklich?«

Auf einmal war der Abend ein gutes Stück interessanter geworden. Jetzt hätte er die perfekte Gelegenheit, in geselliger Runde mit dem verklemmten Familienmann zu reden und herauszufinden, was er anstellen musste, um ihn als Kunden zu gewinnen.

Musste er sich eine Freundin zulegen? Eine Verlobte? Musste er ihm seinen Erstgeborenen versprechen? Was auch immer erforderlich war, Damian würde es tun. Sich McPartlin & Co. zu schnappen, war ein sinnvoller Schachzug, denn ein weiterer Kunde mit großem Namen bedeutete zusätzliche Sicherheit. Wenn man sich nur auf ein oder zwei große Fische verließ, stand das eigene Geschäft ständig auf Messers Schneide, und oftmals wurde es dann wichtiger, den Klienten bei Laune zu halten, als sich der unangenehmen, aber nötigen Aufgabe zu widmen, die richtigen Strategien für ihn zu entwickeln.

Tatsache war, dass jeder große Klient ihm helfen würde. Aber er wollte *diesen* hier.

McPartlin & Co. unter Vertrag zu nehmen, würde ihm die Genugtuung verschaffen, die er brauchte, um die Tür zu seiner Vergangenheit schließen zu können. Oder vielmehr, sie all denen vor der Nase zuschlagen zu können, die ihm das Herz gebrochen hatten.

Eine Weile später stand Damian am Rand des Saals und beobachtete die Menge. Er kam sich vor wie ein Kind im Zoo, das sich die Nase am Glas des Reptiliengeheges platt drückte. Das alles hier war ihm fremd. Unvertraut. Das hier war nicht seine Welt … noch nicht.

Sicher, in den Augen der meisten Menschen war er reich. Er wohnte in einem Luxushotel, das pro Woche mehr kostete, als er für sein erstes Auto ausgegeben hatte. Aber das wären Peanuts für diese Menschen.

Und er wusste, dass ein Abend wie dieser ihn entweder zum Erfolg oder zum Scheitern führen konnte. Knüpfte er die richtigen Verbindungen, würde sich sein Unternehmen in neue Höhen aufschwingen. Verärgerte er die falsche Person … tja, dann könnte er im Nu wieder ganz unten landen und Routinearbeiten für irgendein Arschloch machen.

Damian ballte die Fäuste und ließ die Vorstellung, wie er seinem Ex-Boss ins Gesicht boxte, durch sich hindurchfluten wie eine Welle. Der Betrug war auch heute noch genauso frisch wie vor vier Jahren, als er eines Abends spät noch kurz ins Büro zurückgekehrt war, um seinen Laptop zu holen, und seine Frau mit allen vieren von sich gestreckt auf Bens Schreibtisch vorgefunden hatte.

Der Carmina-Ball war der Schlüssel zu allem. Zur Rache. Um mit der Angelegenheit *abschließen* zu können.

Er musste nur irgendwie an Jerry McPartlin herankommen.

Der Mann stand ein paar Meter entfernt, umringt von einer Gruppe Frauen in so voluminösen Kleidern, dass sie eine richtige Barriere um ihn bildeten. Und er schien die Aufmerksamkeit auch zu genießen. Aber Damian konnte warten. Geduld und Entschlossenheit waren zwei seiner größten Stärken, und er würde schon noch den perfekten Augenblick finden, um seinen Zug zu machen. Bevor der Abend um wäre, *würde* er einen Plan haben.

»Ich hatte nicht erwartet, dass jene Gäste, die die beste Gesellschaft wären, hier Mauerblümchen spielen würden«, sagte eine samtige Stimme.

Eine Frau näherte sich ihm, über dem Gesicht eine schillernde Maske aus weißer Spitze, übersät mit Edelsteinen, die ihm entgegenfunkelten. Schwarzes Haar floss ihr über eine Schulter und bildete einen krassen Kontrast zu ihrem bodenlangen weißen Ballkleid. Ihre vollen Lippen waren rot bemalt, und sie lächelte einladend.

»Das kommt darauf an. Nach welcher Art Gesellschaft suchen Sie denn?« Er streckte die Hand aus. »Ich bin Damian.«

»Hannah«, erwiderte die Frau. »Ihr Gesicht kommt mir bekannt vor.«

Oje. Er konnte beinahe garantieren, was als Nächstes kommen würde: dieser eine Satz, den ihn jedes verdammte Mal erschaudern ließ.

Sie sind doch dieser Typ aus Australia's Most Eligible.

Doch stattdessen legte sie den Kopf schief, was die Juwelen auf ihrer Maske erneut schimmern ließ, und sagte nichts.

Damian wollte gerade antworten, als etwas Rotes ihm die Sprache verschlug. Nässe durchdrang sein Smokinghemd, und der Klang zerspringenden Glases durchdrang den dezenten Lärm des Ballsaals. Er war getroffen worden.

»Oh mein Gott.« Eine Frau mit feuerroten Haaren streckte die Hand aus und berührte mit den Fingerspitzen seine Brust. Feuer schoss ihm durch die Adern. »Das tut mir so leid.«

Damian sah an sich hinab. Auf seiner Brust prangte ein leuchtend roter Weinfleck, der das schicke weiße Baumwollhemd durchtränkte. Das zerbrochene Glas glitzerte in einer Lache auf dem Boden, der Stiel rollte über das Parkett.

»Sie haben mich voll erwischt.« Er strich sich mit den Händen über die Brust in einem vergeblichen Versuch, sich zu säubern.

»Verzeihung.« Die Rothaarige winkte einem Kellner, aber es war bereits eine kleine Armee im Anmarsch, um das Chaos zu beseitigen.

Sie hielt ihr silbernes Kleid in einer Hand zusammengerafft, was den Blick auf eine zartgliedrige Fessel in einem hochhackigen Riemchenschuh freigab. Sie versuchte, einen Schritt zu machen, konnte ihren Fuß jedoch nicht voll belasten.

»Sie könnten eine Scherbe im Schuh haben«, sagte Damian und streckte den Arm nach ihr aus. »Kommen Sie. Machen wir Sie mal sauber.«

Sie nahm seine Hand, die er ihr bot. Ihre Maske war so großzügig gearbeitet, dass nicht viel von ihrem Gesicht zu erkennen war – sie reichte von oberhalb der Augenbrauen bis zum Ansatz ihrer Lippen. »Es tut mir so leid. Der Saum meines Kleids hat sich verfangen …«

Beim Klang ihrer Stimme verengte Damian die Augen. Sie kam ihm bekannt vor, aber er konnte sie nicht einordnen. Vielleicht war sie eine geschäftliche Bekannte? Oder jemand, den er während der Dreharbeiten getroffen hatte? Sie sah so glamourös aus, dass sie durchaus zur Unterhaltungsindustrie gehören konnte. Aber ohne ihr Gesicht zu sehen, war das unmöglich zu sagen, und es konnte in seinem Bekanntenkreis nicht allzu viele Menschen geben, die sich eine Karte für den Carmina-Ball leisten konnten.

Außerdem war er sich *sicher*, dass er sich an eine Frau mit rubinroten Haaren erinnert hätte. Eine Frau, deren Berührung etwas unaussprechlich Ursprüngliches und Seltsames in seinem Innern weckte.

Er legte sich ihren Arm um den Nacken und stützte sie. Aber nach ein paar hoppelnden Schritten merkte er, dass sie Angst hatte, Gewicht auf ihren Fuß zu verlagern. Er hob sie ganz auf die Arme und trug sie vor aller Augen durch den Ballsaal.

4. Kapitel

Glasscherben und Blutvergießen hatten eigentlich nicht zum Plan gehört. Ganz zu schweigen davon, dass ihr geliehenes Ballkleid um ein Haar selbst Rotwein abbekommen hätte. Aber das blöde Kleid war ja überhaupt erst schuld gewesen. Wer bitte schön war groß genug für diese verdammten Ballkleider? Amazonen?

Der Stoff hatte sich an ihrem Absatz verfangen, sie war gestolpert und der Wein hatte sich geradewegs über Damian ergossen, als ihr das Glas aus der Hand flog. Sie hatte eigentlich vorgehabt, nur ein wenig über den Rand schwappen zu lassen, gerade genug, um ihn und die glamouröse Frau in dem weißen Kleid zu unterbrechen, die gerade zum entscheidenden Schlag ausholen wollte.

Aber, oh nein. Das wäre zu einfach gewesen, und die einfache Tour schien irgendwie nicht Laineys Ding zu sein.

Sehr elegant. Wie ein betrunkenes Lama-Baby auf Rollschuhen.

Aber schwerelos in Damians Armen zu liegen, war mehr, als sie sich hätte erhoffen können, zumindest in den ersten fünf Minuten. Jetzt musste sie sich nur noch die

Daumen drücken, dass sie sich keine Scherben eingetreten hatte.

»Alles okay?«, fragte er, als sie den Ballsaal verließen und auf die Damentoilette zusteuerten.

Die Maske bedeckte sein Gesicht nur halb – ein Auge und eine Wange, so wie beim Phantom der Oper. Deshalb hatte sie ihn so schnell entdeckt. Heute Abend war er frisch rasiert, seine olivfarbene Haut glatt. Bevor die Nacht um war, würde er dort einen Schatten haben, würde sich ein Hauch von Dunkelheit auf seinem gepflegten Profil abzeichnen. Wie eine Mahnung daran, dass mehr an ihm war, als es den Anschein hatte.

»Ich stehe nicht aufgrund von Blutverlust vor einer Ohnmacht, wenn Sie das meinen«, erwiderte sie mit der Stimme, die sie die ganze Woche lang geübt hatte. Sie sprach langsamer und rauchiger als normal, um auch das Letzte zu tarnen, das sie verraten könnte.

»Das hoffe ich auch nicht.« Er klang amüsiert. »Ich bezweifle, dass ich den Smoking zurückgeben kann, wenn er blutverschmiert ist.«

Fünftausend Dollar Eintrittsgebühr und Damian hatte sich einen Smoking geliehen? Aus irgendeinem Grund musste sie deswegen wie eine Idiotin grinsen. Ganz gleich, wie viel Geld er auch verdiente, unter seiner Fassade würden sich immer kleine Hinweise darauf verbergen, wo er herkam. Ihr ging das Herz auf.

Keine Herzchen, keine Blumen, keine Pralinen. Hör sofort auf mit diesem Scheiß. Das hier ist eine Fantasie. Mehr nicht.

»Zumindest hätten Sie dann was zu erzählen.«

»Ich habe jede Menge zu erzählen. Das ist nicht mein Problem.«

»Und was *ist* Ihr Problem?« Ihr Herz schlug schneller, als er ihr in die Augen sah. Durch die schwarze Maske wirkte das Blau seiner Iris sogar noch intensiver und atemberaubender. »Vielleicht kann ich Ihnen ja helfen.«

Sein Mundwinkel zuckte. »Sie würden genau das Gegenteil bewirken, fürchte ich.«

»Lassen Sie's drauf ankommen. Man kann nie wissen, ob nicht jemand Fremdes genau das sein könnte, was man braucht.«

Ein kleiner Funke Schuldbewusstsein machte sich in ihrem Magen breit. Sie war keine Fremde, und alles an dieser Begegnung diente ihrem eigenen, selbstsüchtigen Vorteil – die Fantasie zu befriedigen, die sie seit Jahren quälte.

Du zwingst ihn zu nichts. Wenn das hier irgendwohin führt, dann deshalb, weil er dein Angebot annimmt, und nicht, weil du ihm eine Pistole an den Kopf gehalten hast.

Sie waren an den Damentoiletten angelangt. Im Patterson House gab es keine Reihentoiletten für die Gäste, so viel war mal sicher. Jede Damentoilette war ein separater, großzügiger Raum mit eigenem Waschbecken. Lainey dankte ihrem

Glücksstern für die divenhaften Bedürfnisse der Reichen, denn so war ihnen etwas Privatsphäre sicher.

Damian hielt sie noch immer in den Armen, stieß die Tür mit dem Fuß auf und ließ diese hinter sich zufallen. Das Klicken der automatischen Verriegelung klang in dem stillen Raum wie ein explodierender Feuerwerkskörper, das Geräusch hallte von den Fliesen zurück und fuhr Lainey durch den Kopf. Damian setzte sie auf die marmorne Waschtischplatte, und Lainey sah sich um. Der Raum war anders als alle Toiletten, die sie je gesehen hatte – goldene, verschnörkelte Wasserhähne, frische Blumen in einer Vase, die höchstwahrscheinlich aus Kristall war. Es gab sogar einen Seifenspender, der wie ein Fabergé-Ei aussah.

»Sehen wir uns den Schaden mal an.« Er hockte sich vor sie hin und schob ihr das Kleid hoch, bis ihr Fuß freilag. Mit flinken Fingern löste er das Riemchen ihrer Sandale, dann hielt er ihren Knöchel mit einer Hand und zog ihr den Schuh aus.

Seine Bewegungen waren so sanft und behutsam, dass Lainey das Herz bis zum Hals schlug. Die Wärme seiner Finger war wie ein Aphrodisiakum. Mächtig. Berauschend. Sie spürte das Blut durch ihren Körper rauschen, als die widersprüchlichen Eindrücke auf sie einprasselten – sein fester Griff und seine dennoch behutsame, zarte Berührung.

»Ich glaube, Sie können den Fuß behalten«, sagte er in ernstem Ton. Aber das Funkeln in seinen Augen verriet ihn.

Zu ihrer großen Freude besaß Damian offenbar *doch* noch Sinn für Humor.

»Sie *glauben?*« Lainey sah nach unten und wackelte mit den Zehen. Das Licht glänzte auf dem schimmernden schwarzen Nagellack, den sie ausgesucht hatte, weil er sie an die Sterne am Nachthimmel erinnerte. »Das Wort *glauben* will ich im Zusammenhang mit Amputation nicht unbedingt hören.«

Er lachte leise und hob ihren Fuß höher, um sich die Sohle anzusehen. »Ich streiche Ihnen jetzt mit dem Daumen über den Fußballen. Wenn das wehtut, steckt möglicherweise ein Glassplitter unter der Haut.«

Lainey nickte, denn ihr Atem stockte wie ein Automotor, der nicht anspringen will. Sie war sich nicht sicher, ob sie überhaupt Schmerzen – oder sonst irgendwas – würde wahrnehmen können, während Damian sie untersuchte. Eigentlich hatte diese Berührung rein gar nichts Sexuelles an sich, und doch frohlockte jede Nervenfaser in ihrem Körper, als wäre es Weihnachten und Silvester und jeder andere verdammte Feiertag auf einmal.

»Spüren Sie etwas?« Er sah zu ihr hoch.

Einen großen Mann wie ihn auf den Knien zu sehen, wie er durch diese sündhaft attraktive Maske zu ihr aufsah, sie berührte, als wäre sie das Kostbarste auf der Welt …

»Ich müsste schon aus Stein sein, um nichts zu spüren«, sagte sie mit leiser und sanfter Stimme. »Aber ich fühle keine Schmerzen.«

Er hielt ihren Fuß noch einen Augenblick länger, den Blick fest auf sie gerichtet. Ihre Wade lag in seiner Hand, die Wärme seiner Haut durchdrang sie und gab ihr das Gefühl, als würde Feuer durch ihre Adern fließen. Gott sei Dank trug sie eine Maske, sodass er nicht sehen konnte, wie sie errötete. Sie verharrten – gefangen in diesem intimen Augenblick –, bis er sich räusperte und ihr den Schuh wieder anzog.

»Dann wird alles wieder gut, Doc?«

»Aber sicher, bestens sogar.« Er stand auf. Der Smoking passte ihm wie angegossen, betonte seine breiten Schultern und schmalen Hüften so perfekt, dass Lainey das Wasser im Mund zusammenlief und es ihr den Atem raubte. Das Einzige, was den Anblick störte, war der Rotweinfleck.

»Ich bin froh, dass wir nachgesehen haben – einen Glassplitter im Fuß können Sie nun wirklich nicht brauchen.«

»Genau. Aschenputtel hatte Glas an den Füßen, und Sie wissen ja, wohin das geführt hat.«

Er hob eine Braue. »Sie hat den Prinzen bekommen, oder nicht?«

»Einen Prinzen, der sich darauf verlassen musste, dass ein Schuh passt.« Lainey schüttelte den Kopf. »Was sie bekommen hat, war ein Typ mit schlechtem Gedächtnis und einem Fußfetisch.«

Damian schmunzelte. »Sie mögen also keine Märchen?«

»Oh, doch.« Sie schaukelte mit den Füßen und genoss

das Rascheln des perlenbesetzten Stoffes an ihren Knöcheln. »Aber Aschenputtel ist nicht mein Lieblingsmärchen. Welche Frau will schon einen Mann, der sich nicht an ihr Gesicht erinnert?«

»Gutes Argument.« Er zog ein Gästehandtuch aus einem kleinen Korb neben dem Waschbecken und hielt es unter den Wasserhahn. »Die sind irgendwie alle ziemlich verkorkst, wenn man genau darüber nachdenkt. Vor allem Dornröschen.«

»Ich mag lieber Romanzen, die ein bisschen mehr in der Realität verwurzelt sind.« Lainey schluckte, als Damian an dem Fleck auf seinem Hemd herumtupfte, wobei der Stoff nass wurde und an seinen Brustmuskeln klebte.

Es hieß doch, Körper seien Tempel – dann war seiner der Parthenon.

Wenn du dich mal lieber in den Klassenarbeiten an diesen Mist erinnert hättest, statt dann, wenn du einen heißen Typen abcheckst, wärst du in der Schule besser gewesen.

»Meinen Sie die Art von Filmen, in denen die Frau den Mann mit Rotwein übergießt und ihn auf einer Toilette verführt?« Er fing ihren Blick im Spiegel auf.

»Ich habe Sie noch nicht verführt.«

»Noch nicht.« Sein amüsiertes Lächeln veränderte sich, wurde anzüglich und entblößte seine perfekten weißen Zähne. »Also besteht noch Hoffnung.«

»Sie kennen noch nicht einmal meinen Namen.«

Nein, er kannte ihren Namen nicht. Und eigentlich sollte er sich darauf konzentrieren, mit seinen Klienten anzubandeln, nicht mit geheimnisvollen Rothaarigen. Aber mit ihr allein zu sein, die Energie zu spüren, die sie ausstrahlte – er fühlte sich mit ihr so wohl … Nicht so wie dort draußen, wo er sich wie eine Anomalie vorkam.

Da sie hier ist, ist sie eine von denen. Eine reiche Prinzessin, die mehr Ärger machen wird, als sie wert ist.

Genau wie seine Ex.

Doch etwas gab ihm zu denken. Er hatte so ein Gefühl – kein deutliches, mehr den Hauch einer Ahnung, dass er sich irrte. Als sie ihr Glas hatte fallen lassen, waren die ersten Worte aus ihrem Mund eine Entschuldigung gewesen – keine Ausrede oder gar ein Vorwurf. Als er ihr Hilfe angeboten hatte, hatte sie sie freundlich angenommen. Und jetzt neckte sie ihn. Spielte mit ihm.

Die Rothaarige war wie er, eine Außenseiterin, die einen Blick hineinwarf. Er wusste es einfach.

»Vielleicht kann ich Ihren Namen ja erraten«, sagte er, gab den Versuch auf, den Fleck zu beseitigen, und warf das Handtuch in den Korb unter dem Waschbecken. »Kommt nicht in irgendeinem Märchen auch so etwas vor?«

»Rumpelstilzchen. Das ist aber kein sehr romantisches Märchen.« Sie ließ die Beine über die Kante der Marmorplatte vor- und zurückbaumeln. Obwohl sie einander nicht kannten, wirkte sie völlig entspannt. »Aber Sie können es ja versuchen. Sie dürfen dreimal raten, und wenn Sie verlieren …« Sie tippte sich mit einem Finger ans Kinn. »Dann müssen Sie oben auf dem Balkon etwas mit mir trinken.«

Er stützte sich mit den Händen auf die Waschtischplatte und beugte sich zu ihr vor. Sie roch nach Vanille und Pfirsich. Die schwarzen Perlen auf ihrer Maske funkelten, ein sich tausendfach wiederholendes Miniaturspiegelbild seines hungrigen Gesichtsausdrucks.

»Bei all den vielen Namen auf der Welt? Ich wäre schön blöd, so eine Wette anzunehmen.« Er grinste. »Geben Sie mir einen Tipp?«

»Sie sehen nicht wie ein Mann aus, der Tipps braucht.«

»Einige würden Ihnen da widersprechen«, erwiderte er trocken. Damian fand selbst, dass er in diesem Augenblick einen Tipp ganz gut gebrauchen könnte – einen, der ihm anraten würde, diese Frau in Ruhe zu lassen, in den Ballsaal zurückzugehen und sich an Jerry McPartlin heranzumachen.

Sie drehte sich und schaute einen Moment lang in den Spiegel. »Mein Name hat nichts mit meiner Haarfarbe zu tun.«

»Also nicht Ruby oder Scarlett oder Rose?«

»Nein.« Sie schob sich eine Strähne ihres feuerroten Haars hinters Ohr.

»Das grenzt die Möglichkeiten nicht wirklich ein. Bekomme ich einen Buchstaben?«

»Wir sind hier nicht beim *Glücksrad*.«

Seine Lippen zuckten. »Wie wär's mit dem Geburtsjahr?«

»Ts, ts.« Sie wackelte mit dem Zeigefinger vor seiner Nase. »Diese Frage sollten Sie einer Dame niemals stellen.«

Er überlegte kurz und ging einige Namen durch, die zu jemandem ihrer Altersgruppe passen würden – was allein schon schwierig einzugrenzen war, da er den größten Teil ihres Gesichts nicht sehen konnte. Doch ihrer glatten, makellosen Haut und der Art nach zu urteilen, wie sie entspannt und mit baumelnden Füßen da saß … würde er sie auf Mitte zwanzig schätzen. Vielleicht auch jünger, auch wenn er sich nicht vorstellen wollte, dass über ein Jahrzehnt zwischen ihnen liegen könnte.

»Sie halten alle Karten in der Hand.«

Sie grinste. »Genau wie ich es mag.«

»Verhandeln ist nicht Ihr Ding, oder?«

»Nein. Ich bin Romantikerin und Träumerin.«

»Ah, dann sind Sie also arbeitslos?«

Sie warf den Kopf in den Nacken und lachte, und der Klang ging ihm durch und durch. Doch sie hörte auf, bevor er zu fassen bekam, was ihn daran so angerührt hatte. Eine Erinnerung.

»Kennen wir uns?«, fragte er und betrachtete sie genauer.

»Nein.« Ihre Antwort kam wie aus der Pistole geschossen, und mit dieser Reaktion zog sie eine Grenze zwischen ihnen, die ihn wahnsinnig neugierig machte.

»Nehmen Sie wenigstens die Maske ab, bevor ich rate?«

Er legte den Kopf schief. »Helfen Sie mir ein bisschen, faire Voraussetzungen zu schaffen?«

»Heute Abend dreht sich doch alles um das Geheimnisvolle, finden Sie nicht? Fremde ohne Gesichter.«

Ah, also war sie auf der Suche nach etwas Anonymem. Er konnte nicht genau sagen, wieso ihn das verunsicherte – verdammt, immerhin war *er selbst* bei zahllosen Gelegenheiten auf genau dasselbe aus gewesen. Keine Namen, keine Telefonnummern. Keine Wiederholungen.

Und ganz gewiss keine beschissene Reue.

Vielleicht hatte die Abfuhr von Jerry McPartlin Damian ja aus dem Konzept gebracht, denn er akzeptierte ihre Bedingungen. »Okay, dann also drei Versuche.«

Sie biss sich auf die Unterlippe, als müsste sie sich das Grinsen verkneifen. Die geheimnisvolle Rothaarige wusste, dass ihr der Sieg sicher war, das kleine Luder. Sie hielt drei Finger hoch. »Schießen Sie los.«

»Heißen Sie … Samantha?«

Sie knickte einen Finger ein. »Erster Fehlschlag.«

»Und was ist mit … Natalie?«

Sie schüttelte den Kopf. »Zweiter Fehlschlag.«

»Beim Letzten habe ich Glück.« Er stieß den Atem aus und genoss es, wie sie sich auf dem Waschtisch leicht wand und ihr eine leichte Röte ins Dekolleté stieg. »Amanda?«

Sie machte ein Buzzer-Geräusch und ließ die Hand sinken. »Jetzt schulden Sie mir einen Drink.«

Er wollte etwas anderes. Zweifellos würde sie besser schmecken als das edle Zeug, das im Ballsaal serviert wurde. Ein Drink erschien ihm viel zu bieder für ihre üppigen, vollen Lippen und ihre samtweiche Haut. Für dieses auffällige, feuerrote Haar und das Kleid mit dem tiefen V-Ausschnitt. Für den Schlitz, der ein hübsches Bein erkennen ließ und Sex und Sündhaftigkeit verhieß.

Er stand vor ihr, stützte die Hände rechts und links neben ihren Schenkeln auf die Waschtischplatte und kesselte sie so ein. Er beobachtete, wie sich ihre Pupillen weiteten – nicht aus Angst, sondern vor Verlangen. Ihre Brust hob und senkte sich, als sich ihr Atem beschleunigte, und ihre Lippen öffneten sich einen Spalt weit. Neckend. Einladend.

In seinem Innern rangen Lust und Logik miteinander – drängten ihn, zu bleiben und sie zu küssen. Zu gehen und sich auf Jerry McPartlin zu konzentrieren.

Schläge hämmerten an die Toilettentür, hektisch und schnell. »Entschuldigung? Ist jemand da drin?«

Damian trat zurück und half der Rothaarigen vom Waschtisch herunter. »Das scheint unser Stichwort für den Abgang zu sein. Können Sie wieder auftreten?«

Sie nickte. »Ja.«

Er öffnete die Tür und ließ die Rothaarige zuerst hinausgehen. Ein Mann in einer kunstvollen Goldmaske wippte auf der Stelle auf und ab und hielt sich den Bauch. Mit einem verärgerten Schnauben drängte er sich an Damian und der

Rothaarigen vorbei. »Die Toiletten sind nicht zum Rummachen gedacht. Manche Leute müssen sie *benutzen.*«

Kichernd nahm die Rothaarige Damians Hand und zog ihn den Flur hinunter, vom Ballsaal weg, zu einer großen, geschwungenen Treppe. »Kommen Sie, hier lang.«

»Ich glaube nicht, dass da oben irgendetwas ist, Arielle.«

»Das ist also jetzt mein Name?« Im Licht veränderte sich das Grünbraun ihrer Augen und ließ die kleinen, bernsteinfarbenen Sprenkel wie Goldstaub aussehen. »Arielle?«

»Passt doch. Langes rotes Haar und taucht auf geheimnisvolle Weise aus dem Nichts auf.« Sein Blick fiel nach unten. »Tolle Beine.«

Sie lachte und zog ihn weiter. Im hinteren Teil des Flurs war niemand, doch es waren scheppernde Geräusche zu hören, die lauter wurden. Kurz bevor sie die Treppe erreichten, kam ein Kellner in einer akkurat gebügelten Uniform aus einer Schwingtür. Die Rothaarige marschierte geradewegs in die Küche, als hätte sie jedes Recht dazu, und schnappte sich zwei Champagnerflöten von einem Silbertablett, das dort bereitstand, um hinausgetragen zu werden.

»Was tun Sie da?«, fragte Damian, als sie lässig zurück in den Flur kam, als wäre es völlig normal für Gäste in Ballkleidern, Getränke zu stehlen.

»Oben gibt es keine Kellner.« Sie reichte ihm ein Glas. »Kommen Sie, Sie haben mir einen Drink auf dem Balkon versprochen.«

Damian sah zum Eingang des Ballsaals, wo eine Gruppe Männer in Smokings beisammenstand. Ihr dröhnendes Gelächter schallte durch den Flur und es waren langweilige Stimmen zu hören, die langweilige Dinge diskutierten.

Letzte Chance. Geh wieder dort rein und arbeite an deinem Plan. Oder benimm dich wie der Mann, für den McPartlin dich hält.

Die Rothaarige lehnte sich näher, und die Perlen ihrer Maske streiften seine Wange. Warmer Atem tanzte ihm über die Haut, und der Duft ihres Parfüms ergriff Besitz von seinem Herzen. »Sie wissen, dass Sie es wollen, und *ich* weiß, dass Sie es wollen.«

Er wandte sich um, sein Gesicht so nah an ihrem, dass er sie hätte küssen können. »Na schön«, sagte er. »Ein Drink.«

5. Kapitel

Laineys Herz hämmerte wie ein Kleinkind, das Topfdeckel gegeneinanderschlägt, und sie spürte es bis hinunter zu ihren glücklicherweise unverletzten Zehen. Dieser Augenblick in der Toilette, als Damian gefragt hatte, ob sie sich kennen würden – da hatte sie schon geglaubt, alles wäre vorbei.

Sie war schließlich nicht James Bond.

Doch ihre Antwort musste ihn wohl zufriedengestellt haben, denn sein Misstrauen war abgeebbt.

Sie nahm den Saum ihres Kleids in die Hand und hob den Stoff an, als sie in die nächste Etage des Patterson House hinaufstiegen. Dem kleinen Schild am Fuß der Treppe zufolge, das Gäste höflich zurück zum Ballsaal dirigierte, war der Zutritt zum Balkon verboten. Doch Lainey fand, wenn man wirklich gewollt hätte, dass die Leute unten bleiben, hätte man die Treppe mit einem Seil abgesperrt.

Jedenfalls musste sie Damian wieder irgendwohin bekommen, wo sie allein waren. Er war kurz davor gewesen, sie zu küssen, bevor dieser tollpatschige Idiot mit seinen Verdauungsproblemen sie unterbrochen hatte. Dessen war sie sich sicher. Und dieser Kuss schwirrte ihr im Kopf herum. Sie wollte ihn. Unbedingt.

Als sie den Balkon betraten, wehte eine warme Brise über Laineys Haut und erinnerte sie daran, wie viel davon sie heute zur Schau trug. Ein Schauer überlief sie.

»Es ist ein wunderschönes Haus«, sagte Damian.

»Das ist es.«

Der Balkon war ebenso kunstvoll gestaltet wie der Rest des Gebäudes. Weiße Laubsägearbeiten umrahmten ihn, ließen aber Licht durchschimmern. Die Sonne ging gerade unter, und der Himmel erstrahlte in Orange- und Rosatönen und ließ die grünen Gärten des Patterson House noch üppiger erscheinen. Lainey kam sich vor wie ein Stern, der auf den Einbruch der Nacht wartet.

»Prost.« Damian hielt sein Glas hoch, und sie stieß mit ihm an. »Auf maskierte Fremde und launische Weingläser.«

»Und auf Märchen und Ratespiele.« Sie nippte an ihrem Getränk.

»Mir fällt auf, dass Sie gar nicht nach *meinem* Namen gefragt haben«, sagte er.

Mist. Sie war so sehr damit beschäftigt gewesen, ihre eigene Identität geheim zu halten, dass sie vorübergehend vergessen hatte, dass sie ja so tun musste, als würde sie ihn nicht kennen.

»Sie sind ja schrecklich besessen von Namen«, erwiderte sie, ging zum Rand des Balkons und sah zum Garten hinab.

»Und Sie weichen schrecklich gern aus.« Er lächelte, den Kopf leicht zur Seite geneigt. Sie kannte diesen Blick: Er versuchte, aus ihr schlau zu werden.

»Sagen wir einfach, eine Maske tragen zu können, war der Grund, weshalb ich mich entschlossen habe, heute Abend hierherzukommen.«

Eine Brise trug den Duft von Gardenien herüber. Der Balkon überblickte den Garten anstelle des Hofes, und Lainey bemerkte zwei Gestalten, die sich heimlich davonstahlen.

War das Imogen? Lainey versuchte, mehr zu erkennen, aber in der diesigen Dämmerung war das schwer zu sagen.

»Verstecken Sie sich vor jemandem?«, fragte er. »Oder geben Sie vor, jemand anderes zu sein?«

»Ein wenig von dem einen und ein wenig von dem anderen.« Sie trank noch einen Schluck Champagner. »Und das ist die Wahrheit. Ich versuche nicht, Ihnen auszuweichen.«

»Und trotzdem tut man manchmal unabsichtlich doch irgendetwas, auch wenn man es gar nicht versucht.« Seine Lippe zuckte. »Verraten Sie es mir, Arielle. Wenn Sie heute Abend nicht Sie selbst sind, wer sind Sie dann?«

Er stand ganz nah. So nah, dass sie das Eau de Cologne auf seiner Haut und darunter einen Hauch seines Duschgels riechen konnte. Er benutzte schon ewig die gleiche Sandelholzseife. Der reine, holzige Duft war ihr ins Gehirn eingebrannt – und ging ihr jedes Mal unter die Haut, eine Mischung aus Erinnerung und Fantasie.

Wie ein Film liefen die Bilder in ihrem Kopf ab, flackernde Eindrücke von jenem Tag vor etlichen Jahren, als sie zum Lernen bei Corinna zu Hause gewesen war. Sie hatte ihn beobachtet, wie er sich bis auf seine Badeshorts ausgezogen hatte und dann in den Pool gesprungen war. Sie hatte sich ausgemalt, wie es weitergehen würde. Wie sie ihm ins Wasser folgte, ihn an sich zog, mit der Hand über seine nackte Brust streichelte …

»Ich bin niemand.«

Er griff nach ihrem Champagner und stellte die beiden Gläser auf einen Tisch. Dann machte er dasselbe mit ihrer Clutch. Es war, als würde er sie ausziehen, und so ohne etwas zum Festhalten fühlten sich ihre leeren Hände nackt an.

»*Niemand* sind Sie ganz eindeutig nicht.«

»Vielleicht bin ich ein Produkt Ihrer Fantasie.«

»Ich hoffe nicht.« Seine Stimme wurde tiefer, klang rau und doch samtig. Wie Satin, der über Kies streift.

Ihr stockte der Atem, als er mit den Fingerspitzen ihre Hüfte berührte, souverän und fest. Ihr hautenges Kleid ließ seine Hände riesig auf ihrem Körper wirken. Er könnte sie überwältigen, sie beherrschen. Sie wollte, er würde es tun.

Die Stimme in ihrem Kopf rief ihr lautstark zu, sich an ihn zu pressen, doch Lainey wollte diesen Augenblick auskosten. Ihn in die Länge ziehen wie Karamell und ihrem Gehirn Zeit geben, jedes winzige Detail in sich aufzusaugen. Von diesem Augenblick würde sie für den Rest ihres Lebens zehren müssen; sie musste ihn so verinnerlichen, dass sie sich nachts daran würde festhalten können. Ihre verwirklichte Fantasie. Sie konnte – *wollte* – nichts überstürzen.

»Wieso?« Sie legte ihm die Hände auf die Brust.

Unter dem dicken Baumwollstoff seines Smokinghemds fühlte er sich an wie gemeißelter Stein. Hart und unnachgiebig. Stark. Sie musste sich ermahnen, zu atmen, sich nicht völlig zu verlieren, damit ihr nicht versehentlich etwas herausrutschte. Wie sein Name.

»Weil Fantasievorstellungen Zeitverschwendung sind. Wozu Energie für etwas vergeuden, das nicht real ist?« Er schob ihr die Hand in den Rücken und zog sie näher.

»Das Leben kann nicht immer mit der Fantasie mithalten.« Ihre Stimme war jetzt kaum noch ein Flüstern, dünn und leise und unnatürlich. Der Rest ihres Körpers mühte sich ab, bei all dem Adrenalin, das ihr durch die Adern schoss, noch richtig zu funktionieren.

»Das ist traurig, Arielle.«

»Es ist die Wahrheit.« Und nicht nur die Wahrheit, sondern ihre verdammte Lebensgeschichte. Die Welt, die sie in ihrer Vorstellung erschaffen hatte – die Welt, in der alles so war wie in ihren heiß geliebten romantischen Geschichten – war *viel* besser als die Realität. Würde das wahre Leben wirklich ihrer Fantasie gerecht, trüge sie heute Abend keine Maske.

Er beugte den Kopf zu ihr herunter und verharrte – Lainey kam es vor wie mehrere Ewigkeiten –, bevor er die Folter beendete. Er presste sie an sich, legte seine Lippen auf ihre und öffnete sie für einen heißen Kuss. Er tauchte ein, erforschte, erkundete und kostete sie. Ihr drehte sich der Kopf, und die Welt unter ihren Füßen wankte.

So wahr ihr Gott helfe, sie war erledigt. Ruiniert für alle anderen Männer. Für alle anderen Küsse.

Seine Lippen waren weich und voll, der Geschmack des Champagners und der Duft von etwas Erdigem und Männlichem betörten ihre Sinne. Himmlisch. Sie legte ihm die Hand in den Nacken und vergrub ihre Finger in seinem Haar, zog ihn näher in der Hoffnung, verhindern zu können, in seinen Armen den Boden unter den Füßen zu verlieren. In die Nachtluft davonzuschweben.

Als er eine Hand an ihrem Schenkel hinaufgleiten ließ und dabei den Schlitz in ihrem Kleid auseinanderzog, sang ihr Körper: ja, ja, *ja*.

Alles in ihr schmerzte vor Sehnsucht. Ihr Kopf, ihr Herz, die Stelle zwischen ihren Beinen. Nach ihm. Wegen ihm.

Seine Handfläche fühlte sich heiß auf ihrer Haut an, und er beschrieb mit dem Daumen langsame Kreise an der Innenseite ihres Schenkels. Bewegte ihn ein paar Zentimeter höher, dann wieder hinab. Vor und zurück in einem neckischen Tanz, der sie in den Wahnsinn trieb, ihr den Atem raubte vor Verlangen. Sie packte ihn fester und fuhr ihm mit der Zunge über die Unterlippe. Zwickte leicht hinein und entlockte ihm ein kehliges Stöhnen. Das Geräusch setzte ihre Nervenenden unter Strom und machte sie noch empfindsamer.

Er küsste sie, als würden all seine aufgestaute Lust, seine Anziehung zu ihr und seine Beschützerinstinkte gleichzeitig aus ihm hervorbrechen. Als hätte er, genau wie sie, die letzten zehn Jahre hiervon fantasiert. Das hier war alles, was sie sich gewünscht hatte, und es wurde ihren Erwartungen *so was von* gerecht.

»Mein Gott«, stöhnte sie in seinen Mund und drängte ihren Körper gegen ihn, drückte ihre Brüste gegen seine Brust.

Er schob sie gegen das Geländer, einen Arm weiterhin um ihre Taille gelegt, und ließ seine andere Hand höher und weiter nach hinten gleiten, bis er ihren Hintern umfasste. Warme Luft strich ihr überall über den Körper, denn ihr winziger Slip aus Spitze bedeckte nur das Allernötigste. Damian stöhnte in ihren Mund, als er nackte Haut fühlte.

»Du fühlst dich so verdammt gut an«, stieß er hervor und streifte mit den Zähnen ihren Hals. »Und du schmeckst himmlisch.«

»Berühre mich«, flüsterte sie ihm ins Ohr. »Bitte.«

Er zeichnete die Linien ihres Körpers nach, den Schwung ihrer Hüften, und ertastete die Hitze zwischen ihren Beinen. Winzige Lichtpunkte tanzten ihr hinter den geschlossenen Augenlidern, als er endlich mit den Fingern über ihre Mitte streichelte. Durch ihren hauchdünnen Slip konnte sie alles spüren. Damian presste seine Lippen auf ihre, küsste sie heftig und grob und verrucht. Mit Zähnen und Zunge. Wild. Fordernd. Jede Zelle ihres Körpers begehrte auf, als kämpfe sie um ihr Leben. Ums Überleben. Darum, diesen einen Augenblick der Lust auszukosten.

»Bitte«, wimmerte sie. »Ich brauche mehr.«

»Der nächste Schritt wäre, dass du in meiner Hand kommst, Prinzessin.« Das Knurren in seiner Stimme lief ihr wie ein Schauer über die Haut. »Denn wenn ich erst mal anfange, höre ich nicht auf, bevor du mit meinen Fingern in dir erbebst.«

»Ja«, keuchte sie, als er mit dem Saum ihres Höschens spielte und dabei mit dem Fingerknöchel ihre Perle massierte.

»Du musst dir sicher sein.« Er strich mit den Zähnen über ihren Hals, folgte der Linie von ihrem Kinn bis zum Schlüsselbein.

»Bin ich.« Sie schloss die Augen. »Ich könnte mir nicht sicherer sein. Ich bin mir in diesem Augenblick *so* was von sicher.«

Sie spürte, wie er an ihrem Hals schmunzelte. »Ich mag es, wenn eine Frau weiß, was sie will.«

»Und ich mag es, wenn ein Mann seine Hände einzusetzen weiß.« Sie drückte den Rücken durch, als er ihren Slip beiseiteschob, und biss sich auf die Unterlippe, um nicht laut aufzuschreien.

Das Letzte, was sie jetzt wollte, war die Aufmerksamkeit der unten umherlaufenden Menschen auf sich zu ziehen. Aber es fiel ihr schwer, nicht aufzustöhnen, während er sie streichelte. Mit ihr spielte. Er schob seine Finger in sie, zog die Feuchtigkeit aus ihrem Innern und rieb sie über ihre Perle. Ihr ganzer Körper pochte.

»Genau so.« Er legte sich eins ihrer Beine um die Hüfte, um sie noch weiter zu öffnen. »Lass mich fühlen, wie feucht du bist.«

Er rieb mit der Hand über ihren Hügel, streichelte ihre geschwollene Perle mit dem Daumen, als wüsste er haargenau, wie er sie zum Fliegen bringen konnte. Sie raste unaufhaltbar auf die Schwelle der Erlösung zu, ihre Schenkel begannen zu zittern, dann ihr ganzer Körper, bis sie das Gefühl hatte, sie würde fallen. Aber Damian hielt sie mit seiner anderen Hand fest, drückte sie mit einer Zärtlichkeit an sich, die die fordernden Finger zwischen ihren Beinen Lügen strafte.

»Es ist zu schnell«, keuchte sie und versuchte durchzuhalten – es hinauszuzögern –, aber er kannte ihren Körper zu gut. *Viel* zu gut.

»Es ist perfekt, Prinzessin.« Er presste ihr die Lippen an die Schläfe. »Wehr dich nicht dagegen.«

Sie konnte es auch nicht, selbst wenn sie es gewollt hätte. Die Erlösung bahnte sich einen Weg tief aus ihrem Innern und blendete alles aus – Hören, Sehen, Riechen. Sie nahm nichts davon mehr wahr. Nichts bis auf das elektrisierende Gefühl des Orgasmus, der sie mit sich riss.

Sie schlang die Hände um Damians Kopf und bohrte ihm die Fingernägel in die Haut, während sie sich nach Kräften bemühte, ihre Schreie an seinem Hals zu dämpfen. Als die Intensität langsam abebbte, drang seine Stimme zu ihr durch, sanft und leise. Ein Flüstern.

Prinzessin.

Sie schmolz in seinen Armen dahin, völlig kraftlos nach der erlebten Wonne. Aber er hielt sie. Sie würde nicht fallen.

»Das war verdammt wunderschön«, flüsterte er, ergriff ihre Hand und legte sie auf seinen Schwanz. Er war hart wie Marmor unter ihren zitternden Fingern. »Du hast mich richtig auf Touren gebracht.«

Sie richtete sich auf, strich mit einer Hand ihr Kleid nach unten und ließ die andere auf ihm liegen, während er sie mit dem Körper gegen das Balkongeländer presste. »Habe ich das?«

»Diese kleinen, leisen Schreie, als du gekommen bist, werden mir für den Rest meines Lebens nicht mehr aus dem Kopf gehen.«

Sie schluckte. Dieser Mann … Er war all das, was sie sich ausgemalt hatte. Ihr Körper und ihre Seele fühlten sich so lebendig, erfüllt von einer so starken Befriedigung, dass sie sich fragte, wieso ihr nie bewusst geworden war, dass sie bis jetzt nur halb wach gewesen war.

Doch als sie den Mund öffnete, um zu antworten, ließ das Geräusch von Schritten sie innehalten.

»Ähm.« Drei Männer standen am Rand des Balkons, allesamt in Smokings und ohne Masken. »Wir stören offenbar«, sagte der in der Mitte.

Lainey wollte sie anschreien, dass sie genau das taten und verschwinden sollten. Ihr perfekter Augenblick mit Damian war ruiniert, und wofür? Damit diese Muskelprotze ein Urteil über sie fällen konnten? Am liebsten hätte sie dem Typen in der Mitte das schmierige Grinsen aus dem Gesicht geschlagen.

»Das tun Sie allerdings«, erwiderte Damian.

»Darf ich Ihre Eintrittskarte sehen?«, fragte einer der Schlägertypen.

Lainey schlug das Herz bis zum Hals. Sie hatte nicht damit gerechnet, nach ihrer Eintrittskarte gefragt zu werden, nachdem sie erst einmal *drinnen* war. Mist. Wie sollte sie sich jetzt herausreden?

»Uns wurde gemeldet, dass sich jemand in die Veranstaltung eingeschlichen hat«, fügte Schlägertyp Nummer zwei hinzu. »Wir nehmen die Privatsphäre unserer Gäste sehr ernst.«

Damian steckte die Hand in die Innentasche seines Jacketts, zog seine Einladung heraus und reichte sie dem Mann. *Mr. Damian Edward McKnight* stand in verschnörkelter Schrift auf dickem, cremefarbenem Papier. Lainey wäre jede Wette eingegangen, dass der Druck dieser Einladungen mehr gekostet hatte, als sie im Jahr an Miete zahlte.

»Damian McKnight«, bestätigte der Typ. »Verzeihen Sie, dass ich Sie gestört habe, Mr. McKnight. Sie verstehen sicherlich, dass wir diese Dinge ernst nehmen müssen.«

Damian nickte. »Natürlich.«

Gerade, als die Schlägertypen sich Lainey zuwandten, trat jemand an die Gruppe heran. Dieser Mann trug eine Maske, gehörte also ganz offensichtlich nicht zum Sicherheitspersonal.

»Ich dachte doch, ich hätte einen vertrauten Namen gehört«, sagte er. »Ich bin hier heraufgekommen, um der Menge zu entfliehen, und anscheinend hatten Sie beide dieselbe Idee.«

»Mr. McPartlin«, sagte Damian mit ausdruckslosem Ton.

Wie in Jerry McPartlin. *Der* Jerry McPartlin. Lainey kannte seinen Namen, weil ihre Eltern große Fans seines ersten Restaurants, des Ora, waren. Sie konnten es sich nicht leisten, regelmäßig dort zu essen, doch einmal im Jahr, an ihrem Hochzeitstag, gönnten sie sich etwas.

»Wollen Sie mich Ihrer bezaubernden Begleitung nicht vorstellen?« Jerry deutete auf Lainey.

Scheiße. Natürlich musste es Jerry McPartlin sein, der ihm unerwartet über den Weg lief, während er in einem Bereich des Gebäudes, in dem sie nichts verloren hatten, eine wunderschöne, namenlose Frau in den Armen hielt. Er und die

Rothaarige waren zwar in der Sekunde voneinander abgerückt, als das Sicherheitsteam dazugekommen war, aber wieso sonst würden sich zwei Menschen hier oben auf einem privaten Balkon verstecken? Jegliche Hoffnung, die er gehegt hatte, die Meinung des Mannes doch noch zu ändern, löste sich in Luft auf. Es sei denn …

Ihm kam eine Idee. Hatte er nicht zu Aaron gesagt, dass er mehr wie ein Familienmensch wirken müsse? Wie ein Mann, der endlich sesshaft geworden war?

Das hier würde jetzt entweder fantastisch funktionieren, oder alles, was er wollte – brauchte –, würde ihm um die Ohren fliegen. Gar nichts zu sagen, wäre der sichere Untergang, und er hatte schon immer nach dem Motto *Ganz oder gar nicht* gelebt.

»Darf ich Ihnen meine Verlobte vorstellen, Arielle.« Er drückte der Rothaarigen die Hand und hoffte, sie würde seiner wortlosen Bitte, bei seinem Plan mitzuspielen, nachkommen.

»Ihre Verlobte?« Jerry legte den Kopf schief. »Sie haben nie erwähnt, dass Sie heiraten wollen.«

Damian warf der Frau an seiner Seite, die zum Glück bis jetzt nichts gesagt hatte, einen Blick zu. »Ich dachte nicht, dass das in geschäftlicher Hinsicht von Belang wäre.«

»Es ist mir ein Vergnügen.« Jerry streckte die Hand aus, und die Rothaarige zögerte einen Augenblick, bevor sie die Geste erwiderte.

»Gleichfalls. Ich bin ein großer Fan Ihrer Restaurants, Mr. McPartlin.«

»Bitte, nennen Sie mich Jerry.« Er gab ihr einen Handkuss, bevor er wieder zu Damian sah. »Charmant und glamourös. Sie scheinen ein Glückspilz zu sein.«

»Aber nicht Glückspilz genug, um mit Ihnen ins Geschäft zu kommen, und das nur aufgrund meines Images.« Er konnte sich den kleinen Seitenhieb nicht verkneifen, vor allem, da McPartlin ihm seine Geschichte anscheinend abgekauft hatte. »Sie können es einem Mann doch nicht verdenken, einen Augenblick mit seiner zukünftigen Frau allein sein zu wollen, oder?«

»Vielleicht habe ich Sie vorschnell verurteilt.« McPartlins Blick fiel auf die Hand der Rothaarigen, an der kein Ring zu sehen war. »Haben Sie etwa nicht mit einem Diamanten um ihre Hand angehalten?«

Mist. Wieder überschlugen sich Damians Gedanken.

»Wir haben eine Maßanfertigung in Auftrag gegeben«, sagte die Fremde mit samtweicher Stimme, so als hätte sie nicht vor wenigen Augenblicken noch atemlos gekeucht. »Damian weiß, wie gern ich immer alles perfekt habe.«

Sie kannte seinen Namen? Er drehte sich zu der Frau um, und sie sah zu ihm hoch, ihre Lippen prall und rosa. Dann lächelte sie. Na klar, die Sicherheitsmitarbeiter hatten ihn ja laut gesagt, als sie seine Einladung überprüft hatten. Zumindest verlieh dieses kleine Detail ihrer Geschichte zusätzlich an Glaubwürdigkeit.

»Das ist meine Arielle.« Er legte ihr einen Arm um die Schultern und zog sie an sich. Er spürte, dass McPartlins Blick noch immer auf ihr lag. »Sie weiß genau, was sie will.«

»Tja, freut mich, dass wir das aufklären konnten.« McPartlin nickte.

»Wir müssen dennoch Ihre Einladung überprüfen, Miss«, sagte einer der Sicherheitsmitarbeiter.

Damian spürte, wie sich die Rothaarige neben ihm versteifte, und das verriet ihm, dass sie genau *diejenige* war, nach der sie suchten. Kein Wunder, dass sie nicht scharf darauf war, ihren Namen zu verraten.

»Ich fürchte, Arielles Einladung hat ein unschönes Ende gefunden«, sagte er. »Auf der Toilette.«

Die Wachleute sahen einander an, unsicher, wie sie mit dieser Information umgehen sollten.

»Es war meine Schuld«, erklärte die Rothaarige mit freundlicher und doch leicht hauchiger Stimme. »Ich bin mit meiner Clutch am Waschbecken hängen geblieben, sie hat sich geöffnet, und alles ist rausgefallen.«

»Es ist nicht deine Schuld, Liebling.« Damian rieb ihr in langsamen Kreisen über den Rücken, als ginge er völlig in der Rolle des vernarrten Verlobten auf. Er lächelte sie verrucht an. »Ich hätte nicht so stürmisch sein sollen.«

Ein kleines Keuchen kam ihr über die Lippen, wurde

jedoch vom Räuspern eines der Wachmänner übertönt. »Tja, also dann. Wir müssen weiter.«

»Hat mich sehr gefreut, Sie wiederzusehen.« Damian nickte McPartlin zu, als auch der sich umdrehte, um zu gehen.

»Ja.« Der ältere Mann ließ noch einmal den Blick über sie beide schweifen, als würde er nicht ganz schlau aus ihnen. »Genießen Sie den Abend.«

Damian und die Rothaarige standen dicht nebeneinander auf dem Balkon und sprachen kein Wort, bis die Männer die Treppe hinuntergestiegen und im Erdgeschoss angelangt waren. Laineys Erleichterung war förmlich spürbar, und sie ließ sich gegen ihn sacken.

»Du schleichst dich also gern uneingeladen auf Partys, hm?« Damian sah hinab in ihre großen, grünbraunen Augen. »Das ist ziemlich dreist. Das hier ist eine äußerst bedeutende Veranstaltung.«

»Ist es ganz sicher«, erwiderte sie ruhig. »Mein lieber zukünftiger Ehemann.«

Er schmunzelte. Keiner von ihnen war in einer Position, den anderen zu verurteilen – sie waren beide Lügner. Oder beide Retter, je nachdem, wie man die Sache betrachtete.

»Das heißt dann wohl, dass ich den Rest des Abends bei dir bleiben muss?«, fragte sie und legte ihren Kopf an seinen Arm.

»Sieht so aus.«

Er konnte sich schlimmere Arten vorstellen, einen Abend zu verbringen – und Gesellschaft zu haben würde ihn zumindest davon abhalten, bei all dem Standesdünkel im Ballsaal durchzudrehen. Er hatte sich allerdings in die Bredouille gebracht, was Jerry McPartlin anging. Es könnte sich zwar vorteilhaft auswirken, den Mann in dem Glauben zu lassen, dass er eine Verlobte hatte, doch er würde dafür sorgen müssen, dass es für Jerry McPartlin keinen Grund gab, seine »zukünftige Frau« je wiederzusehen.

6. Kapitel

Lainey konnte ihr Glück kaum fassen. Damian hatte praktisch die ganze Arbeit für sie erledigt – da sie angeblich seine Verlobte war, *mussten* sie den Abend zusammen verbringen. Und da *er* das herbeigeführt hatte, hatte sie entspannen und seine Gesellschaft genießen können.

Oder genauer gesagt, sie hatte innerlich ausflippen und seine Gesellschaft genießen können.

Sie hatten getanzt, winzige fantasievoll gestaltete Häppchen gegessen, und sie hatte ihn beobachtet, wie er bei den stillen Auktionen mitbot und mit Leuten sprach, deren Namen sie aus der Zeitung kannte. Es war auch viel übers Geschäft geredet worden. Aber er stellte sie weiterhin als seine Verlobte, Arielle, vor, und so konnte sie die verliebte, zukünftige Mrs. McKnight spielen, die ihm treu zur Seite stand. Seinen Freunden, die sie misstrauisch beäugt hatten, hatten sie die List natürlich erklären müssen.

Jetzt waren sie im Ballsaal. Lainey hatte ihm die Arme um den Nacken gelegt, und seine Hände lagen auf ihrem Kreuz. Man konnte es nicht wirklich Tanzen nennen. Eher Sich-im-Takt-der-Musik-hin-und-her-wiegen. Aber Lainey hätte in diesem Augenblick sterben können und wäre der glücklichste Mensch auf Erden gewesen. Ach was, in der gesamten Galaxie. Dies war die Nacht ihrer Träume … doch mit einem hoffentlich noch etwas verruchteren Ende.

»Du weißt, was das bedeutet, oder?«, fragte er.

»Was denn?« Sie hob das Gesicht und sah zu ihm hoch.

»Dass wir gemeinsam gehen müssen.« Er beugte den Kopf, und Lainey wurden die Knie weich, als seine Lippen ihr Ohr streiften und er heiser flüsterte: »Für den Fall, dass uns die Leute beobachten.«

»Natürlich.«

Damian hielt sie eng an sich gedrückt, eine Hand unten auf dem tiefen Rückenausschnitt ihres Kleids. »Keine Einwände? Ich könnte doch sonst wer sein.«

»Ich auch.« Sie berührte seinen Kiefer mit den Fingerspitzen und zeichnete die markanten Linien unter der weichen Haut nach. »Aber darum geht es ja bei einem Maskenball. Wir können eine Nacht lang sein, wer wir wollen.«

»Wieso bist du hier?«

»Ich hatte gehofft, den Boden unter den Füßen zu verlieren.« Sie grinste. »Aber ein vorgetäuschter Heiratsantrag muss reichen.«

»Wenn mich meine Erinnerung nicht trügt, habe ich dir das schon geboten, als ich dich getragen habe. Vielleicht habe ich sogar deinen Fuß gerettet.«

»Das habe ich nicht gemeint.«

Er lehnte seine Stirn gegen ihre, Maske an Maske. Perlen kitzelten ihre Haut, als sie das Gesicht anhob, ihre Lippen nur eine Haaresbreite von seinen entfernt.

»Was hast du denn gemeint, Arielle? Wolltest du einen Mann, der dich mit auf sein Schloss nimmt und zu einer Prinzessin macht?«

»Nein.« Sie schüttelte den Kopf. »Ich wollte einen Mann, der mich hier und jetzt wie eine Königin behandelt. Eine Fantasie für eine Nacht – das ist alles, was ich will.«

Sein Blick wurde intensiv, elektrisierend, und seine Lippen spannten sich an. Doch Damian war kein Mann, der seine Gefühle verbarg. Er schob seine Hände tiefer, umfasste ihren Hintern und zog sie an sich. Er war steinhart.

»Eine Nacht?«, raunte er ihr ins Ohr. »Und nichts weiter?«

»Ich verspreche, mich um Punkt zwölf in einen Kürbis zu verwandeln.« Sie biss sich auf die Unterlippe, sehnte sich danach, sich an ihm zu reiben – ihr Körper lechzte förmlich danach –, und bemühte sich gleichzeitig verzweifelt darum, nicht noch mehr Aufmerksamkeit auf sich zu ziehen, als sie es ohnehin bereits taten. Das hier war offensichtlich nicht die Art von Tanz, die man auf dem Carmina-Ball gewohnt war. »Danach hörst du nie wieder von mir.«

»Ist das wirklich das, was du willst?«

Nein. Sie wollte das, was er gesagt hatte – dass er sie mit auf sein Schloss nahm und zu der Seinen machte. Dass sein

Antrag echt wäre. Dass das Verlangen in seinen Augen mehr wäre als reine Lust. Aber Lainey war schließlich Pragmatikerin. Und sie wusste, dass es nichts brachte, sich etwas zu wünschen, was sie nicht haben konnte.

»Ja«, log sie. »Das ist genau das, was ich will.«

Abrupt ließ er die Hände sinken, und sie trat zurück, während innerlich alles in ihr gegen den plötzlichen Kontaktverlust protestierte. Verlangen dröhnte ihr wie ein Trommelrhythmus durch die Blutbahn: *mehr, mehr, mehr*. Das Rauschen in ihren Ohren übertönte den restlichen Ballsaal, und ihr Blickfeld erfasste nur ihn. Ihn allein.

Er war wie ein seltsamer Hybrid aus Mensch und Gott in seinem schwarzen Smoking und der Maske. Deren Form betonte seine perfekte Nase – seine aristokratische Adlernase –, und das schwarze Leder verlieh seinen sexy Zügen etwas Geheimnisvolles. Auf seinen Lippen lag ein Lächeln, bei dem ihr ein Schauer durch den Körper lief. Es war kein freundliches, romantisches, liebevolles oder sonst eins der Lächeln, die sie von ihm kannte. Es war raubtierhaft. Köstlich.

»Lass uns gehen.« Er hielt ihr die Hand hin. »Jetzt.«

Lainey blickte sich im Saal um – der Ball neigte sich langsam dem Ende zu. Gäste gingen bereits, obwohl die Kellner noch mit Drinks auf ihren Tabletts herumstanden. »Jetzt?«

»Sofort. Für einen Abend habe ich genug Geschäfte abgewickelt.« Er nahm sie bei der Hand, zog sie an seine Seite und beugte sich zu ihrem Ohr herab. »Und wenn wir das hier nicht bald zu Ende bringen, könnte es passieren, dass ich dich innerhalb der nächsten Sekunden hinter eine von diesen Topfpflanzen schleife.«

»Das könnte lustig werden«, neckte sie ihn.

»Ich bin nicht gern leise, Arielle.« Jedes Wort schlug eine Saite in ihr an. Er spielte auf ihr wie auf einer Harfe. »Wenn ich in dir bin, will ich so laut sein, wie ich nur kann, damit du weißt, wie unglaublich es sich anfühlt, dich um meinen Schwanz zu spüren.«

Ihr stockte der Atem. *Ach. Du. Scheiße.* Damian war kein Mensch gewordener Gott – er war der reinste Sexgott. Dieser eine Satz hatte die Aufregung und innere Wärme, die sie verspürt hatte, dermaßen gesteigert, dass ihr Spitzenunterhöschen klatschnass wurde. Er hatte recht. Sie mussten sofort gehen. Denn allmählich sah diese Topfpflanze ziemlich verlockend aus.

»Dann Beeilung.« Sie marschierte von ihm weg. »Vergeuden wir keine Zeit.«

Schmunzelnd folgte er ihr in den vorderen Teil des Patterson House. Das große Foyer bot einen imposanten Anblick – kunstvoller Parkettboden glänzte unter einem riesigen Kronleuchter, der aussah wie aus einem Königspalast. An der Eingangstür standen zwei Sicherheitsmänner, doch Lainey konnte nicht sagen, ob es dieselben waren, die sie auf dem Balkon überrascht hatten.

Sie reihten sich in eine kurze Schlange Gäste ein, die das Gebäude verließen, und Lainey tippte ungeduldig mit dem Fuß.

»Guten Abend, Sir«, sagte ein Mann in dunklem Anzug, als sie das Ende der Schlange erreichten. »Dürfen wir Ihnen einen Wagen rufen, oder haben Sie bereits einen bestellt?«

Damian nickte. »Ein Wagen wäre fantastisch, vielen Dank.«

Der Mann trat hinaus auf den Pfad, der die kreisrunde Einfahrt vor dem Anwesen säumte, und hob eine Hand. Einen Augenblick später fuhr eine schwarze Limousine vor.

Lainey war noch nie in einer Limousine gefahren – es hatte noch nie einen Anlass gegeben. In ihrem Leben gab es nicht dauernd irgendwelche besonderen Gelegenheiten, die schicke Abendkleider und edle Karossen mit Chauffeuren erforderten, die ihr die Tür aufhielten.

»Nach dir.« Damian bedeutete ihr, zuerst einzusteigen.

Sie ließ sich so elegant, wie es ihr möglich war, auf den Sitz gleiten, das lange Kleid in einer Hand gerafft, in der anderen ihre Clutch. Damian folgte ihr, und als die Tür zuschlug, durchfuhr Lainey ein Kribbeln. Vor Erregung und Nervosität. Sie zog die Puderdose ihrer Großmutter aus ihrer Tasche und frischte ihr Lipgloss auf, weil sie keine Ahnung hatte, wie es jetzt weitergehen sollte.

In ihren Plänen war sie nie so weit gekommen, denn insgeheim war sie überzeugt gewesen, dass sie scheitern würde.

Oder entdeckt werden. Oder dass er kein Interesse an ihr haben würde, selbst in ihrer Verkleidung nicht.

Aber das hatte er.

»Die haben sich ja wirklich nicht lumpen lassen«, sagte sie, ließ die Puderdose zuschnappen und streichelte mit dem Daumen über die Stickerei. »Limousinen für so viele Gäste müssen ein Vermögen gekostet haben.«

»Na ja, im Grunde bezahlen die Kartenbesitzer dafür. Aber woher solltest du das wissen?« Seine Lippen zuckten. »Wie bist du überhaupt an den Sicherheitsleuten vorbeigekommen?«

»Würde ich dir ja sagen, aber …« Sie zuckte mit den Schultern. »Du weißt ja, wie es läuft.«

»Du müsstest mich anschließend umbringen?«

»Genau. Bring mich nicht dazu, deinetwegen ein so schönes Kleid zu ruinieren.«

»Wenn dieses Kleid ruiniert wird, dann nicht durch Blutvergießen. Glaub mir.« Er lehnte sich zurück und legte den Arm auf die Rücklehne des Ledersitzes. Die Pose – in Kombination mit der Art und Weise, wie er sie mit seinem Blick verzehrte – war so ungeniert männlich. Sie hatte ihn schon immer um seine Selbstsicherheit beneidet. »Was die Maske andererseits angeht …«

»Die bleibt dran.« Sie war zu weit gekommen, um jetzt alles kaputtzumachen. Sie war erregt und bereit für ihn – der kleine Vorgeschmack von vorhin hatte ihren Appetit nur angeheizt. »Das ist nicht verhandelbar.«

Er strich sich mit einer Hand über den Kiefer und grinste langsam. »Aber im Verhandeln bin ich unschlagbar.«

»Du bist bestimmt wahnsinnig talentiert, aber ich bin nicht interessiert. Die Maske bleibt dran, oder du kannst heimfahren und eine kalte Dusche nehmen.«

Er lachte und griff nach einer Flasche Champagner in einem kleinen Kühlschrank, den Lainey gar nicht bemerkt hatte. Offensichtlich hatte Damian deutlich mehr Erfahrung mit Limousinen als sie. Gekonnt entkorkte er die Flasche mit einem leisen Plopp und schenkte ihnen zwei Gläser ein.

»Mit ein bisschen Geheimniskrämerei komme ich klar«, sagte er und reichte ihr ein Champagnerglas. »Aber eins musst du mir verraten.«

»Und was?«, fragte sie vorsichtig.

»Du bist nicht verheiratet, oder?«

Seine Worte versetzten ihr einen Stich mitten ins Herz. Sie war gar nicht auf die Idee gekommen, dass er annehmen könnte, sie sei verheiratet, aber es ergab Sinn. Bei seiner Vorgeschichte und ihrem Bedürfnis, ihre Identität geheim zu halten, war diese Schlussfolgerung nur logisch. Er hatte zwar so getan, als hätte er das alles hinter sich gelassen, doch es war offensichtlich, dass die Narben aus seiner Scheidung noch nicht verheilt waren.

»Nein, ich bin nicht verheiratet«, antwortete sie leise. »Ich stecke in keinerlei Beziehung. Ehrenwort.«

Damian fuhr sich mit der Hand durch sein dunkles Haar und nickte. »Gerade habe ich etwas von mir preisgegeben, nicht wahr?«

»Nur, dass du ein Mann mit Moralvorstellungen bist.« Sie nippte an ihrem Drink. »Aber ich werde dir keine Fragen stellen.«

Damian lehnte sich in dem weichen Sitz zurück und spielte mit dem Stiel des Champagnerglases. Heute Abend hatte er eine Grenze überschritten, obwohl er sich geschworen hatte, es nicht zu tun – zumindest eine Weile lang. Und er war kein Mann, der seine Meinung änderte, wenn er erst einmal eine Entscheidung getroffen hatte.

Er hatte die Finger von Frauen lassen wollen. Von Sex und Spielchen und all diesem Mist, denn er musste sich auf seine Arbeit konzentrieren. Nachdem er Jenny und Ben in flagranti erwischt hatte, hatte er zwölf Monate lang wahllos durch die Gegend gevögelt, um zu vergessen, und es hatte ihm nichts als Kummer eingebracht. Es hatte weder die gähnende Leere in seiner Brust gefüllt noch die kritischen Stimmen in seinem Kopf verstummen lassen. Und seitdem war er sehr wählerisch geworden, wen er in sein Bett ließ. Und sogar noch wählerischer, wen er in sein Leben ließ.

Doch dann hatte diese Rothaarige ihn umgehauen und alles auf den Kopf gestellt. Oben auf dem Balkon war er machtlos gewesen und hatte ihr nicht widerstehen können, als sie mehr verlangt hatte – und dabei wollte sie ihm noch nicht einmal ihren Namen verraten.

»Ich, äh … ich mache so etwas normalerweise nicht«, sagte die Rothaarige.

»One-Night-Stands?«

»Zumindest nicht ohne vorhergehendes Abendessen.« Sie trank ihren Champagner aus. Vielleicht musste sie sich Mut antrinken? Er war versucht, sie daran zu erinnern, dass er sie bereits einmal zum Orgasmus gebracht hatte und es keinen Grund gab, nervös zu sein. Aber er sagte nichts.

»Wir hatten doch Canapés, damit wäre das Abendessen erledigt.«

Sie lächelte, aber weder verführerisch noch sexy. Sie wirkte … schüchtern. »Du weißt, was ich meine.«

»Ich verurteile dich nicht«, sagte er und leerte sein Glas.

Im Augenblick wäre ihm ein Scotch lieber gewesen – zwei Fingerbreit, pur –, aber das hier war auch okay. Eigentlich wollte er *gar nichts*, das dieses Erlebnis dämpfen würde. Irgendetwas sagte ihm, dass diese Rothaarige etwas Besonderes war. Dass diese ganze verrückte Sache kein gewöhnlicher Sex werden würde, der sich für den Augenblick toll anfühlt, aber am nächsten Morgen schon wieder vergessen ist.

»Du musst nicht nervös sein«, sagte er. »Ich will es, du willst es. Wir müssen uns nur darüber einig werden, wo.«

»Wie wär's gleich hier?«, flüsterte sie. Unter der Maske röteten sich ihre Wangen, und das hübsche Rosa bahnte sich einen Weg ihren Hals hinab bis zu ihrem Dekolleté.

»Im Wagen?«

»Wieso nicht? Du hast ja selbst gesagt, der ist im Eintrittspreis inbegriffen.«

Er unterdrückte ein Stöhnen, als sie die Beine übereinanderschlug und dabei der lange Schlitz aufklaffte und die weiche, blasse Haut ihrer langen Beine entblößte. Das Wissen, dass sie nichts außer einem Hauch von Spitze darunter trug, ließ ihn unglaublich hart werden. Er wollte sie auf seinem Schoß haben, mit gespreizten Beinen, und hören, wie sie seinen Namen stöhnte. Er konnte nicht mehr länger warten.

Damian öffnete die Trennscheibe und wies den Fahrer an, ein paarmal um den botanischen Garten zu fahren. Angesichts des Samstagabendverkehrs dürfte ihm das ausreichend Zeit verschaffen, um sich in dieser wunderschönen, geheimnisvollen Frau zu verlieren.

Ihre Augen verdunkelten sich, und ihre Halsmuskeln spannten sich an, als sie schluckte. Das gedämpfte Licht tanzte über ihre Haut und akzentuierte die glatte Blässe, wo das Kleid den sinnlichen Ansatz ihrer Brüste freigab. Die glänzenden Silberperlen glitzerten wie Sternenstaub.

Sein Schwanz wurde noch härter und drückte gegen den Stoff seiner Smokinghose. Er rückte sich zurecht und zählte im Kopf bis zehn. Seine selbst auferlegte Abstinenz würde ihm einen Strich durch die Rechnung machen, wenn er seinen Drang nicht unter Kontrolle behielt. Wenn er das hier wirklich tun würde, dann wollte er nicht schon in den ersten fünf Minuten kommen.

»Bevor wir weitergehen, musst du wissen, dass ich dir meinen Namen nicht verraten werde«, erklärte sie. Mit der Fingerspitze strich sie über die Perlenstickerei auf ihren Schenkeln. »Ist das ein Problem?«

Er biss sich auf die Unterlippe und stellte sich vor, wie er ihr in die Haut ihrer Schenkelinnenseite biss und einen perfekten Abdruck hinterließ. Der Gedanke an ein so intimes Mal auf ihrer Haut erregte ihn. Wie würde sie auf den Schmerz im Zusammenspiel mit all der Lust, die er ihr bereiten wollte, reagieren?

»So gehe ich diese Dinge normalerweise nicht an«, sagte er und streckte eine Hand aus. »Aber nein, es ist kein Problem.«

Sie rutschte über die Sitzbank der Limousine auf ihn zu, bis ihr Schenkel seinen berührte. Ihr flacher Atem war Musik in seinen Ohren. Er packte sie um die Taille und zog sie auf seinen Schoß, sodass sie auf ihm saß. Der Schlitz ihres Kleids öffnete sich noch weiter und entblößte das obere Ende ihrer perfekten, glatten Schenkel.

Sein Schwanz schmerzte vor Verlangen, sich in ihr zu versenken. Er nahm ihren Kopf in die Hände, zeichnete ihre Kieferpartie nach und vergrub seine Finger in ihrem Haar.

Mit dem Daumen fuhr er an ihrer Ohrmuschel entlang und beobachtete ihren Mund, aus dem der Atem jetzt stoßweise kam. Sie ließ sich tiefer sinken, presste ihre heiße Mitte gegen seine pochende Erektion, und ihm schoss heißes Verlangen durch den Körper.

»Nicht bewegen«, befahl er ihr flüsternd ins Ohr.

Der Duft von Pfirsichen und Vanille drang ihm in die Nase und erfüllte ihn wie eine Droge. Sie wurde ganz still in seinen Armen, und er legte die Lippen an ihren Kiefer und küsste die zarte Linie entlang bis zu ihren Lippen. Sie waren voll und verlockend.

Langsam, langsam.

Er verharrte über ihren Lippen und wartete, um zu sehen, ob sie einknicken würde. Sie zuckte mit keinem Muskel, sondern wartete gefügig. Er presste seinen Mund auf ihren, drängte sich zwischen ihre Lippen, um sie ganz schmecken zu können.

Er packte ihr Haar mit den Fäusten und hielt ihren Kopf fest, während er sie gierig küsste. Sie stöhnte in seinen Mund und der gedämpfte Klang weckte jeden Nerv in seinem Körper. Er würde das hier so genießen.

7. Kapitel

Wenn Küssen eine olympische Disziplin wäre, würde Damian Gold, Silber und Bronze mit nach Hause nehmen. Konkurrenzlos. Der Mann hatte eine Kontrolle über seine Zunge, das war beinahe sittenwidrig.

Er zog an ihrem Haar, um ihren Kopf so in Position zu bringen, dass er sich nehmen konnte, was er wollte. Wie er es wollte. Ein solcher Kuss hätte eigentlich von einem Beckenschlag oder dem Tosen des Ozeans begleitet werden müssen. Er hätte glatt seinen eigenen Soundtrack verdient. Doch Lainey nahm nur das leise Knistern ihrer Nerven wahr, die langsam, aber sicher in Flammen aufgingen, während sie dahinschmolz wie Wachs in seinen Händen.

»Gott«, stöhnte er ihr ins Ohr, als er an ihrem Ohrläppchen lutschte.

Heißer Atem wärmte ihr die Haut. Damian hüllte sie ein, stützte sie. Hielt sie fest. Nur ihr Mund bewegte sich, als sie seinen Kurs erwiderte. Ihr Körper gehörte ihm, er konnte ihn so bewegen, wie er es wollte.

Er ließ ihr Haar los, strich mit den Händen ihren Hals hinab und zeichnete mit dem Daumen die kleine Vertiefung an ihrer Kehle nach. Sie konnte spüren, wie ihr Puls wild vor sich hin flatterte, und schnappte nach Luft. Sie genoss die Macht, die er über sie hatte. Sie wünschte sich, er würde sie hier an Ort und Stelle ficken, ihr den Slip zur Seite schieben, wie er es auf dem Balkon getan hatte, und die beinahe unerträgliche Anspannung lösen, die sich zwischen ihren Beinen aufgebaut hatte.

Doch Damian hatte offenbar andere Ideen. Langsamere Ideen. Er beugte sich vor, saugte an der Haut ihres Dekolletés und glitt mit der Zunge über ihr Schlüsselbein, bevor er sich weiter nach unten arbeitete. Geborgen in seinen Armen, lehnte Lainey sich zurück, um ihm den nötigen Platz zu geben. Er zog ihr Kleid zur Seite, sodass ihre Brust frei lag, und nahm einen Nippel in den Mund.

Er saugte daran, fuhr mit den Zähnen über die empfindliche Spitze. War es möglich, schon allein davon zu kommen? Lainey kam meistens eher durch ihre eigenen Hände zum Orgasmus als durch ihre Partner. Die Männer, mit denen sie schlief, hielten Brüste eher für lustige Dinger, die man hüpfen und wackeln lassen konnte. Damian aber behandelte ihre wie den Mittelpunkt der Welt. Er huldigte ihnen.

Sie unterdrückte ein Stöhnen, da ihr bewusst war, dass sie sich in einem Auto voller Fenster befanden. Getönte, zum Glück, aber es waren dennoch Fenster. Sie spürte das Rauschen der Reifen auf dem Asphalt, als Damian sie sanft in die Brust biss. Er ließ die Zunge darum kreisen, bevor er sie wieder in den Mund saugte. Der Druck in Laineys Innern wurde größer. Stieg an, bis sie das Gefühl hatte, sie würde explodieren.

»Ich werde dich noch mal kommen lassen.«

»Noch mal?«

»Ja, Prinzessin.«

Die leisen Worte ließen sie erzittern, ihre heiße Mitte pulsierte. Bettelnd. Flehend. Lainey nickte.

»Sei nicht leise, okay? Diesmal will ich dich hören.« Er presste die Lippen auf ihre Brust und ließ die Hand ihren Bauch hinabgleiten bis zu ihrem Bein. »Kannst du das für mich tun?«

»Ja.«

Mit heißen Handinnenflächen strich er ihre Oberschenkel hinauf und schob ihr das Kleid bis zu den Hüften. Dann zog er das kleine Dreieck aus Spitze, das ihr Lustzentrum bedeckte, zur Seite und spreizte sie zärtlich mit den Fingern. Erkundete sie. Erregte sie. Ein Keuchen blieb ihr im Hals stecken.

»Du bist so verdammt feucht«, stöhnte er ihr ins Ohr.

Seine Augen schimmerten dunkel und rauchig, sein Mund war schlaff vor Verlangen. *Sie* hatte das bei Damian bewirkt. Ein Gefühl weiblicher Macht erfüllte sie und vermischte sich mit der auflodernden Erregung, als er ihre Perle mit dem Daumen reizte.

Er wusste genau, wo er drücken musste, wie fest er drücken musste und wann er den Druck wieder verringern musste. Der Orgasmus baute sich in ihr auf und drohte, sie jeden Moment zu überrollen. Getreu seinem Versprechen brachte Damian sie bis an die Schwelle, ließ sie aber dort verharren. Schwerelos. Voller Verlangen.

Diesmal drängte er sie nicht, sondern spielte mit ihr. »Wir sind fast da. Halte es nur noch ein klein wenig länger zurück.«

Er beschrieb langsame, aufreizende Kreise um ihre Klitoris. Sie zwang sich dazu, nicht die Hüften zu bewegen, um allein ihn ihr dieses Erlebnis schenken zu lassen. Er kontrollierte das Tempo und damit auch ihre Lust. Er kontrollierte *sie*. Sie presste sich die Fingernägel in die Schenkel, während sie dem Drang widerstand, sich an seiner Hand zu reiben. Sie war so nah dran ... so unglaublich nah.

»Nimm's dir«, raunte er.

Er steigerte den Druck um den winzigen Hauch, den sie brauchte, um über die Schwelle zu kippen, und sämtliche Luft entwich aus ihrer Lunge, als sie fiel, fiel, fiel. Sie presste das Gesicht an seinen Hals, und ihre Lustschreie vibrierten an seiner Haut. Schauer durchliefen ihren Körper und betäubten ihre Gliedmaßen, während sie sich an seiner Hand rieb, bis sie nicht mehr konnte. Bis sie jedes letzte bisschen Wonne herausgepresst hatte.

Lainey fragte sich, ob sie gestorben und in einer Art Sex-Nirvana gelandet war. Sie war schon mit ein paar Typen zusammen gewesen, die auf Fummeln in der Öffentlichkeit standen – in Gassen, Nachtclubs, Taxis. Aber ihr Ding war es nie gewesen.

Bis jetzt.

Sie hatte das Gefühl, mit Damian würde ihr jede Art von Sex Spaß machen, in jeder nur erdenklichen Position. Und vielleicht auch in ein paar nicht erdenklichen. Er besaß eine Macht über sie, die ihr hätte Angst machen sollen … doch das tat sie nicht. Es war das aufregendste, befreiendste Gefühl, das sie je erlebt hatte, und dabei hatten sie gerade mal die Oberfläche angekratzt.

Langsam drangen die Geräusche und Bilder der Außenwelt durch das postkoitale Nachglühen in Laineys Kopf. Hupende Autos, das Klingeln der Straßenbahn und heulende Sirenen. Lichter blitzten am Rand ihres Sichtfeldes auf, als sie am geschäftigen Bahnhof Flinders Street vorbeifuhren.

Gott sei Dank waren die Scheiben getönt.

»Fühlst du dich schon wie eine Königin?« Er legte ihr die Hand unters Kinn und hob ihr Gesicht an, während er mit dem Daumen über die schwarzen Perlen auf ihrer Wange strich.

»Ich bin zwar definitiv im Königreich angelangt, aber noch nicht am Ziel.« Durch ihren Endorphinrausch ermutigt, beugte sie sich vor und schob die Hand zwischen sich und ihn.

Durch den dünnen Stoff seiner Smokinghose konnte sie

spüren, wie hart er war. Und lang. Und dick. Perfekt. Als wäre Damian allein zu dem Zweck erschaffen worden, Lust zu bereiten. Laineys Herz setzte einen Schlag aus. Sie würde es wirklich tun – auf dem Rücksitz einer Limousine Sex mit dem großen Bruder ihrer besten Freundin haben, ohne dass er wusste, wer sie war.

Leichte Unruhe erfasste sie, gepaart mit einem Hauch Besorgnis. Denn auch wenn ihre Mission dabei war, ein voller Erfolg zu werden, sah die Schattenseite des Ganzen so aus, dass Damian bereit war, mit ihr zu schlafen, ohne auch nur das Geringste über sie zu wissen.

Willst du dich jetzt wirklich beschweren, weil du dabei bist, alles *zu bekommen, was du wolltest?*

»Wieso hast du dich hierauf eingelassen?«, fragte sie und verfluchte sich im selben Moment dafür, die Stimmung ruiniert zu haben. »Auf mich?«

»Meinst du, weil wir einander fremd sind?« Er zog ihre Hand aus seinem Schritt und strich ihr mit den Handflächen über Schultern und Arme. Streichelte sie. Beruhigte sie. »Weil du wunderschön und interessant bist. Geheimnisvoll. Willst du, dass ich mich mehr ins Zeug lege, um dich zu überreden, die Maske abzunehmen?«

»Nein.« Sie ließ den Blick sinken. Was wollte sie eigentlich *wirklich?*

»Ich schlafe für gewöhnlich nicht mit jeder, die sich mir anbietet, falls dieser Gedanke dir durch den Kopf geht.« Er nahm ihre Hände. »Und ich kann es nicht wirklich erklären, aber ich habe das Gefühl, dich zu kennen, obwohl ich weiß, dass es nicht so ist. Irgendetwas an dir hat mich total …«

Lainey sah auf und grinste. »Erregt?«

»Auch, aber ich wollte sagen ›hingerissen‹.«

Mit diesem einen Wort fasste er all das zusammen, was sie schon immer für ihn hatte sein wollen, aber nie gewesen war: *hinreißend*.

Lainey – sexy, aber völlig durchgeknallt. Hinreißend? Sie hatte mal geglaubt, ihre Wildheit und Impulsivität würde sie interessant machen, aber eines Tages war sie aufgewacht und hatte erkannt, dass die Leute es bloß anstrengend fanden. Aber ohne diese Verrücktheit, wer war sie da? Diese Zweifel hatten sie gequält, als sie Pläne geschmiedet hatte, Australien zu verlassen. Diese kleinen Dämonen in ihrem Kopf, die ihr zu einem Neuanfang rieten. Wo sie versuchen konnte, jemand anderes zu sein. Vielleicht würde sie es ja diesmal richtig hinbekommen.

»Ich glaube nicht, dass schon jemals jemand von mir hingerissen war«, flüsterte sie.

»Das wage ich ernsthaft zu bezweifeln.«

Das Schockierende war: Er klang aufrichtig. Aber er wusste ja nicht, wer hinter der Maske steckte, also konnte er es unmöglich ernst meinen. Es war ein Lippenbekenntnis. Oberflächlich. Worte, um die Dinge am Laufen zu halten, damit er bekam, was sie vereinbart hatten. Sex.

»Du verstehst dich darauf, genau das Richtige zu sagen.« Sie schob ihre Bedenken beiseite und legte ihm die Hände auf die Brust. »Ich schätze, jetzt bin ich an der Reihe, dich zu verwöhnen.«

Wenn Damians Schwanz noch härter würde, liefe er ernsthaft Gefahr, den Reißverschluss seiner Hose zu sprengen. Was die Rückgabe sehr interessant gestalten dürfte. Und Aaron schuldete er auch bereits eine Erklärung, nachdem er ihn und Jessie leise gebeten hatte, bei der ganzen Verlobungsgeschichte mitzuspielen.

Ja, unter den gegebenen Umständen war ein geplatzter Reißverschluss das geringste seiner Probleme.

Die Rothaarige zog ihr Kleid wieder zurecht, ließ sich an seinem Körper nach unten gleiten und ging zu seinen Füßen auf die Knie. Der Anblick ihrer glatten Porzellanhaut, der Druck ihrer Hände auf seinen Schenkeln, und ihre glänzenden Lippen, die sich erwartungsvoll öffneten … oh, verdammt. Dieses Bild würde er mit ins Grab nehmen.

Er hatte es ehrlich gemeint, was er vorhin gesagt hatte. Er hatte *wirklich* das Gefühl, die Rothaarige zu kennen, als bestünde irgendeine Verbindung zwischen ihnen, aber das konnte ja nicht sein.

Sie griff nach seinem Reißverschluss und zog ihn auf. Damian hob die Hüften an, damit sie ihm Hose und Unterhose bis zu den Knöcheln herunterziehen konnte. Wahrscheinlich sah er ziemlich lächerlich aus, obenherum in seinem spießigen Smokingjackett und der Maske und von der Hüfte abwärts nackt, aber im Augenblick war er rein körperlich gar nicht in der Lage, sich darum zu scheren. Jetzt zählte nur die Vorfreude darauf, die Lippen der Rothaarigen um seinen Schwanz zu spüren.

»Willst du es?« Sie sah zu ihm hoch, und aus diesem extremen Winkel wirkten ihre Augen riesig.

Sie sah aus wie eine Puppe, mit glänzenden, leicht geöffneten Lippen, bereit für ihn. So verharrte sie, neckte ihn, stellte ihn auf die Probe.

»Scheiße, ja.«

»Dann nimm's dir.«

Er knurrte, als er seine eigenen Worte aus ihrem Mund hörte.

Sie bewegte sich nicht, sie öffnete bloß den Mund und streckte einladend die Zunge vor. Mit einer geschmeidigen Bewegung schob sich Damian zwischen ihre Lippen, und sie schloss sie fest um ihn. Heiße Nässe umfing ihn, und Sterne tanzten hinter seinen geschlossenen Augenlidern, als er sich ihr hingab.

Er vergrub beide Hände in ihrem Haar, um die Auf- und Abwärtsbewegung ihres Kopfes zu kontrollieren. Es war pure, ungetrübte Glückseligkeit. Jeder Schlag ihrer Zunge, jede Berührung trieb ihn höher. An der Wurzel seines Schwanzes baute sich Druck auf.

»Himmel«, keuchte er. »Deine wundervollen Lippen fühlen sich so verdammt gut an.«

Er versuchte, sich zurückzuziehen, aber sie hielt ihn fest, und die enge Umklammerung ihrer Lippen jagte ihm Schockwellen durch den Körper, dass ihm ganz schwindelig wurde. Eine gefühlte Ewigkeit lang schwebte er in diesem Zustand, bevor sie sich im letzten Moment zurückzog und ihn voller verzweifeltem Verlangen zurückließ.

Sie schenkte ihm das köstlichste Lächeln, das er je gesehen hatte, und er hob sie auf seinen Schoß. »Was willst du mit mir machen?«

Er hielt sie mit einem Arm fest, beugte sich vor und angelte sein Portemonnaie aus der Hose. Darin bewahrte er immer ein Kondom auf, auch wenn es schon ewig her war, dass er eins gebraucht hatte. Licht flackerte hinter den Fenstern der Limousine, und es sah aus, als ob sie erneut die Gärten umrundeten. Damian machte sich im Geist eine Notiz, dem Fahrer ein großzügiges Trinkgeld zu geben.

»Sag's mir«, wiederholte sie, nahm ihm das Päckchen aus den Händen und zog den Gummi heraus. »Sag mir genau, was du willst.«

Damian fiel das Sprechen schwer, während sie ihn berührte, ihm mit geschickten Fingern das Kondom überstreifte und sich dabei ihre Brüste in dem tiefen Ausschnitt ihres Kleides hoben und senkten. »Ich will meinen Schwanz in deine enge kleine Muschi schieben und spüren, wie ich dich dehne. Dann werde ich deine Hüften festhalten und in dich hineinstoßen, bis ich dich beben spüre.«

Sie richtete sich auf den Knien etwas auf und brachte sich über ihm in Position, ihr Kleid in einer Hand zusammengerafft. »Mehr.«

»Ich werde dich ficken, bis du so heftig kommst, dass du den letzten Tropfen Saft aus mir herausquetschst.« Seine Stimme war jetzt wie eine Säge, hart und schneidend. Rau und gefährlich.

»Oh, Gott.« Ihr Atem kam stoßweise, als sie sich langsam auf ihn setzte.

Ihre enge, feuchte Hitze fühlte sich so unglaublich an, dass Damian glaubte zu träumen. Doch als sie sich bis ganz nach unten sinken ließ und seine Hände ihren Hintern umfassten, wusste er, dass es real war. Etwas, das sich so gut anfühlte, konnte nicht seiner Fantasie entspringen.

Sie schlang ihm die Arme um den Hals und flüsterte ihm ins Ohr: »Mach, dass ich mich gut fühle. Lass mich alles vergessen bis auf das Gefühl, wie du mich ausfüllst.«

Nichts würde ihn jetzt noch aufhalten können. Er bohrte ihr die Finger in die Seiten und stemmte die Hüften hoch, schob sich in sie hinein, und sie stöhnte auf. Der Gipfel der Lust war bereits viel zu nah, aber er wollte sich auch nicht zurückhalten. Wollte es ihr nicht auf die langsame, liebe, sinnliche Art besorgen. Nein, das hier konnte nur heftig und schnell sein. Leidenschaftlich. Wild.

Er hielt sie fest, während sie ihn ritt, und stemmte die Hüften nach oben, ihr entgegen. Er spürte ihre Zähne an seinem Hals, wie sie ihn biss und kratzte. Er strich ihr mit einer Hand über den Hinterkopf und fühlte das Band, mit dem ihre Maske festgebunden war. Dann nahm er ihr langes, seidiges Haar in die Faust und zog daran, bis ihr Gesicht ihm zugewandt war. Sie schloss die Augen, ihre Lippen teilten sich, und sie stieß lautlose Schreie aus, als sie die Schwelle erreichte.

»Du fängst an zu zittern.« Das Flattern der Muskeln in ihrem Innern brachte ihn seinem eigenen Orgasmus näher. »Du stehst so kurz davor. Denk dran, was ich gesagt habe. Ich will, dass du mit meinem Schwanz tief in dir kommst. Mir jeden letzten Tropfen rausquetschst.«

Sie erbebte in seinen Armen, ihre Atemzüge wurden zu einem Keuchen, als der Orgasmus sie überwältigte. Ihre Muskeln zogen sich um ihn zusammen, sie bewegte die Hüften vor und zurück, und damit trieb sie auch seine Lust ins Unermessliche. Sie zog es in die Länge, bis sie beide den Gipfel erreichten. Er schrie ihr ins Haar, als die Erlösung auch ihn erschütterte und sein Schwanz rhythmisch in ihr zuckte.

Es war ein Glück, dass Damian sie so festhielt, denn sonst wäre Lainey rücklings auf den Boden der Limousine getaumelt. Wie lange fuhren sie jetzt schon? Hatte der Fahrer alles mitbekommen, was hier hinten vor sich ging? Aber wenn der Typ die Reichen und Berühmten herumkutschierte, hatte er wahrscheinlich schon viel Schlimmeres gesehen oder gehört. Dieser Gedanke beruhigte Lainey etwas.

»Wow«, hauchte sie, den Kopf an Damians Schulter gelegt.

»Das kannst du laut sagen.« Er streifte ihr Haar mit den Lippen. »Das war unglaublich.«

Könnte sie doch nur die Zeit einfrieren und für immer hierbleiben – in seinen Armen, bevor die kalte Realität dessen, was sie getan hatte, sie wie eine Lawine überrollen würde. Aber jetzt war offiziell der Zeitpunkt gekommen, an dem Aschenputtel sich in einen Kürbis verwandelte. Oder so ähnlich.

Damian würde sich zweifellos wie ein Gentleman verhalten und anbieten, sie zuerst heimzufahren. Das durfte auf keinen Fall passieren, denn er war schon ein paarmal bei ihr gewesen. Sie würde eine falsche Adresse nennen müssen. Nah genug, um sicher nach Hause laufen zu können, ohne sich zu verraten.

Gerade als sie von seinem Schoß steigen wollte, spürte sie eine Bewegung im Gesicht. Ihre Maske rutschte, und sie fasste sich blitzschnell mit einer Hand an den Hinterkopf. Der Schreck ging ihr durch und durch. Sie tastete nach dem Band, mit dem die Maske festgebunden war, fand jedoch nur ein ausgefranstes Ende, wo es befestigt hätte sein *sollen*.

Scheiße! Eine falsche Bewegung und der Begriff *Kleiderpanne* wäre die Untertreibung des Jahrhunderts.

»Alles in Ordnung?« Damian streckte die Hand nach ihr aus. Doch die Geste ließ Lainey in den Panikmodus schalten. Er *durfte* ihre wahre Identität nicht herausfinden. Sie durfte nicht riskieren, seinen Respekt zu verlieren, ganz zu schweigen davon, ihre Freundschaft mit Corinna aufs Spiel zu setzen. So kurz vor ihrer Abreise.

Halt die verdammte Maske einfach fest und mach, dass du aus diesem Auto rauskommst.

»Alles gut«, sagte sie, doch ihre Stimme war angespannt. »Ich … ich muss gehen.«

Damian sah aus dem Fenster. »Jetzt?«

Sie fuhren gerade über die Swanston Street im Herzen der Stadt, die nicht mal annähernd in der Nähe ihrer Wohnung lag. Aber hier liefen jede Menge Menschen herum, und sie könnte sich ein Taxi rufen. Außerdem würde sie die Maske ja nicht mehr brauchen, sobald Damian weg war. Und dann wäre sie einfach nur eine Frau in einem Kleid … einem freizügigen, etwas zu engen, unfassbar teuren Kleid.

»Ja, bitte. Sofort.«

Sie suchte nach ihrer Clutch, konnte sie jedoch nicht finden. Mist. Wo hatte sie sie gelassen?

Ihr Atem kam in flachen Schüben, und ihre Rippen drückten gegen das enge Kleid, was ihre Panik bloß noch verstärkte. Sie brauchte ihre Clutch – ohne sie würde sie nicht ins Haus kommen. Darin waren ihre Schlüssel, ihr Geld und ihr Ausweis. Oh, Gott, ihr Ausweis!

Wenn Damian den sah …

Da entdeckte sie die Tasche auf dem Boden der Limousine. Offenbar hatten sie sie während ihres leidenschaftlichen Akts vom Sitz gestoßen. Lainey schnappte sie sich und drückte sie sich an die Brust, als wäre sie eine Rettungsweste.

»Wir können dich doch heimfahren«, sagte Damian. »Ich möchte dich nicht einfach so am Straßenrand absetzen.«

»Ich wohne gleich um die Ecke. Das war … gutes Timing.« Laineys Stimme klang in etwa so überzeugend wie ein Politiker, der den Menschen erzählt, er hätte nur ihr Wohl im Sinn. Eine Schauspielerkarriere würde sie wohl so bald nicht in Betracht ziehen. »Bitte sag ihm, er soll anhalten.«

Damian saß still da, und so kurz nach ihrer Panikattacke kam ihr seine große Gestalt sogar noch beeindruckender vor. Er hatte die Lippen zusammengepresst, dann gab er jedoch nach, zog sich die Hose wieder hoch und machte den Reißverschluss zu, bevor er den Knopf drückte, um die Trennscheibe herabzulassen. Eine Sekunde später fuhr die Limousine an den Straßenrand.

»Ich nehme nicht an, dass du mir deine Nummer gibst?«, fragte er. »Auch wenn ich verspreche, dich nicht nach deinem Namen zu fragen.«

»Ich kann nicht.« Sie schüttelte den Kopf und spürte Tränen in den Augen.

Wieso wurde sie auf einmal so emotional? Genau das hier hatte sie doch gewollt – eine Nacht mit dem perfekten Mann. *Ihrem* perfekten Mann. Ohne Konsequenzen … bloß ihr dummes Herz hatte sie nicht einkalkuliert.

»Danke«, flüsterte sie. Sie beugte sich vor und stahl sich einen Kuss, bevor sie die Tür aufdrückte und auf die Straße trat. Mit der Hand hielt sie noch immer die Maske fest.

Lainey wartete angespannt, bis die Limousine sich wieder in den Strom des Samstagabendverkehrs eingereiht hatte. Als sie an der nächsten Kreuzung um die Ecke bog, stieß Lainey den Atem aus. Ihre Muskeln schmerzten. Die Brust tat ihr weh. Der Kopf tat ihr weh. Die empfindliche Stelle zwischen ihren Beinen tat weh, aber auf die allerschönste Art und Weise. Damian hatte sie mit seinem Zeichen versehen, und sie würde nie wieder dieselbe sein.

»Einfach toll«, murmelte sie vor sich hin, als sie den Arm ausstreckte, um ein Taxi heranzuwinken. »Jetzt bist du für andere Männer verdorben.«

Als das gelbe Fahrzeug heranfuhr, öffnete sie ihre Handtasche, um ihr Handy herauszuholen. Da bemerkte sie, dass die Puderdose ihrer Großmutter nicht mehr da war.

8. Kapitel

Damian saß an seinem Schreibtisch und drehte die Puderdose in den Händen hin und her. Sosehr er sich auch bemühte, er bekam diese Nacht nicht aus dem Kopf. Und das war seltsam, denn normalerweise hing er einem One-Night-Stand nie lange nach. Besonders, wenn von vornherein klar war, dass es eine einmalige Sache war.

Aber irgendetwas an der Rothaarigen ließ ihn einfach nicht los. Zum ersten Mal seit vier Jahren kreisten seine Gedanken um etwas anderes als die Arbeit.

Er sah die Puderdose stirnrunzelnd an. Sie hatte auf dem Boden der Limousine gelegen, und er hatte sie beinahe übersehen. Sie musste ihr wohl aus der Handtasche gefallen sein, als sie die zu Boden gestoßen hatten.

Wie in aller Welt sollte er das verdammte Ding ohne einen Namen oder eine Telefonnummer zurückgeben? Es sah alt aus, möglicherweise ein Familienerbstück. Ein Objekt mit persönlichem Wert. Aber es hatte keine besonderen Kennzeichen – keine Gravur oder Produktdaten. Nichts, was ihm hätte helfen können, die geheimnisvolle maskierte Frau zu identifizieren.

Er legte die Dose behutsam auf den Schreibtisch und drehte sich um, um aus dem riesigen Fenster zu sehen, das den Blick auf die Stadt einrahmte wie ein Gemälde. Von seinem Büro in der sechsunddreißigsten Etage konnte er alles sehen: die Schienen, die zum Bahnhof Flinders Street liefen, den Fluss, der die Stadt durchschnitt, den Turm am Arts Centre und die großen Gärten. Seit seinem allerersten Bürojob hatte er mit einem großen Eckbüro wie diesem hier geliebäugelt.

Es hatte ein paar harte Jahre gebraucht, in denen er zuerst von seiner Wohnung aus gearbeitet hatte und dann – nachdem er ein Team angeheuert hatte – mit seinem Unternehmen in ein schäbiges, baufälliges Gebäude in den stadtnahen Randbezirken im Norden gezogen war. Doch sein Kundenstamm aus kleineren Klienten hatte ihm ein paar mittelgroße Fische eingebracht. Und die wiederum ein paar noch größere. Jetzt hatte er zwei börsennotierte Kunden und eine ordentliche Liste mittelgroßer Unternehmen, die ihm sehr viel Geld einbrachten.

Aber zufrieden würde er erst sein, wenn er McPartlin & Co. in der Tasche hatte.

»Damian?« Seine Assistentin Leila steckte den Kopf zur Tür herein. »Ich habe einen Anruf für Sie, aber Sie wollten sich in fünf Minuten mit Corinna treffen.«

»Wer ist es?« Er drehte sich wieder zum Schreibtisch um und fuhr sich mit der Hand durchs Haar. »Wenn es wieder das Finanzamt ist, stellen Sie sie zu Greg durch. Ich habe keine Zeit …«

»Es ist Jerry McPartlin«, sagte Leila. Ihre Miene verriet nichts, aber Damian arbeitete schon lange genug mit ihr zusammen, um den Hauch einer Wertung in ihrem Tonfall wahrzunehmen. Da er Leila seinem Ex-Boss abgeworben hatte, kannte sie die ganze Geschichte.

»Stellen Sie ihn durch.«

Leila runzelte die Stirn, sagte jedoch nichts, und eine Sekunde später leuchtete das rote Lämpchen am Telefon auf seinem Schreibtisch auf. »Hallo?«

»Mr. McKnight, wie geht es Ihnen?«

»Nennen Sie mich doch Damian.« Er zog seinen Laptop näher und öffnete die Datei, die er vor seinem ersten Treffen mit McPartlin zusammengestellt hatte. Sie enthielt alles, was er über den Mann und seine Firma wusste – von persönlichen und beruflichen Erfolgen bis hin zu seinem Lieblings-Footballteam. »Mir geht es gut. Hat Ihnen der Carmina Ball gefallen?«

»Sehr. Die TAFW-Stiftung dankt Ihnen für Ihre Großzügigkeit.«

Die Stiftung war der Organisator des Carmina Balls. Sie hatte viele mächtige Menschen in ihren Reihen und sammelte Geld für diverse Zwecke, vor allem für das Royal Women's Hospital.

»Ich wusste gar nicht, dass Sie ihr angehören.« Damian

überflog seine Akte, aber dort tauchte nichts über die Stiftung auf.

»Es wurde noch nicht öffentlich bekannt gegeben, aber ich trete in Kürze dem Vorstand bei.« McPartlin räusperte sich.

Damian lehnte sich in seinem Sessel zurück. Es konnte zwei Gründe für diesen Anruf geben: Entweder hatte McPartlin beschlossen, ihm doch eine Chance als Unternehmensberater zu geben, oder er wollte ihn um eine Spende bitten. »Rufen Sie an, weil Sie doch noch beschlossen haben, zu McKnight Management zu kommen?«

»Lassen Sie uns nichts überstürzen«, erwiderte der Mann in einem Tonfall, der für Damian so klang, als wolle er väterliche Strenge zum Ausdruck bringen. »Aber ich dachte mir, wir könnten vielleicht mal gemeinsam zu Abend essen.«

Damian musste an sich halten, um nicht triumphierend die Faust in die Luft zu stoßen. Das hier war die Chance, die er gewollt hatte – eine Gelegenheit, zu beweisen, aus welchem Holz er geschnitzt war. Und mehr würde er nicht brauchen. Denn wenn Jerry Damian erst einmal in Bestform erlebte, hätte dieses Arschloch Ben keine Chance mehr, McPartlin & Co. zu behalten.

»Und mit wir meine ich einschließlich meiner Frau und Ihrer bezaubernden Verlobten«, fügte Jerry hinzu.

Scheiße. »Wollen Sie den beiden wirklich ein langweiliges Geschäftsdinner zumuten? Ich weiß ja nicht, wie Sie das in

Ihrer Ehe handhaben, aber Arielle und ich haben eine Vereinbarung: Wir reden beim Abendessen nicht über Berufliches.«

»Es ist kein Geschäftsessen, sondern ein Social Dinner.« McPartlin machte eine Pause. »Vorerst.«

»Okay.«

»Und vielleicht kann Ihre Verlobte uns verraten, wo sie diese unglaubliche Maske her hat. Sandra ist ganz versessen darauf, das herauszufinden.« Ein Hauch von Belustigung schwang in der Stimme des Mannes mit.

»Selbstverständlich«, erwiderte Damian gelassen. Er würde einen Teufel tun und sich diese Gelegenheit entgehen lassen, und wenn er die Rothaarige nicht aufspüren konnte, würde er einen Ersatz finden. Schließlich hatte niemand ihr Gesicht gesehen.

Nicht, dass irgendjemand anders ihr auch nur annähernd das Wasser reichen konnte. Diese Frau war seit Jahren die erste, die er auch nach ihrer Begegnung noch immer begehrte – nach der er sich sehnte. Aber er wusste nichts über sie. Er hatte keinerlei Anhaltspunkte ... außer der Puderdose.

»Meine Assistentin wird morgen wegen der Einzelheiten in Ihrem Büro anrufen«, sagte Jerry. »Ich freue mich, Sie beide zu sehen.«

Die unterschwellige Botschaft hing in der Luft – wehe, seine Verlobte käme nicht mit.

Damian beendete das Gespräch und starrte an die Decke. Er würde sich etwas einfallen lassen – er *musste*. Die letzten vier Jahre war er sich vorgekommen, als quäle er sich durch Treibsand. Die Arbeit hatte ihn beschäftigt, aber in den anderen Bereichen seines Lebens herrschte Stillstand. An einem durchzechten Abend vor ein paar Monaten hatte er Jenny und Ben zusammen gesehen. In dieser Nacht hatte er einen Koffer gepackt und die Wohnung verlassen, die er einst mit seiner Ex-Frau geteilt hat. Und war nicht wieder zurückgekehrt.

Eine Umzugsfirma hatte seine Habseligkeiten eingelagert, und seitdem wohnte er in einem Hotelzimmer. Er hing in der Schwebe. Einerseits wollte er nicht in der Vergangenheit leben, andererseits war er unfähig, nach vorn zu schauen. Wenn er es Jenny und Ben nur heimzahlen könnte, dann hätte er vielleicht das Gefühl der Genugtuung und könnte vielleicht endlich mit seinem Leben weitermachen.

Er brauchte eine Rothaarige. Er wollte *die* Rothaarige.

»Damian?« Leilas Stimme klang durch die Gegensprechanlage. »Corinna ist zu Ihrer Verabredung zum Mittagessen hier.«

»Schicken Sie sie herein. Ich muss noch schnell eine E-Mail zu Ende schreiben.«

Er tippte in seinen Computer, als seine Schwester hereinkam. Wie üblich war sie perfekt gestylt. Ihre blaugrauen Augen – die dieselbe Farbe hatten wie seine – wurden von einer klobigen schwarzen Brille betont, mit der die meisten Menschen seltsam ausgesehen hätten, die an ihr jedoch schick aussah.

»Ticktack«, sagte sie und ließ sich auf einen der Stühle vor seinem Schreibtisch fallen. »Wir dürfen uns nicht verspäten. Ich hab um zwei eine Vorlesung.«

»Irgendwann musst du endlich mal den Abschluss machen und dich der realen Welt stellen, weißt du?«

»Ich habe schon einen Abschluss.« Sie grinste. »Aber wer sagt denn, dass ich nicht weiter studieren kann?«

»Du hast eine masochistische Ader.«

»Es gibt schlimmere Laster in der Welt als Wissensdurst. Nicht jeder sehnt sich danach, sich in einem Büro zu Tode zu schuften«, neckte sie ihn.

Er schüttelte den Kopf. Den Köder würde er nicht schlucken. Trotz der zehn Jahre Altersunterschied waren sie einander so nah wie Bruder und Schwester es nur sein konnten. Verschieden, das schon, aber sie hatten eine tiefe Verbindung. Vielleicht lag es daran, dass er sich früher viel um sie gekümmert hatte: Er hatte für sie gekocht, sie zum Ballettunterricht gefahren und wie ein Wahnsinniger gejubelt, als sie ihr Bachelor-Zeugnis bekommen hatte.

Aber deswegen wusste sie auch genau, welche Knöpfe sie bei ihm drücken musste, und sie machte sich einen Spaß daraus, ihn aufzuziehen. Aber nicht heute. Er hatte Wichtigeres zu tun, als sich von seiner Schwester auf die Palme bringen zu lassen.

»Was hast du denn damit vor?« Sie griff über seinen Schreibtisch und hob die Puderdose hoch.

»Äh …« So nah er und Corinna sich auch standen, über ihr jeweiliges Sexleben sprachen sie *nicht* miteinander. »Die muss ich noch zurückgeben.«

»Was du nicht sagst.« Sie klappte die Puderdose auf, um ihr Make-up zu überprüfen. »Lainey kriegt bestimmt schon Zustände.«

Damian blinzelte. »Wie bitte?«

»Das ist ihre Puderdose. Na ja, eigentlich die ihrer Großmutter, aber jetzt gehört sie ihr. Ich hab ihr schon tausendmal gesagt, sie soll sie irgendwo sicher deponieren, aber sie schleppt sie *überall* mit hin.« Sie schüttelte den Kopf. »Wie einen Glücksbringer. Warte, nein … wie hat sie es genannt?« Corinna schnippte mit den Fingern. »Einen Talisman.«

Lainey.

Völlig ausgeschlossen, dass sie …

Eine eisige Faust packte sein Herz und drückte zu. Aber ihre Stimme war doch anders gewesen. Und ihre Haare hatten ganz anders ausgesehen.

Sie ist Friseurin, du Idiot. Meinst du nicht, sie hätte sich die Haare färben können?

Er zwang sich, ruhig zu bleiben … zumindest nach außen hin. »Bist du sicher, dass es ihre ist?«

Corinna warf ihm einen seltsamen Blick zu. »Absolut. In die Stickerei sind winzige Initialen eingearbeitet, und

Lainey hat dieselben Initialen wie ihre Großmutter.« Stellte die Puderdose auf den Schreibtisch und zeigte auf eine der Rosen, wo eine leichte Farbschattierung die Buchstaben *LK* erkennen ließ. Es wäre ihm nie aufgefallen, wenn sie es ihm nicht gezeigt hätte. »Sie hat dieses Ding schon, seit ihre Großmutter damals gestorben ist. Ich würde sie überall erkennen.«

Verdammt. Verdammt. *Verdammt.*

Er durfte jetzt nicht ausflippen, denn er wollte auf keinen Fall seiner kleinen Schwester erklären müssen, dass er versehentlich ihre beste Freundin gevögelt hatte. Also musste er auf cool machen.

»Sie muss ihr aus der Tasche gefallen sein, als ich sie das letzte Mal mitgenommen habe.« Er zuckte mit den Schultern. »Ich hab sie unter dem Sitz gefunden, als ich den Audi sauber gemacht habe, aber ich hatte keine Ahnung, wem sie gehört.«

»Weil ja auch so viele Frauen mit deinem Auto fahren.« Sie verdrehte die Augen. »Soll ich sie ihr geben?«

»Nein.« Er schüttelte den Kopf. »Das mache ich selbst. Ich fahre heute Abend sowieso in ihre Richtung. Ich sollte eh mal wieder bei ihr vorbeischauen – war schon länger nicht mehr da.«

»Okay.« Corinna sah ihn seltsam an. Schließlich hatte er bisher noch nie davon geredet, mal bei Lainey »vorbeizuschauen«. Aber Corinna knurrte der Magen und sie schnaubte. »Können wir jetzt gehen? Wenn ich nicht bald was esse, werde ich zur Furie.«

»Das will ich auf keinen Fall.« Er stand auf und steckte die Puderdose in die Tasche.

Heute Abend würde er bei Lainey vorbeischauen und herausfinden, ob seine Ängste begründet waren – dass er die Rothaarige genau in dem Moment gefunden hatte, in dem er sie brauchte, aber dass sie ganz klar jemand war, mit dem er nicht hätte schlafen sollen.

Lainey stand in ihrer winzigen Küche, hielt eine Tasse Kaffee mit beiden Händen umfasst und versuchte, nicht die Nerven zu verlieren. Diese Woche war eine einzige verdammte Katastrophe gewesen. Zuerst hatte sie nicht das *geringste* Glück dabei gehabt, die Puderdose ihrer Großmutter aufzuspüren. Der Limousinenverleih war sehr nett gewesen und hatte mehrfach für sie nachgesehen, doch vergebens. Dann hatte sie ihr Handy ins Spülbecken fallen lassen, und jetzt ließ sich das verdammte Ding nicht mehr einschalten. Und zur Krönung des ganzen Schlamassels hatte sich Imogens Freundin wegen des zerrissenen Bands geweigert, die Maske zurückzunehmen. Also bekam Lainey ihr Geld dafür nicht zurück.

Sie war so frustriert, dass es wie Lava in ihren Adern brodelte. Das war Karma, ganz sicher. Weil sie Damian ausgetrickst und Geheimnisse vor Corinna hatte. Und was hatte ihr das alles eingebracht?

»Nur den besten Sex meines ganzen Lebens«, murmelte sie missmutig.

Und zwar nicht so, wie die Leute für gewöhnlich mit dem Begriff *der beste Sex meines Lebens* um sich warfen. Es war *buchstäblich* der beste gewesen. Der Ferrari des Sex. Das Chanel des Sex. Die Art von Sex, die in Liebesromanen vorkam und über die sich die Leute lustig machten. Die sie als unrealistisch betitelten, denn niemand konnte beim ersten Versuch mit einem neuen Partner so heftig kommen, richtig?

Falsch.

Es war, als hätte Damian in ihrem Kopf gesteckt, wann immer sie sich mitten in der Nacht zwischen die Beine gefasst und daran gedacht hatte, was sie mit ihm machen würde, wenn sie nur die Chance dazu bekäme. Als hätte er all ihre Fantasien gesammelt und zu einem perfekten Erlebnis vereint, das sich nie wiederholen würde.

Und anstatt völlig aus dem Häuschen zu sein, weil sie genau das bekommen, was sie gewollt hatte, fühlte sie sich elend, denn eine einzige Kostprobe war nicht genug. Nicht mal ansatzweise.

Sie wickelte sich eine Haarsträhne um den Finger und erschrak vor dem leuchtend roten Farbton. Sie hatte sich noch immer nicht daran gewöhnt. Jedes Mal, wenn sie an einem Spiegel vorbeikam, zuckte sie zusammen. Aber je länger sie die leuchtende Farbe trug, desto besser gefiel sie ihr.

Ein Klopfen an der Tür riss sie aus ihren Sorgen, und sie stellte die Tasse ab, bevor sie hinging. »Hallo?«, sagte sie und schwang die Tür auf.

Die Zeit schien auf Zeitlupe zu schalten, während ihr Gehirn zu verarbeiten versuchte, was sie sah: Damian McKnight stand auf ihrer Türschwelle und sah sexy und verdammt sauer aus. Er trug einen dunkelgrauen Anzug mit weißem Hemd und himmelblauer Krawatte, die die dezenten Blautöne in seinen grauen Augen hervorhob. Aber die zarten Farben dämpften nicht die Wirkung seines eiskalten Blickes und seines angespannten Kiefers. Seine Nasenlöcher blähten sich, als er sie eingehend musterte.

Oh mein Gott, er weiß es.

»Äh, hi, Damian.« Sie schluckte. »Suchst du Corinna? Sie ist im Moment nicht hier.«

»Zu ihr wollte ich auch nicht«, sagte er. Er presste die Worte förmlich zwischen den Zähnen hindurch, und sein schneidender Zorn war in der Abendluft deutlich spürbar. »Ich wollte zu dir.«

»Oh.« Sie trat zurück und hielt die Tür fest, unsicher, was sie sagen sollte.

Vielleicht weiß er es doch nicht, und du bist einfach nur paranoid. Vielleicht hatte er bloß einen miesen Tag …

Er marschierte an ihr vorbei und ging in die Küche. Alles an seinen Bewegungen verdeutlichte, wie aufgewühlt er war – von seinen steifen Schultern bis hin zu den geballten

Fäusten an seine Seiten. Er sagte kein Wort, und Lainey musste sich auf die Zunge beißen, um die Stille nicht zu füllen, weil sie nämlich garantiert das Falsche sagen würde.

Es war wie ein nonverbales Duell. Damian lehnte sich gegen die Arbeitsfläche, steckte die Hände in die Hosentaschen und lenkte Laineys Blick damit auf diesen Bereich. Als bräuchte sie Nachhilfe im Glotzen. Er hatte die Beine an den Knöcheln gekreuzt, und sie konnte seine teuren schwarzen Schuhe sehen. Seine Haltung hätte leicht als locker und entspannt durchgehen können, aber Lainey war ja nicht blöd. Sie wusste, dass er kurz davorstand, zum Angriff überzugehen.

Sie ließ sich in einen ihrer klapprigen Stühle sinken und wartete. Sie saugte von innen an ihrer Wange, damit die Worte nicht aus ihr hervorsprudelten.

»Hast du mir irgendetwas zu sagen?« Sein Ton war eisig. »Ein Geständnis, vielleicht?«

Himmel noch mal, gegen ihn wirkte sogar Frosty, der Schneemann, warm und kuschelig.

»Schön«, sagte er nach ein paar Sekunden Stille. »Wie du willst.«

Er zog eine Hand aus der Tasche und stellte die Puderdose ihrer Großmutter vor ihr auf den Tisch. Lainey riss sie an sich und stieß voller Erleichterung langsam den Atem aus. Sie wiederzuhaben, rückte ihre Welt wieder gerade, aber eines war jetzt klar: Damian wusste *genau*, was sie getan hatte.

»Was willst du von mir?«, fragte sie und streichelte mit

dem Daumen über die Stickerei. Das war eine Angewohnheit von ihr, und das Gefühl der verschlissenen Fäden unter ihrem Finger beruhigte sie.

»Ich will es aus deinem Mund hören.«

Beim rauen, harschen Klang seiner Stimme wurde Lainey von den Erinnerungen an ihren gemeinsamen Abend übermannt – der Klang war der Art und Weise so ähnlich, wie er ihr schmutzige Worte ins Ohr geraunt hatte. Ein Zittern durchfuhr sie und wärmte sie von innen heraus, so als würde ihr Körper eine Wiederholung erwarten. Aber dazu würde es nicht kommen. Nicht, wenn Damian so aussah, als würde er sie am liebsten erwürgen.

Sie atmete hörbar ein. »Wozu? Das ändert doch nichts.«

»Weil ich es verdient habe, die Wahrheit zu erfahren«, erwiderte er. »Das zumindest bist du mir schuldig.«

Mist. Es hätte sie nicht überraschen sollen, dass er nicht lockerließ. Der Mann ging mit dem Kopf durch die Wand, wenn er etwas wollte.

»Ich hab mich auf den Ball geschlichen.« Ihr schnürte sich die Brust zusammen, als das Ausmaß ihrer Tat plötzlich wie ein riesiger Felsbrocken auf ihr lastete. »Ich habe vorgegeben, jemand anderes zu sein.«

»Und?«

»Ich habe mit dir geschlafen.« Verdammt, wieso musste ihre Stimme sie gerade jetzt im Stich lassen? Die Worte kamen undeutlich und panisch heraus.

»Das habe ich nicht gehört.« Er verschränkte die Arme vor der Brust, und seine bedrohlich breiten Schultern warfen einen Schatten über den Tisch.

»Ich habe mit dir geschlafen«, sagte sie mit lauterer, wenn auch nicht festerer Stimme.

»Du hast mich *reingelegt.*« Seine Augen brannten wie Feuer, als wollte er sie verbrennen, bis nichts als Asche von ihr übrig war. »Wieso?«

Weil ich dich gewollt habe, seit ich dich das erste Mal gesehen habe. Ich habe dich in jeder Bedeutung des Wortes gewollt – von der unschuldigen bis hin zur besitzergreifendsten bis hin zu den Dingen, die ich niemals laut aussprechen könnte.

»Ich weiß es nicht«, log sie.

»Dann hätte ich also jeder x-beliebige Mann sein können? Du hast dich reingeschlichen, um anonymen Sex mit irgendjemandem zu haben, und ich war einfach zufällig der Typ, der zwischen deinen Beinen gelandet ist?« Sein Kiefer zuckte.

»Nein.« Sie schüttelte den Kopf. Die Andeutung von Eifersucht in seiner Stimme verwirrte sie. Störte es ihn etwa, dass sie möglicherweise jeden hätte haben wollen? »Es war nicht zufällig.«

»Dann hattest du es auf mich abgesehen?«

Ihr Brustkorb hob und senkte sich, als ihr Atem schneller wurde. Was würde er als Nächstes sagen? War er angewidert von ihr? Angewidert von sich selbst? Schwand sein Verlangen jetzt, wo er wusste, wer Arielle war?

»Ja.«

»Du hast mich in eine ziemlich missliche Lage gebracht, Lainey.« Er fuhr sich mit einer Hand durch die Haare. »Eine verdammt beschissene Lage.«

»Es tut mir leid, ich …«

»Ich will keine Entschuldigungen hören.« Er seufzte.

»Was willst du *denn?*«

»Deine Hilfe.«

Lainey zog eine Augenbraue hoch. »Was?«

»Wir haben einem sehr wichtigen Mann erzählt, du wärst meine Verlobte«, erklärte er. »Jerry McPartlin. Und jetzt will er, dass meine nicht existente Verlobte und ich mit ihm und seiner Frau zu Abend essen.«

»Und ich soll so tun, als wäre ich deine Verlobte?«

»Beim letzten Mal hast du das ziemlich gut hinbekommen.« Er stützte die Handflächen auf den Tisch und beugte sich zu ihr. Neben ihm wirkte der Tisch wie aus einer Puppenstube. »Sehr überzeugend.«

Sie schluckte. »Wirklich?«

»Du hast mir ins Ohr geschrien, als würdest du dich großartig amüsieren, und ich hatte keine Ahnung, dass du mich hinters Licht führst.« Sein Gesichtsausdruck gab nichts preis. »Du hast mich voll erwischt.«

Es war irritierend, aber genauso empfand sie auch ihm gegenüber. »Ich habe dir keine Pistole an den Kopf gehalten, Damian. Du warst mit den Bedingungen einverstanden.«

»Wenn ich gewusst hätte, dass du es warst, hätte ich nicht mit dir geschlafen.«

Die Zurückweisung fühlte sich an, als hätte er ihr ein Messer ins Herz gerammt. »Okay.«

»Du musst also nächste Woche mit mir zu diesem Dinner gehen und deine neue Identität zum Besten geben. Okay, *Arielle?*«

»Du hast vielleicht Nerven.« Sie holte zitternd Luft. In ihrem Innern lieferten sich Demütigung, Verärgerung und Frust einen Wettstreit.

»Nein, *du* hast Nerven. Ich will das ebenso wenig wie du, aber so sieht es nun mal aus.« Er blickte finster drein. »Und jetzt mach dir nicht ins Hemd, weil ich gesagt habe, ich hätte nicht mit dir geschlafen, wenn ich gewusst hätte, wer du bist. Das hat nichts mit Anziehung zu tun.«

»Womit *denn?*«

»Du gehörst praktisch zur Familie.« Er schüttelte den Kopf, als wäre sie begriffsstutzig. »Wieso sollte ich das aufs Spiel setzen?«

»Findest du nicht, dass es das wert war?« Die Worte platzten aus ihr heraus, bevor sie über die Folgen nachdenken konnte.

Er sah sie einen langen Moment so hart an, dass Lainey sich ernsthaft fragte, ob er sie mit diesem Blick schmelzen konnte. »Diese Frage beantworte ich nicht«, sagte er schließlich. »Du musst mit mir zu diesem einen Dinner gehen. Mehr verlange ich nicht.«

Ihr Herz setzte einen Schlag aus. »Und was sagen wir Cori?«

»Wir erzählen niemandem ein Sterbenswörtchen davon.« Er stemmte sich vom Tisch hoch und durchbohrte sie mit seinem Blick. »Versprich es mir.«

»Versprochen«, flüsterte sie.

»Gut. Ich schicke dir die Einzelheiten.«

Lainey saß wie festgewachsen auf ihrem Stuhl, als Damian die Wohnung verließ. Der Knall, als er die Tür hinter sich zuschlug, hallte durch den stillen Raum. Danach hörte sie nur noch, wie ihr das Herz in den Ohren pochte.

Ein weiterer Abend mit Damian, an dem sie so tun würde, als wäre sie seine Verlobte. Sie konnte sich das Grinsen nicht verkneifen.

9. Kapitel

Damian pumpte mit Armen und Beinen, während er immer schneller lief und seine Füße über die Bretter des Uferwegs entlang des Yarra trommelten. Aber wie schnell er auch rannte oder wie laut er die Musik in seinen Kopfhörern auch aufdrehte, Lainey ging ihm nicht aus dem Kopf.

Das Wissen, dass die geheimnisvolle Rothaarige in Wirklichkeit die beste Freundin seiner kleinen Schwester war, *hätte* den schmutzigen Fantasien eigentlich ein Ende setzen müssen. Doch stattdessen heizte die Erkenntnis sie weiter an, verlieh ihnen Leben und Tiefe und etwas so Reales, dass es ihn völlig aus dem Konzept brachte. Jede Nacht war ein geistiges Kräftemessen – sein fleischliches Ich und seine lebhafte Vorstellungskraft gegen seine moralischen Grundprinzipien.

Es war ein furchtbar einseitiger Kampf.

Nach seinem abendlichen Lauf lechzte er danach, aus seinen Trainingsklamotten zu kommen. Der schweißgetränkte Stoff klebte ihm wie eine zweite Haut an Brust und Rücken, und er schälte ihn sich schnell vom Leib. Ein leichter Schmerz machte sich in seinen Muskeln breit, ein Zeichen dafür, dass er es heute übertrieben hatte, und er würde wohl ein bisschen Zeit auf der Faszienrolle verbringen müssen, um die Verspannungen wieder zu lösen.

Er war verspannter als sonst. Stress, hatte sein Trainer gesagt. Nicht genug Stretching, laut seiner Masseurin. Zu viel Arbeit, hatte seine Assistentin behauptet. Aber er wusste, dass nichts davon der Grund war.

Verlangen. Er spürte, wie es unter seiner Haut schwelte, seit er Lainey am Montagabend gesehen hatte, und ihn in den stillen Augenblicken des Tages quälte. Mitten in der Nacht. In den dunklen Winkeln seiner Träume.

Er schüttelte die Gedanken ab, trat unter die Dusche und seufzte, als die Wärme seine Muskeln durchdrang. Er nahm die Seife und rieb sich gründlich ein. Der heutige Abend würde eine Übung in Zurückhaltung werden.

Denn noch einmal mit Lainey zu schlafen – und diesmal zu wissen, dass sie es war –, würde nur Ärger verursachen.

Man vögelt niemanden, der einem etwas bedeutet.

Man durfte Sex nicht mit Gefühlen vermischen, das wusste er. Aber seit dem Carmina Ball hatte er nur an eine einzige Frau gedacht. Und seine Libido war wiedererwacht wie ein Bär aus dem Winterschlaf – hungrig und begierig auf die Fülle des Frühlings.

Nur eine Nacht.

In seinem Kopf tobte die Versuchung. Wäre es denn so schlimm, sich so zu verhalten, als wäre Lainey *tatsächlich* seine Verlobte? Gott, sie war wunderschön. Porzellanfarbene Haut und rubinrotes Haar, das so perfekt aussah, als wäre es von Natur aus so. Feste, kleine Brüste, die meistens nicht in einen BH eingesperrt waren. Die Erinnerung daran, wie er mit den Daumen ihre Brustwarzen gestreichelt hatte und sich die steifen kleinen Knospen gegen ihn gedrängt hatten, durchzuckte ihn.

Er wurde steinhart, allein durch diese Erinnerung. Ohne nachzudenken, griff er nach unten und legte eine seifige Hand um seinen Schwanz. Er hatte jeden Tag unablässig versucht, sein Verlangen zu leugnen – seine Fantasien von Lainey zu leugnen –, und jetzt hatten sich all die erregenden Gedanken angestaut. Er umfasste seinen Penis mit festem Griff und stieß den Atem aus.

Die Muskeln in seinem Hintern und seinen Schenkeln spannten sich an, als er die Hand mit festem Druck auf und ab gleiten ließ. Bedächtig.

Er stützte den anderen Arm gegen die kühlen Wandfliesen und stieß mit geschlossenen Augen in seine Faust. Das hier konnte zwar nicht mit dem Original mithalten, aber die Bilder, die vor seinem inneren Auge abliefen, strahlten vor Lebendigkeit. Er konnte praktisch ihren weichen, feuchten Mund um seinen Schwanz spüren, die Bewegungen ihrer Zunge und den engen Ring ihrer perfekten, rosa Lippen.

Der Höhepunkt stieg in ihm auf, zog ihm die Eier zusammen und verhärtete seine Muskeln. Als er kam, kam er heftig, und sein Stöhnen hallte von den Wänden der Dusche wider, während er sich ergoss, den Kopf voll mit Lainey.

Das würde reichen müssen. Er konnte sich nicht noch einmal aufs Kreuz legen lassen.

Lainey hatte eine E-Mail mit den Einzelheiten für ihre Dinnerverabredung – oder wie auch immer sie es nennen sollte – erwartet. Vielleicht eine SMS. Oder sogar einen Anruf. Irgendeine Methode eben, auf die normale Menschen miteinander kommunizierten. Aber Damian machte nun mal nichts so, wie die meisten Männer es taten.

Am Tag, nachdem er bei ihr gewesen war, war ihr per Kurier ein Paket mit einer handschriftlichen Karte zugestellt worden.

Ich hole dich am Freitagabend um 7 Uhr ab. Mach die Schachtel bis dahin nicht auf.

Seitdem war sie nervös und hatte jede Nacht den Schlaf herbeigesehnt. Doch ihre Träume waren nicht weniger ruhelos, und die silberne Schachtel schien ihr von der anderen Schlafzimmerseite aus zuzuzwinkern. Heute Abend würde sie ihn wiedersehen.

Sie wickelte das Handtuch fester um den Körper, strich mit der Hand über das feine, geprägte Muster und genoss es, wie sich die winzigen Rillen unter ihren Fingerspitzen anfühlten. Das Herz schlug ihr bis zum Hals, als sie den Deckel der Schachtel anhob und die Lagen aus duftigem, bonbonfarbenem Seidenpapier anstarrte.

Es knitterte, als sie es am Rand anhob und ein Kleid zum Vorschein kam. Eins dieser eng anliegenden Bandagenkleider. Der gerade Schnitt wurde durch die unterschiedlichen Stoffschichten betont – Leder, gebürstete Seide und irgendetwas Reflektierendes und Glänzendes –, alles in einem so dunklen Violett, dass es beinahe schwarz aussah. Ein schmaler goldener Reißverschluss zog sich über die gesamte Länge des Kleides von der Brust bis zum Saum.

Lainey nahm ihren Mut zusammen und warf einen Blick auf das Etikett. Sie musste blinzeln, als sie den hübsch aufgedruckten Preis sah. Diese letzte Null konnte doch nur ein Druckfehler sein. Ihr zog sich der Magen zusammen. Mit der Summe hätte sie mehrere Monatsmieten bezahlen können!

Sie ließ das Kleid aufs Bett fallen, als hätte sie sich daran verbrannt. Ein solches Geschenk konnte sie nie und nimmer annehmen. Ihr Kleid vom Carmina Ball war auch so teuer gewesen, aber das war geliehen gewesen, und sie hatte es beinahe ruiniert.

Lainey hatte etwas gegen Almosen. Sobald man sie annahm, gab man zu, dass man nicht alleine zurechtkam. Klar, gelegentlich musste sie schon mal aus seltsamen Situationen gerettet werden, aber sie hatte einen Job, in dem sie verdammt gut war. Und neue Chancen in Aussicht. Sie kam allein zurecht und sie bezahlte für sich selbst.

Lainey befühlte den Stoff. Sie musste zugeben, dass Damian einen tadellosen Geschmack besaß.

Wer sagt denn, dass er es für dich gekauft hat? Wahrscheinlich hat das eine Assistentin für ihn erledigt.

Sie biss sich auf die Lippe. Stellte er sie auf die Probe? Wollte er die Oberhand zurückgewinnen, indem er die Bedingungen ihres nächsten gemeinsamen Abends vorgab und sie anzog wie eine Puppe, damit sie hübsch genug aussah, um seinen Dinnergästen zu gefallen?

Sie starrte ihr Spiegelbild im Frisierspiegel an, während sie das Kleid vor sich hielt. Der Goldreißverschluss funkelte. Vielleicht war das genau das, was sie im Augenblick brauchte – ein neues Kostüm, um ihrem Selbstvertrauen einen Schubs zu geben und ihr zu dem zu verhelfen, was sie wollte. In diesem Kleid würde niemand sie ansehen, als wäre sie weniger wert. Als hätte sie nichts an Damian McKnights Seite verloren.

Sie zwängte sich in das Kleid und zog ein paar bleistiftdünne Stilettos an. Das Haar fiel ihr in weichen Wellen über die Schultern, und sie hatte dunkles, sinnliches Make-up aufgelegt.

Die Maske saß.

Wenn er wollte, dass sie sich wie eine hingebungsvolle Verlobte aufführte, dann würde sie ihm eine oscarreife

Darbietung liefern. Und ohne die Einschränkungen ihrer Verkleidung vom Carmina Ball würde sie auch erkennen können, ob er *sie* wollte statt »Arielle«.

Sie schluckte ihre Schuldgefühle hinunter. Es kam ihr falsch vor, Corinna auf diese Art zu hintergehen, aber Damian hatte die Regeln festgelegt. Sie würden niemandem ein Sterbenswörtchen davon erzählen. Außerdem – was konnte eine weitere Nacht schon Schlimmes anrichten?

Ihr Flug nach England war gebucht, und sie reiste in zwölf Tagen ab. Es war ja nicht so, als gingen sie eine langfristige Vereinbarung ein, und Lainey machte sich auch keinerlei Illusionen darüber, dass sie überhaupt »Für immer und ewig«-Qualitäten besaß. Man konnte Spaß mit ihr haben – das hatte man ihr wieder und wieder gesagt –, aber Spaß war nicht das Rezept für *Und sie lebten glücklich bis an ihr Ende.*

Ein kleines Techtelmechtel, bevor du das Land verlässt, und dann sagst du den Männern Lebwohl.

Bevor sie ihr neues Leben als Karrierefrau antreten würde – Lainey, die Kreative. Lainey, der Social-Media-Guru. Sie hatte Pläne, und zwar große. Langfristige. Und sich zu verlieben war darin nicht vorgesehen.

Nachdem Damian sie abgeholt hatte, verlief alles ganz geschäftsmäßig. Er erklärte ihr kurz seine Pläne, McPartlin & Co. als Klient unter Vertrag zu nehmen, und gab ihr einen Überblick über ihre Expansionsstrategie. Dann stimmten sie sich über die Einzelheiten ihrer »Beziehung« ab. Sie gingen seit einem Jahr miteinander aus und waren seit zwei Monaten verlobt. Sie hielten es geheim, weil Lainey – *Arielle* – sich nicht mit der Presse herumschlagen wollte. Einen Hochzeitstermin hatten sie noch nicht festgesetzt, aber sie planten eine kleine und private Feier. Unverfänglich, aber nicht zu vage bleiben und unnötige Details vermeiden, die es schwer machen könnten, den Überblick über die Geschichte zu behalten.

Damian parkte im Parkhaus unter dem Crown-Entertainment-Komplex, und sie stiegen aus.

»Glaubst du, du kriegst das alles auf die Reihe?«, fragte er, als sie zu den Aufzügen gingen.

Das Klackern von Laineys High Heels wurde von den Betonmauern zurückgeworfen. »Ein paar Notlügen? Klar.«

»Ich schätze, darin hast du Übung.«

Sie drückte auf den Rufknopf des Aufzugs. »Wenn du nicht willst, dass ich mich entschuldige, dann hör auf, ständig wieder davon anzufangen. Ich hab ja versucht, zu sagen, dass es mir leidtut.«

»Entschuldigungen sind nutzlos.« Er starrte geradeaus, und als die Aufzugtür sich öffnete, legte er ihr die Hand ins Kreuz. Die Berührung brannte sich durch ihr Kleid. »Du wusstest genau, was du tust.«

»Und ich übernehme die Verantwortung für meine Taten.«

»Tatsächlich?« Er zog eine Augenbraue hoch. »Solange ich dich kenne, schlitterst du durch dein Leben und hinterlässt nichts als eine Spur der Zerstörung.«

Laineys Wangen brannten. Wie war es möglich, dass sie sich so zu einem Mann hingezogen fühlte, der sie zwar für sexy, aber gleichzeitig für eine absolute Chaotin hielt? »Na klar, du warst ja auch völlig aufgelöst, nachdem wir gevögelt hatten. Bestimmt hast du seelische Narben davongetragen.«

Schnell wie ein Blitz hatte er sie gepackt und hielt sie an den Schultern fest. Er zog die Augenbrauen zusammen. »Hast du eine Ahnung, wie ich mich gefühlt habe, als ich herausgefunden habe, dass du das warst?«

Lainey war sich nicht sicher, ob sie es hören wollte, und entschied sich stattdessen für Sarkasmus. »War dir speiübel?«

»Ja.«

Sie schnaubte. »So was hört eine Frau doch gern.«

»Mir war speiübel, weil ich die Gedanken an deinen Körper nicht mehr aus dem Kopf bekam. Ich wollte dich noch mal. Ich kann nicht aufhören, daran zu denken, wie gut es sich angefühlt hat, in dir zu sein.« Sein Gesicht war nur Zentimeter vor ihrem, sein Atem streifte ihre Wangen. »Mir war übel, weil ich mir so sehr gewünscht habe, dass du in jener Nacht mit zu mir gekommen wärst, damit ich dich hätte ausziehen und jeden verdammten Zentimeter von dir hätte erkunden können.«

Laineys Mitte pochte, und sie presste die Schenkel zusammen, aber es half nichts. Ohne ihn gab es dort keine Befriedigung für sie. Sie wollte alles von ihm. Ihn allein.

Er fuhr fort: »Und ich darf keine solchen Gedanken von dir haben.«

»Warum? Ich gehöre *nicht* zur Familie.« Sie verdrehte die Augen. »Wir sind nicht verwandt. Wir würden nichts Falsches tun.«

»Doch, würden wir. Denn so verrückt du auch bist, will ich es zwischen uns beiden nicht vermasseln. Das ist das Risiko nicht wert.«

Sie blinzelte. Das war weit entfernt von der Antwort, die sie erwartet hatte. Sie war überzeugt gewesen, dass es für ihn nichts zwischen ihnen beiden gab, was man hätte vermasseln könnten. »Wie meinst du das, dass es das Risiko nicht wert ist?«

»Sex erzeugt Spannungen. Ich bin nicht gern eifersüchtig oder enttäuscht oder gekränkt, und mit jemandem zu schlafen, der mir etwas bedeutet, macht es schwierig.«

Die Worte trafen sie wie ein Faustschlag gegen die Brust. »Ich bedeute dir etwas?«

Damian wollte gerade antworten, da klingelte der Fahrstuhl, und die Türen öffneten sich. Ihre kleine private Blase war geplatzt. »Komm. Wir sollten uns nicht verspäten.«

Sie gingen durch das geschäftige Gebäude auf zwei große vergoldete Türen zu. Der Name des Restaurants war von vorn nicht zu sehen, doch dem Publikum nach zu urteilen schien es die Art von Lokal zu sein, wo man, wenn man erst fragen musste, nicht dazugehörte. Sie wusste, dass es eins von Jerry McPartlins Restaurants war, aber das war auch schon alles. Würde der sie vom Fleck weg als Betrügerin erkennen? Sie trug ein lachhaft teures Kleid – aber ob das reichte?

Sie warf der Restaurantmanagerin einen verstohlenen Blick zu und wünschte sich eine Sekunde lang, dass Damian sie stattdessen zu Burger und Pommes eingeladen hätte. Aber hier ging es nicht um ein gemütliches Beisammensein, und sie spielte eine Rolle – Arielle, Damians Verlobte. Souverän, kultiviert. Definitiv *nicht* die Art von Frau, die sich heimlich auf einen Ball schleichen würde.

Sie schluckte. Man würde sie wie eine Billigkopie inmitten lauter Originale herauspicken können.

»Mr. McKnight, was für eine Freude.« Die Restaurantmanagerin begrüßte ihn herzlich und legte ihm die Hand auf den Arm, als er sich vorbeugte und sie auf die Wange küsste.

»Schön, Sie zu sehen, Marcella.«

»Wir haben unseren besten Tisch für Sie reserviert. Mr. McPartlin und seine Frau werden sich Ihnen in Kürze anschließen.«

Marcella musterte Lainey mit offenkundiger Neugier. Mit einem warmen Lächeln bedeutete sie ihnen, ihr ins Restaurant zu folgen. Große Lampeninstallationen erzeugten ein glitzerndes Ambiente, wenngleich der Gesamteindruck eher gedämpft intim und sinnlich war. Die Wände waren sparsam mit Gold verziert. Der weitläufige Raum beherbergte kleine, runde Tische und war mit Nischen aus dunklem Holz und üppigem, pflaumenfarbenem Samt gesäumt.

Lainey folgte an Damians Arm und hielt den Atem an, als sie sich zwischen den eng stehenden Tischen hindurchschlängelten. Jetzt zu stolpern und sich lächerlich zu machen, konnte sie nun wirklich nicht brauchen. Und ihrer Erfahrung nach standen die Chancen darauf ebenso gut wie darauf, dass die Sonne morgen wieder aufgehen würde.

»Entspann dich.« Heißer Atem streichelte ihre Haut, als Damian ihr ins Ohr flüsterte. »Du siehst aus, als stündest du kurz vor einem Herzinfarkt.«

»Alles bestens«, sagte sie gepresst, weil ihr die Worte im Hals stecken bleiben wollten.

Sie erreichten eine abgeschiedene Nische im rückwärtigen Teil des Restaurants. Von der Decke hing verschnörkelter Stoff herab. Er sah aus wie ein Vorhang, der bei Bedarf geschlossen werden konnte, um mehr Privatsphäre zu haben. Lainey strich mit der Hand über die Seide und spürte die feine Goldstickerei unter ihren Fingerspitzen.

»Unsere erfahrenste Bedienung wird sich heute Abend um Sie kümmern«, sagte Marcella. »Aber bitte rufen Sie mich, wenn Sie irgendetwas brauchen.«

Laineys Kiefer verkrampfte sich automatisch. Marcella sah genau wie die Art von Frau aus, mit der Damian *eigentlich* zu Abend essen sollte. Wortgewandt. Lässig. Elegant. All die Dinge, die Lainey niemals beherrschen würde.

»Selbstverständlich.«

Damian bedeutete Lainey, sich zu setzen, und sah zu, wie sie ungelenk in die Nische rutschte. Mit dem engen Kleid und den mörderisch hohen Absätzen kam sie sich vor wie eine Zirkusartistin auf Stelzen.

»Sie steht total auf dich«, bemerkte Lainey. »Kennst du sie?«

»Sie ist eine Freundin.« Er zog sein Jackett aus und hing es an einen kleinen Haken am Eingang der Nische, bevor er sich lässig auf die Polsterbank gleiten ließ. »Aber ich will nicht, dass du heute Abend über Marcella oder sonst jemanden nachdenkst. Ich brauche dich in Bestform.«

Lainey nickte und wickelte sich eine Haarsträhne um den Finger. Beobachtete, wie sich das Licht in der leuchtenden Farbe fing. Ihre Nerven lagen blank, und in ihrem Innern herrschte Aufruhr. Mit der Maske hatte sie sich selbstbewusst und souverän gefühlt. Doch jetzt war sie sozusagen nackt. Vielleicht hatte Damian recht. Sex mit jemandem, der einem etwas bedeutete, sorgte für ein ziemliches Gefühlschaos, und darauf war sie nicht vorbereitet. Absolut nicht vorbereitet.

Aber das war keine Entschuldigung. Lainey mochte sich ja gern darauf verlassen, dass ihre Freunde ihr aus der Patsche halfen, aber sie drückte sich nicht vor ihren eigenen Entscheidungen.

Du hast dir dein Bett selbst gemacht – jetzt musst du auch darin liegen.

10. Kapitel

Das Dinner verlief besser, als Damian erwartet hatte, und das trotz der Tatsache, dass McPartlin jedes Mal das Thema wechselte, wenn die Unterhaltung aufs Geschäft kam. Doch der ältere Mann schien sein Misstrauen verloren zu haben, was hauptsächlich Laineys brillanter Darbietung zu verdanken war.

Sie hatte die Maske mitgebracht und verbrachte geschlagene zehn Minuten damit, leise mit McPartlins Frau darüber zu fachsimpeln. Hin und wieder sah sie Damian kurz an, und irgendetwas geschah zwischen ihnen. Eine Art elektrische Spannung, die von der Kraft ihrer Energie ausging. Es war, als wolle sie ihm etwas mitteilen, und auch wenn er ihre Gedanken nicht kannte, ließ das Feuer in ihrem Blick seinen Körper in Flammen aufgehen. Er sehnte sich nach mehr.

Er sehnte sich nach *ihr*.

Das Kleid, das er ihr gekauft hatte, sah unglaublich aus. Der dunkle Stoff schmiegte sich an ihre Kurven, wie seine Hände es in jener Nacht getan hatten. Sie hatte den Reißverschluss fast ganz geschlossen – bis auf knapp zwei Zentimeter in ihrem Dekolleté. Man konnte zwar nichts sehen, aber Damian stellte sich *vor*, wie er ihr das Kleid öffnete und der Bahn des Reißverschlusses mit der Zunge folgte.

Er hatte keine Ahnung, was in ihn gefahren war, als er ihr das Kleid gekauft hatte. Er hatte lediglich vorgehabt, ihr die Details zum Abendessen zu schicken, aber dann war er an der Boutique vorbeigekommen und hatte seine Kreditkarte über den Tresen geschoben, bevor ihm überhaupt klar wurde, was er da tat.

»Ich kann gar nicht glauben, dass Sie es geschafft haben, die Verlobung geheim zu halten«, sagte Jerrys Frau Sandra und hob ihre Kaffeetasse mit Goldrand an die Lippen. Ihr roter Lippenstift hinterließ einen Abdruck auf dem weißen Porzellan. »Die Medien sind bei solchen Dingen erbarmungslos. Wie haben Sie das angestellt?«

»Einfach war es nicht«, erzählte Lainey, legte Damian liebevoll eine Hand auf den Schenkel und lehnte sich zu ihm. Ihr Gesichtsausdruck war herzlich und so zuckersüß wie Apfelkuchen, aber unter dem Tisch schob sie die Hand höher.

Schon den ganzen Abend über hatte sie Damians Grenzen ausgelotet – ihn berührt, ihm Küsse auf die Wange gedrückt und gelächelt, während sie die Lippenstiftspuren mit dem Daumen wegwischte. Sie spielte die Rolle der vernarrten Verlobten souverän.

»Manchmal habe ich das Gefühl, als hätten wir uns das Ganze nur ausgedacht«, fügte sie mit einem Augenzwinkern hinzu. »Ich war noch nicht auf vielen Veranstaltungen mit ihm, aber der Maskenball war die perfekte Gelegenheit, weil ich mein Gesicht verstecken konnte. Wir konnten zusammen sein, ohne dass irgendjemand wusste, wer ich war.«

»An dem Abend hatte sogar *ich* manchmal das Gefühl, nicht zu wissen, wer du bist«, sagte Damian trocken.

Lainey drückte seinen Schenkel, und ihre Fingerspitze kam Damians Schritt gefährlich nahe. Er hatte Mühe, seine wachsende Erregung zu unterdrücken. Sie mussten unbedingt aufhören, über den Ball zu reden, denn er bekam das Bild von Lainey, wie sie auf ihm saß, einfach nicht aus dem Kopf. Er legte seine Hand um ihre, verschränkt ihre Finger miteinander und dirigierte sie von seiner Leistengegend weg.

»Irgendwann müssen Sie es bekannt geben«, meinte Jerry. »Die Leute reden.«

»Ehrlich gesagt will ich gar kein Leben im Rampenlicht mehr.« Damian zuckte mit den Schultern. »Meine Firma ist das, was mir wichtig ist. Ich hatte meine fünfzehn Minuten im Rampenlicht, und ehrlich gesagt habe ich jede verdammte Sekunde davon gehasst.«

Jerry lachte. »Es hat sicherlich seine Höhen und Tiefen. Aber Sie haben ein Gesicht fürs Fernsehen, das muss ich zugeben.«

»Ich habe einen Sinn fürs Geschäft«, korrigierte Damian. »Fernsehen war nicht wirklich mein Ding. Es hat mir lediglich einen Ruf eingebracht, auf den ich nicht stolz bin. Ich bin nicht ruhmsüchtig, und ich bin kein Frauenheld.«

Er konnte es McPartlin nicht gänzlich übel nehmen, dass der nicht viel von ihm hielt. Damian war zwar in der Show gut rübergekommen, aber die Produzenten von *Australia's Most Eligible* wussten genau, wie man die Kandidaten interviewen und das Material schneiden musste, um ein ganz bestimmtes Bild zu erzeugen. Sie konnten ganz gewöhnliche Menschen zu Bösewichten und Helden werden lassen. Oder – wie in seinem Fall – zu Menschen, die für die Karriere einfach alles tun würden.

An dem Abend, als die erste Folge ausgestrahlt wurde, hatte er sie sich halb angesehen, und ihm war ein Schauer nach dem anderen über den Rücken gelaufen. Der Damian in dieser Show, das war nicht er.

»Ah, ja. Tja, selbst diejenigen, die sich in dieser Industrie auskennen, fallen ihr manchmal zum Opfer und glauben das, was sie lesen.« Das war wohl das Äußerste, was Jerry jemals in Richtung einer Entschuldigung von sich geben würde, aber Damian reichte es. »Nennen Sie mich altmodisch, aber ich glaube, dass die Menschen heutzutage der Unantastbarkeit der Ehe keinen solchen Wert mehr zuschreiben wie früher. Monogamie ist etwas Wundervolles.«

»Da stimme ich Ihnen voll und ganz zu«, erwiderte Damian und griff nach seinem Wein, um den bitteren Geschmack in seinem Mund loszuwerden.

Sandra warf Damian und Lainey einen Blick zu. »Er findet auch die heutige Musik abscheulich. Ich bin mir sicher, sobald die erste Zeitmaschine erfunden wird, reist er zurück in die Fünfziger und bleibt für immer dort.«

»Es ist nichts verkehrt daran, Moralvorstellungen zu haben«, schmollte Jerry.

»Tja, jetzt, wo er auf seinem hohen Ross sitzt, sollten wir wohl besser gehen.« Sandra schüttelte den Kopf. »Noch ein Glas Wein und er wird zum Philosophen.«

Damian unterdrückte ein Lachen. Er hatte Jerry McPartlin einst für einen einschüchternden Mann gehalten, aber es war klar, dass hinter den Kulissen seine Frau das Sagen hatte. Aus irgendeinem Grund musste er dabei an Lainey denken. Nach außen hin wirkte sie flatterhaft und albern und ein bisschen verrückt, aber im Innern besaß sie eine wilde Entschlossenheit, sich das zu nehmen, was sie wollte. Sosehr ihm ihre Methoden auch missfielen, konnte er nicht anders, als ihren Einfallsreichtum zu bewundern.

»Ich muss mich kurz in der Küche blicken lassen«, sagte Jerry und rutschte aus der Nische. Sie saßen ganz in der Nähe einer Doppeltür, die zu einer Hightechküche führte. Das hatte ihnen nicht nur besonders viel Privatsphäre beim Abendessen beschert, sondern Jerry hatte gleichzeitig sein Personal den Abend über im Auge behalten können.

»Immer bei der Arbeit«, kommentierte Sandra und warf Lainey einen Blick zu. »Ich nehme an, Damian ist genauso.«

»Absolut.« Lainey nickte. »Er ist so passioniert. Ich finde das sehr inspirierend.«

Jerry hielt Damian die Hand hin. »Jetzt aber Schluss mit der aggressiven Verkaufstaktik. Sie bekommen Ihr Meeting, aber ich mache keinerlei Versprechungen. Sie müssen mir erst beweisen, dass Sie mir mehr bieten können als meine derzeitige Firma, und das dürfte schwer werden. Und noch dazu zu einem besseren Preis.«

»Das wird nicht schwer.« Damian schüttelte die Hand des älteren Mannes.

»Großspurig.« Jerry lachte. »Das ist auch so ein Problem mit den jungen Leuten heutzutage.«

»Also dann, du mürrischer alter Mann«, sagte Sandra und folgte ihm kopfschüttelnd aus der Nische. »Es wird Zeit, dass wir gehen.«

»Da drüben ist eine VIP-Bar«, sagte Jerry und zeigte auf eine Tür. »Marcella ist informiert, falls Sie sich noch einen Drink genehmigen möchten. Es ist dort sehr privat, also keine Angst, dass die Leute Sie belästigen könnten. Aber Sie können auch gern noch hier am Tisch sitzen bleiben, solange Sie möchten.«

»Das klingt wunderbar, vielen Dank.« Lainey lächelte, und der Raum wirkte, als hätte jemand eine Eine-Million-Watt-Glühbirne eingeschaltet. Sie blieb an Damians Seite sitzen. Als Jerry und Sandra gegangen waren, fragte sie: »Hast du Lust auf einen Drink?«

Er sollte schlechte Ideen nicht auch noch unterstützen – oder gar wiederholen. »Ich sollte dich nach Hause bringen«, erwiderte er.

»Sollte?« Sie zog eine Augenbraue hoch. »Komm schon, es ist doch nur ein Drink. Du willst den Typen doch als Kunden gewinnen. Da wäre es unhöflich, sein Angebot auszuschlagen.«

»Einen Drink«, sagte er und sah sie streng an. »Und das war's.«

Mit einem Gesichtsausdruck wie eine Katze, die an den Sahnetopf gelangt ist, rutschte Lainey auf ihrer Seite aus der Nische und ging, ohne auf ihn zu warten, in Richtung der VIP-Bar. Er starrte ihr nach und bewunderte die Rundung ihres wohlproportionierten Pos, der sich unter dem eng anliegenden Kleid abzeichnete.

Sein Schwanz regte sich, und Damian verfluchte sich selbst. Normalerweise fiel es ihm nicht schwer, platonische Freundschaften zu unterhalten. Tatsächlich hatte keine einzige der Frauen aus seinem Bekanntenkreis ihn jemals dazu verleitet, seine »Kein Sex unter Freunden«-Regel infrage zu stellen. Doch Lainey machte ihn scharf wie nur sonst was.

»Konzentrier dich«, ermahnte er sich, während er ihr folgte.

Im VIP-Bereich war das Licht gedämpft, und die kugelförmigen Lüster, die im Raum verteilt hingen, leuchteten nur schwach. Die Atmosphäre war angenehm intim, perfekt, um Geheimnisse zu teilen oder auf Tuchfühlung zu gehen. Damian erkannte einige der Gäste – ein hiesiger Politiker und ein Fernsehmoderator, den er während seiner Zeit bei *Australia's Most Eligible* kennengelernt hatte. Niemand sah auch nur in ihre Richtung. Erleichtert atmete er aus.

Lainey ging zur Bar und bestellte einen Drink. Als er vor ihr abgestellt wurde, strich sie mit dem Finger über den Rand des Schnapsglases, langsam und schleppend. Damian konnte sich nur allzu leicht vorstellen, wie sie auf diese Weise seine Eichel umkreiste.

»Trink aus«, sagte er. »Dann kann ich dich nach Hause bringen.«

»Ich meinte, einen Drink für *dich*.« Ein Lächeln spielte um ihre Lippen. »*Ich* setzte mir kein Limit.«

Er seufzte. »Was hast du vor?«

»Etwas mit meinem *Verlobten* zu trinken.« Sie sah ihn durchdringend an, ihre Augen wirkten wie polierter Bernstein. »Du hast mich eingeladen – da ist es das Mindeste, dass du mich ein paar Drinks genießen lässt.«

»Wir führen diese Diskussion nicht noch mal«, grummelte er. »Du hast das hier in Gang gesetzt.«

»Das ist wohl die Erwachsenenversion von ›Du hast angefangen‹.«

»Du *hast* angefangen.«

»Und du hast es zu Ende gebracht. Dreimal.« Sie schmunzelte. »Ganz der Streber.«

Ein paar Haarsträhnen rutschten ihr verführerisch über ein Auge. Sie tunkte ihren kleinen Finger in das Schnapsglas und lutschte ihn ab. Die sahnige Flüssigkeit befeuchtete ihre Lippen, und Damian bekam einen trockenen Mund. Er griff nach unten, um seine Hose zurechtzurücken, denn sein Schwanz war steinhart und drückte gegen den Reißverschluss. Herrgott, wie schaffte sie das nur?

»Was trinkst du?«, fragte er und zwang sich, an etwas anderes zu denken als den Ansatz ihrer Brüste, der aus ihrem Kleid herausschaute.

»Butter-Nippel«, erwiderte sie mit großen Augen und gespielt unschuldigem Blick.

Hitze schoss ihm durch den Bauch, und er spürte, wie sein Schwanz zuckte, als ihre vollen Lippen den Namen des Getränks formten. Und sie tat es mit Absicht, das Luder. In einer flüssigen Bewegung hob sie das kleine Glas an die Lippen und legte den Kopf in den Nacken. Verlangen legte Damians Sinne lahm, und er nahm nur noch ihren elfenbeinweißen Hals und ihre nach vorn schnellenden Brüste wahr, als sie den Kopf zurückwarf.

»Köstlich.« Sie leckte sich die Lippen ab. »Du solltest mal probieren.«

Damian unterdrückte den Impuls, sie zu packen, an sich zu reißen und zu küssen, und presste stattdessen die Hüften gegen die Bar, um seinen pochenden Ständer zu bezwingen. Aber das bescherte ihm lediglich die Reibung, nach der er sich sehnte, und brachte ihn bloß noch einen gnadenlosen Zentimeter näher an Lainey heran.

»Bist du betrunken?« Er kehrte den großen Bruder heraus, um ein bisschen Abstand zwischen sie zu bringen.

»Noch nicht.« Sie grinste, und er konnte ihre rosa Zungenspitze zwischen ihren Zähnen sehen. »Aber was nicht ist, kann ja noch werden.«

»Benimm dich, Lainey«, warnte er sie, wenngleich die Warnung mehr ihm selbst als ihr galt.

Sie verdrehte die Augen und klimperte mit ihren langen, schwarzen Wimpern. »Du musst mal lernen, wie man Spaß hat, *Damian*.«

Er musste hier weg. Wenn er ihr dabei zusah, wie sie noch einen Schnaps hinunterkippte, könnte er versucht sein, ihr den Geschmack von den Lippen zu küssen. Und wer wusste schon, wohin das führen würde? Es war unmöglich, ihren Körper oder die sexuelle Energie zu ignorieren, die sie ausstrahlte.

Und jetzt, wo er wusste, wie süß sie schmeckte …

»Deine Art von Spaß ist ein bisschen zu abgedreht für meinen Geschmack.« Er nickte dem Barkeeper zu, um sich Alkohol zu bestellen. Harten Alkohol, was ihm passend erschien. Je schneller er ihn hinunterkippte, desto schneller konnte er gehen. »Warum machst du nicht Schluss für heute? Ich rufe dir ein Taxi.«

Lainey griff nach seinem Handgelenk, und ihre Finger

fühlten sich an wie Feuer, als sie seine Armbanduhr zu sich drehte. »Es ist gerade mal kurz nach elf – die Nacht ist noch jung.«

»Man sollte die Bedeutung von Schlaf nicht unterschätzen.«

Himmel noch mal, er hörte sich an wie ein alter Mann – was er im Vergleich zu ihr ja auch war. Die zehn Jahre, die er ihr voraushatte, hatten ihn abstumpfen lassen und misstrauisch gemacht. Und sie war wie ein verdammter Sonnenstrahl, so fröhlich und optimistisch, dass es ihm Angst machte.

»Schlafen kann ich, wenn ich tot bin«, antwortete sie mit einem Zwinkern.

Sein Scotch kam, und Damian schnappte ihn sich und goss sich das meiste davon in einem Schluck die Kehle hinunter. Die Wärme brannte angenehm in seiner Brust.

»Ich bin sowieso bald weg«, sagte sie plötzlich.

»Gut«, erwiderte er. »Aber schreib mir bitte eine Nachricht, sobald du zu Hause bist.«

»Nein, ich meine *weg*. Ich verlasse das Land.« Sie bestellte sich noch einen Drink, diesmal ein Glas Champagner. »Endgültig … wahrscheinlich.«

»Wahrscheinlich?«

Sie sah zu ihm hoch. »Hoffentlich.«

Die Worte erwischten ihn eiskalt. Vor ein paar Wochen noch hätte er sie mit Handkuss und den besten Wünschen davongeschickt. Aber jetzt ... lagen die Dinge anders. »Wieso?«

»Ich habe ein Jobangebot aus London, ich mache die Social Media für einen Promi-Stylisten.« Sie lächelte, aber sie sah nicht glücklich aus. »Ich hatte das Gefühl, dass es Zeit für einen Tapetenwechsel ist.«

»Dann gratuliere ich.« Die Worte hingen ihm im Hals wie Kaktusstacheln. Er versuchte zu schlucken, aber er hatte einen Kloß im Hals. »Hast du es Corinna und Imogen schon gesagt?«

Sie nickte. »Ja. Ich reise übernächste Woche ab.«

Eigentlich hätte er erleichtert aufatmen müssen – die Quelle seiner Versuchung würde bald fort sein. Aber er hatte das Gefühl, als hätte sich der Boden unter ihm bewegt und ihn ins Wanken gebracht. Aus dem Gleichgewicht. Denn was er hätte fühlen *sollen*, entsprach in keiner Weise dem Aufschrei in seinem Kopf.

»Das ist ja nicht mehr lange.«

Lainey schüttelte den Kopf. »Nein.« Als ihr Drink kam, stieß sie mit Damian an. »Auf neue Anfänge.«

»Und auf alte Freunde.«

Sie nickte, und ein merkwürdiger Ausdruck huschte über ihr Gesicht. »Sind wir denn Freunde? Ich dachte immer, du siehst in mir nur so eine Art nervtötende kleine Schwester.«

»Das eine schließt das andere nicht zwangsläufig aus.«

Sie knuffte ihn. »Dann findest du mich also *doch* nervtötend?«

»Na ja, du bist das Mädchen, das an Weihnachten darauf bestanden hat, allen zu sagen, in welcher Reihenfolge sie ihre Geschenke öffnen dürfen.«

Er erinnerte sich lebhaft – Lainey als vorlaute Zehnjährige, die ihm und seinen Freunden vorschrieb, wer beim Weihnachtswichteln das erste Geschenk auspacken durfte. Dabei war sie noch nicht einmal dazu eingeladen gewesen. Aber sie war einfach mit Corinna und Imogen ins Wohnzimmer geplatzt und hatte darauf bestanden, mitzumachen.

»Na ja, ich hatte ja nie eigene Geschwister zum Herumkommandieren.« Sie grinste. »Da warst du der beste Ersatz.«

»Du wirst mir fehlen.« Die Worte sprudelten ihm über die Lippen, bevor er sie zurückhalten konnte.

Sie starrte ihn an, sah ihm direkt und tief in die Augen. Etwas flackerte in ihrem Blick – der Hauch eines Gefühls? Das war nicht gut. Aber Lainey war ebenso gut darin, ihre Schwächen zu verbergen wie er.

»Du wirst mir auch fehlen«, erwiderte sie.

»Du hast nicht vor, zurückzukommen?«

»Nein.« Sie legte den Kopf schief. »Das heißt, dir bleiben noch zwei Wochen, um mich als deine ›Verlobte‹ zu benutzen, bevor du dir eine Erklärung zurechtlegen musst, wieso wir Schluss gemacht haben.«

Die Vorstellung, Lainey auf irgendeine Art zu benutzen, durchzuckte ihn wie berauschende Vorfreude. Vielleicht wäre es ganz gut, wenn sie ein Verfallsdatum hätten. Eine Art Versicherung, damit die Dinge nicht außer Kontrolle gerieten, denn wie viel Schaden konnten zwei Menschen in zwei Wochen schon anrichten?

Jede Menge. Mach dir doch nichts vor.

Er räusperte sich. »Mir wird schon ein Grund einfallen, wieso ich unsere Beziehung gegen die Wand gefahren habe.«

»Vielleicht konntest du einfach nicht lockerlassen, und mein freiheitsliebendes Herz kam mit so viel Steifheit nicht klar.« Sie grinste. »Oder vielleicht konntest du im Bett nicht mit mir mithalten.«

Seine Nasenflügel blähten sich. »Inzwischen dürftest du wissen, dass ich in der Hinsicht ganz gut meinen Mann stehen kann.«

»Eine Nacht reicht nicht wirklich, um das sicher sagen zu können.« Sie lutschte an ihrer Unterlippe. »Könnte auch ein Glückstreffer gewesen sein.«

Er beugte sich näher und sog den Duft des Parfüms auf ihrer Haut vermischt mit dem Alkohol in ihrem Atem ein. Ihre Wangen röteten sich, und ihre Brüste drückten gegen den Ausschnitt ihres Kleides, als ihre Atemzüge schwerer wurden. Schneller.

»Das war kein Glückstreffer, Lainey, und das weißt du.« Wider besseres Wissen legte er ihr eine Hand um die Taille und zog sie an sich. Gott, sie fühlte sich so gut an – so warm und weich und kurvig. »Ich weiß es auf jeden Fall.«

»Dass wir gut zusammenpassen?« Sie öffnete die Lippen.

»Im Bett«, stellte er klar.

»Warum willst du das hier dann nicht zulassen?« Sie legte ihm eine flache Hand an die Brust und strich mit den Fingerspitzen über die Knöpfe an seinem Hemd. »Warum willst du mir nicht die Wahrheit sagen?«

»Worüber?«

»Was du für mich empfindest.« Ihre Augen waren riesengroß und glänzten. Wie in aller Welt hatte er diese Augen auf dem Ball nicht erkennen können? Ihr Verlangen war so spürbar, dass er sich wie benebelt davon fühlte und all die Dinge, die er sagen sollte, in seinem Kopf durcheinandergerieten; ein verworrener Knoten aus Worten.

»Was willst du wissen?«

Sie hob die Lippen. »Hast du dir ausgemalt, mit mir zusammen zu sein?«

Ihr Gesicht brannte vor Neugier. Er packte sie fest an der Hüfte und kämpfte den Drang nieder, sie gegen die Bar zu drücken und sie an Ort und Stelle zu nehmen. Dieser Mund bat förmlich darum, erobert zu werden.

»Ja.«

Ihre Hand spielte mit dem Reißverschluss ihres Kleides. »Erzähl mir davon.«

»Wieso willst du das hören?«

»Weil ich den größten Teil meines Lebens in dem Glauben verbracht habe, dass das, was ich empfand, einseitig war.«

Sie hatte ihre Gefühle nie verheimlicht. Na ja, zumindest nicht erfolgreich. Als sie noch klein war, hatte sie mit bewundernden Augen zu ihm aufgesehen – dem großen Bruder, den sie nie gehabt hatte. Doch als sie älter wurde, wurde aus dieser Bewunderung etwas anderes, etwas ganz entschieden Erwachseneres.

»Es ist nicht einseitig, aber ich wusste, dass es nirgends hinführen konnte, darum bin ich nie darauf eingegangen.« Er strich ihr eine Haarsträhne über die Schulter und streichelte ihr dabei mit den Fingerknöcheln über die Haut.

»Aber du fühlst dich zu mir hingezogen.«

Er sah hinab und betrachtete ihre lange, schlanke Silhouette, die sanften Kurven ihrer Taille und die Rundung ihrer Brüste. »Wie könnte ich das nicht? Ich bezweifle, dass irgendein heterosexueller Mann dir widerstehen könnte.«

»Also ist es bloß etwas Biologisches?«

»Nein.« Er schüttelte den Kopf. »Aber das heißt auch nicht, dass ich uns für kompatibel halte. Und davon ganz abgesehen bin ich nicht auf der Suche nach einer Beziehung.«

Sie stellte sich auf die Zehenspitzen, reckte sich und streifte sein Ohr mit den Lippen. »Ich auch nicht.«

Dank ihrer Stilettos befand sich ihre Hüfte auf gleicher Höhe mit seiner. Sie schlang einen Arm um seine Taille und hakte den Daumen in die Gürtelschlaufe in seinem Kreuz.

Beanspruchte ihn. Lainey so nahe zu sein, hatte Damians Pulsschlag in die Höhe gejagt, und seine Haut war so heiß, dass man darauf ein Steak hätte braten können.

»Du solltest heimfahren«, unternahm er einen allerletzten Versuch, seinen Regeln treu zu bleiben. »Komm. Wir rufen ein Taxi.«

»Nein.« Sie kuschelte sich noch enger an ihn und legte ihr Gesicht an seinen Hals.

Ihr Parfüm stieg ihm in die Nase und machte ihm das Atmen schwer. Sie duftete wie ein Sommergarten, reif und verlockend. Ihr Haar kitzelte die Haut über seinem Hemdkragen, und er strich es ihr unwillkürlich aus dem Gesicht.

»Nimm mich mit zu dir«, sagte sie.

Es gab so viele Gründe, es nicht zu tun. Lainey war ihm viel zu wichtig, als dass er es sich mit ihr verderben wollte. Sicher, sie war verrückt und penetrant und leichtfertig, aber sie war seit Jahren Teil seines Lebens. Seine Schwester liebte sie, seine Eltern liebten sie. Was ihn betraf … er wusste nicht, wie er es bezeichnen sollte. Er fühlte sich zu alt für sie, zu verbraucht. Aber sie bedeutete ihm etwas, das stimmte.

»Das ist keine gute Idee«, sagte er.

»Was ist schon dabei? Es ist bloß Sex. Du willst es, ich will es. Warum sollen wir nicht ein bisschen Spaß haben?«

Seine Selbstbeherrschung war wie ein Gummiband, das zu stramm gespannt worden war – noch hielt es, drohte aber jeden Augenblick zu reißen. Ausreden gingen ihm durch den Kopf. Worte, die ihn anspornten, sich mit ihr zu vergnügen, weil es ja nur von kurzer Dauer sein würde, ohne Konsequenzen. Sie konnten es geheim halten, bis sie abreiste – und dann wären sie auf gegenüberliegenden Seiten der Welt. Keine Gefahr, sich zufällig irgendwo über den Weg zu laufen oder sich nach zu vielen Drinks zu verplappern.

»Erzähl mir, was du dir in deiner Fantasie ausgemalt hast«, drängte sie ihn. Sie presste ihren Körper an ihn, und das sanfte Vor- und Zurückschwingen ihrer Hüften ließ seinen Schwanz schmerzen.

Damian biss die Zähne zusammen. »Lainey«, warnte er.

»Meinst du, ich würde nicht damit fertig?« Sie verengte die Augen. »Ich habe doch wohl bewiesen, dass ich es kann. Oder hast *du* etwa Angst?«

»Wovor?«

»Dass wir beide zusammen einfach unglaublich sein würden … dass wir zusammen bereits unglaublich *sind?* Wieso macht dir das Angst?«

Sie köderte ihn, und zwar verdammt gut. Aber er durfte sie nicht wissen lassen, dass er *tatsächlich* Angst hatte – es sich mit ihr zu verscherzen, und mit seiner Schwester. Verletzlichkeit gehörte nicht zu Damians Gefühlsrepertoire. Nicht mehr.

»Du willst es wirklich wissen?«, fragte er.

Sie nickte.

»Ich habe mir ausgemalt, wie ich dich wieder und wieder bis an die Schwelle bringe. Es dir verwehre, bis du mich anbettelst, dich kommen zu lassen.« Bilder tanzten ihm vor den Augen. All die Fantasien von Lainey, zu denen er sich selbst berührt hatte, verschmolzen miteinander. Seine Kontrolle entglitt ihm, löste sich auf. Wurde zu Staub. »Ich habe mir ausgemalt, wie ich dich so hart ficke, dass es dir die Sprache verschlägt. So hart, dass du am nächsten Tag keinen Schritt machen kannst, ohne dich daran zu erinnern, wie gut sich mein Schwanz in dir angefühlt hat.«

Ihre Augen weiteten sich.

»Ich habe an diese Nacht gedacht«, sagte er. »Wieder und wieder und wieder.«

»Und was machst du, wenn du dich daran erinnerst?«

»Ich glaube, das weißt du«, knurrte er.

Sie gab einen winzigen Laut von sich, und ihre Augen hatten bereits einen glasigen Glanz angenommen. Ihre Bewegungen wurden steif und abgehackt. »Nimm mich mit zu dir«, flüsterte sie.

Ihre Unterhaltung wurde unterbrochen, als der Barkeeper kam und nachfragte, ob sie noch irgendetwas bräuchten. »Kann ich Ihnen noch irgendetwas bringen?« Der Mann sah Damian erwartungsvoll an.

Damian kippte den Rest seines Scotchs hinunter, aber der teure Edellikör schmeckte wie Sägemehl. »Nein. Ich glaube, wir sind fertig.«

Keiner seiner Sinne würde Sättigung finden, bis er Lainey in seinem Schlafzimmer hatte. Vorfreude blubberte wie kochendes Wasser und drohte, überzukochen und ihn zu verbrennen, wenn er noch lange warten würde. Aber das Warten war das Beste daran, den Augenblick hinauszuzögern, an dem er sich selbst – und ihr – erlauben würde, eine neue Ebene zu betreten. Eine erschreckende Ebene.

Den Punkt, an dem es kein Zurück mehr gab.

»Hast du dich berührt, während du an mich gedacht hast?« Schüchtern trank sie ihren Drink aus, während sie auf seine Antwort wartete. Ihr Tonfall klang jetzt nicht mehr neckisch.

»Ja.« Er schluckte. »Du auch?«

Sie zögerte kurz. »Ja.«

»Wann war das letzte Mal?«

»Letzte Nacht.«

Er hob eine Augenbraue.

»Der Gedanke, dich wiederzusehen ... ich war total überdreht. Ich konnte nicht schlafen.« Ihre Wimpern berührten sich, als sie die Augen einen Moment lang schloss. »Aber es war nicht dasselbe. Ich wollte nicht kommen, ohne dass du bei mir bist. Ich will all das, was du gesagt hast.« Sie sprach langsam, bedächtig.

Wenn Damian nicht zumindest eine Kostprobe bekommen würde, würde er platzen. Oder schneller kommen als ein unerfahrener Teenager bei seinem ersten Fick.

»Sag mir, woran du gedacht hast, wenn du dich berührt hast«, befahl er leise.

Sie schloss die Augen und seufzte. »Ich habe mir vorgestellt, dass du mich ins Bett bringst und mir befiehlst, mich hinzuknien, sodass ich dich in den Mund nehmen kann. Ich wollte, dass du mir sagst, was ich tun soll, mir befiehlst, dir den Schwanz zu lutschen, bis du in meinem Mund kommst.«

Scheiße. Stellte ihn etwa irgendjemand da oben auf die Probe?

Sie hob das Gesicht und sah ihn an. »Mit dir will ich alles ausprobieren.«

»In Ordnung.« Die Worte entfuhren ihm, bevor er sie aufhalten konnte, und in seinem Kopf läuteten Warnglocken wie eine Kakophonie aus Sirenen. »Aber es ist bloß Sex.«

»Bloß Sex«. Sie nickte. »Sonst nichts.«

Das war eine *sehr* schlechte Idee.

11. Kapitel

Laineys Herz führte ein wahres Trommelsolo auf, als Damian sie aus dem Restaurant führte. Das war der Augenblick, auf den sie nie zu hoffen gewagt hatte – ihn zu haben, ohne Verkleidung oder Tricks. Sie mochte gesagt haben, es sei bloß Sex, aber ihr Herz wusste es besser. Mit Damian würde es immer mehr sein, auch wenn sie es nicht laut zugeben würde.

Zumindest wusste sie, dass Damian auf sie achtgeben würde. Er war *genau* die Art Mann, die sie immer gewollt, aber nie bekommen hatte. Einer mit Verstand und Vernunft, bei dem sie Schmetterlinge im Bauch hatte und in dessen Händen sie sich wie Wachs fühlte. Er war das Komplettpaket, Perfektion in Männergestalt … na ja, bis auf seine Unfähigkeit, auch mal lockerzulassen. Aber dabei würde sie ihm helfen.

Seine klaren Augen erforschten ihr Gesicht, versuchten, aus ihr schlau zu werden, während sie über den Boulevard gingen. Die Nachtluft fühlte sich mild auf ihren nackten Armen und Beinen an, konnte aber das Inferno, das in ihrem Innern loderte, nicht lindern. Sie konzentrierte sich auf das

Gefühl seines starken Arms um ihre Taille und setzte einen Fuß vor den anderen, um in ihren Stilettos das Gleichgewicht zu halten.

Sie hatte das Gefühl, die Welt um sie herum würde sich drehen, was wohl zu gleichen Teilen daran lag, wie die Realität sie eingeholt hatte, und an den Drinks. Sie bogen um eine Ecke und traten durch die Türen eines schicken Hotels. Der Ausdruck in Damians attraktivem Filmstargesicht wirkte hart, und er hatte die Lippen zu einem schmalen Streifen zusammengepresst. Die Hotellobby strahlte, jede Oberfläche war auf Hochglanz poliert und mit Gold besetzt. In der Mitte des Raums hing ein schwerer Kronleuchter, von dem gebrochenes Licht in alle Richtungen fiel. Laineys Augen fanden keinen Bezugspunkt inmitten all der blendenden, überwältigenden Pracht.

»Was machen wir hier?«, fragte sie.

»Du hast gesagt, du willst die Nacht mit mir verbringen.«

Sie bekam einen Kloß im Magen. »Du gehst mit mir in ein Hotel?«

Hitze kroch ihr den Hals hinauf und rötete ihre Wangen. Er war also bereit dazu, sie zu ficken, wollte sie aber nicht mit zu sich nehmen? Hatte sie ihn wirklich so falsch eingeschätzt?

Er fuhr sich mit einer Hand durch das kurze, schwarzbraune Haar. »Ich nehme dich mit zu mir.«

»Hierher?«

»Ja, hierher.« Er lotste sie vom Empfangstresen weg, hin zu einem Paar glänzender Aufzüge.

»Ich verstehe nicht.«

Es ergab einfach keinen Sinn. Damian McKnight wohnte nicht in einem Hotel. Corinna und sie waren oft genug unangemeldet in sein Apartment geplatzt. Er hatte eine herrliche Aussicht über Southbank und den Fluss, eine Kaffeemaschine, die perfekten Cappuccino zauberte, und eine Couch, die weicher war als die Wolken im Himmel. Er hatte ein *Zuhause*. Ein echtes.

»Ich wohne hier.« Er seufzte und drückte mit dem Zeigefinger den Aufwärtsknopf. »Fürs Erste.«

»Und das hast du geheim gehalten?«

»Nicht gezielt.« Seine Stimme klang brüchig. »Aber Corinna weiß, dass ich ein verschwiegener Typ bin, falls du dich fragst, wieso sie dir nichts erzählt hat.«

Seltsam. Das klang *ganz eindeutig* so, als steckte da eine Geschichte dahinter.

Einer der Aufzüge klingelte, und die Türen glitten auf. Sie traten hinein, und Damian konnte Laineys Verwirrung in den Spiegelwänden sehen, während sie sein Gesicht musterte. Aber er mied ihren Blick und drückte den Knopf zur obersten Etage. Sie spürte einen Druck in den Ohren, als sie immer höher fuhren. Die Stille wurde erst unterbrochen, als ein Klingeln zu erkennen gab, dass sie angekommen waren.

Auf dem Hotelflur war es still, und es gab nur wenige Türen. Sie blieben an der ersten stehen, und Damian schloss auf und hielt sie ihr offen, wie er es immer tat. *Der perfekte Gentleman.*

»Wow.«

Wie ein Gemälde lag die Skyline von Melbourne hinter den Fenstern, die sich über die ganze Breite des Raumes erstreckten. Blinkende bunte Lichter tauchten alles in ein glitzerndes Leuchten. Damian steckte seine Schlüsselkarte in einen Schlitz an der Tür, und das Licht ging an.

Die Suite war größer als die meisten Wohnungen in der Stadt. Sie hatte sogar einen Esstisch und einen Arbeitsbereich. Lainey eilte nach vorn zum Fenster und presste die Handflächen gegen die Scheibe. Die Aussicht in seiner alten Wohnung war gut gewesen, aber kein Vergleich hiermit. Sie hatte das Gefühl, als schwebe sie in der Luft, als fliege sie über die Stadt und weg von ihren Zweifeln.

»Das ist unglaublich.« Ihr Atem ließ das Glas beschlagen. Als sie sich umdrehte, sah sie, dass Damian sie aufmerksam beobachtete.

»Es ist nur vorübergehend«, stellte er richtig und hielt ihr eine Hand hin. »Komm, du musst ins Bett, Prinzessin … bevor du dich in einen Kürbis verwandelst.«

Er sah ganz so aus, als gehörte er in diesem Raum. Sein schickes Hemd und der tiefschwarze Anzug waren ebenso luxuriös wie die Goldbesätze und die dezente Beleuchtung.

Lainey hingegen fühlte sich ungelenk in ihren zu hohen Absätzen und ihrem zu teuren Kleid. Was *tat* sie hier?

Er führte sie ins Schlafzimmer, und ihr stockte der Atem. Damian öffnete den Kragen seines Hemdes, sodass ein paar vereinzelte dunkle Haare zum Vorschein kamen. Lainey wusste, dass er auch an anderen Stellen am Körper – genau an den richtigen – damit gesprenkelt war.

Sie fragte sich, wie es sich wohl anfühlen würde, sein Gewicht auf sich zu spüren und davon in die Matratze gedrückt zu werden. Sich auf ihn zu setzen und zu beobachten, wie sich im Mondschein sein Gesicht verzerrte, wenn er kam. Sie griff nach ihm. Ihre Bewegungen waren unbeholfen, sie war so nervös, dass es ihre motorischen Fähigkeiten beeinflusste.

Damian beobachtete sie mit weit geöffneten Augen. Seine Pupillen waren schwärzer als die Nacht. Er atmete tief ein und straffte die Schultern. Lainey kannte diese Anzeichen nur zu gut. Das erste Mal hatte sie sie beobachtet, als sie damals vor drei Jahren versucht hatte, ihn zu küssen. Instinktiv hatte er den Kuss erwidern wollen, aber so schnell dieser Impuls auch gekommen war, so schnell hatte Damian sich wieder von ihr zurückgezogen. Jetzt sah er genauso aus, alle Muskeln waren angespannt. Sie würde ihn nicht davonlaufen lassen. Nicht jetzt, wo sie endlich einen Weg gefunden hatte, die Traurigkeit in ihrem Herzen zu bezwingen. Unter seinen zärtlichen Blicken fühlte sie sich wie neugeboren. Lebendig. Sicher.

»Ich hatte mir geschworen, es nie dazu kommen zu lassen«, sagte er.

Der innere Zwiespalt, der seiner Stimme anzuhören war, berührte sie, und sie wollte ihn küssen, bis es ihm die Sprache verschlug. »Zu spät.«

»Es ist noch nicht zu spät, das Richtige zu tun.« Er zog sich zurück, löste sich aus ihren gierigen Händen. »Ich kann wieder nach draußen gehen, und wir können morgen früh aufwachen und so tun, als wäre das hier nie passiert.«

»Als ob du mich vergessen könntest«, neckte sie.

»Ich habe gesagt, so *tun*, als wäre es nie passiert ... nicht vergessen.« Er schüttelte den Kopf, und sein dunkles Haar schimmerte im Mondlicht. »Vergessen werde ich es leider nie.«

Lainey zog langsam ihren Reißverschluss auf, und das Geräusch durchschnitt die Stille im Raum. Damian folgte der Bewegung mit den Augen, verschlang jeden weiteren Zentimeter nackte Haut, der zum Vorschein kam. Und Lainey war völlig nackt.

»Herr im Himmel«, murmelte er, und Vorfreude erfüllte Lainey. Sie ließ das Kleid zu Boden fallen und stieg aus ihren High Heels. »Du hast heute Abend dagesessen und warst die ganze Zeit über nackt unter diesem Kleid?«

»M-hm.« Sie trat vor, streckte die Hand nach ihm aus und strich schamlos mit den Fingern über seinen Hosenschlitz. »Jetzt zieh dich aus.«

Diesmal erhob Damian keinen Einwand. Er zog seine Anzugjacke aus und öffnete, einen nach dem anderen, die Knöpfe seines Hemds. Sein nackter Oberkörper wirkte im Schein des Lichts der Stadt blasser, aber jeder Muskel war perfekt definiert. Er war ein starker, sehr männlicher, betörender Mann.

Sie ließ eine Hand über seinen Schenkel gleiten und spürte, wie sein Penis mit einem Zucken reagierte. Ermutigt wagte sie sich weiter vor und fuhr mit den Fingerspitzen über seine Erektion. Damian keuchte. Seine Hand schnellte nach unten, er schlang die Finger um ihr Handgelenk und riss ihre Hand weg.

»Lainey«, raunte er. »Warte, sonst …«

Sie schnitt ihm die Worte ab, indem sie sein Gesicht nach unten zog und ihn küsste. Heiß, heftig, nass. Sie erkundete ihn schonungslos und genoss, wie er schmeckte. Ein kehliges Stöhnen vibrierte in seinem Hals, als er sich an sie drängte.

Auf Zehenspitzen balancierend presste sie ihren Körper an seinen. Sie seufzte in seinen Mund, schob ihm die Hände in die Haare und zog daran. Fest. Seine Gürtelschnalle bohrte sich ihr in den Bauch, während er mit dem Mund eine brennende Spur von ihren Lippen bis zu ihrem Schlüsselbein legte, jeder Kuss hungriger als der vorherige. Sie musste ihn einfach haben, jeden wundervollen Zentimeter von ihm.

Als Damien sich ihr kein bisschen mehr verweigerte, erfüllte Lainey ein so großes Machtgefühl, dass es sie bis ins Mark erschütterte. Sie hatte ihn *genau* so, wie sie ihn wollte – ohne Maskeraden. Ohne Täuschungen. Seine Schultern entspannten sich, und sein Kuss wurde heftiger. Es war, als wäre die Temperatur im Zimmer um hundert Grad in die Höhe geschossen, und die Luft um sie herum knisterte und knackte. Er bohrte die Finger in ihre Hüften, biss sie in den Nacken. Damian markierte sie, beanspruchte sie mit seiner Berührung für sich.

Dann wurde sie hochgehoben, und sie schlang die Beine um ihn, während er sie herumwirbelte. Zwei Schritte und ihr Rücken stieß gegen die Fensterscheibe. Sie fühlte sich kalt auf ihrer bloßen Haut an, während ihre Vorderseite lichterloh brannte und die Flammen mit jeder Berührung seiner Zunge höher schlugen. Sie zeichnete die Muskelstränge in seinem Hals nach und strich mit den Fingerspitzen über seinen Adamsapfel.

Seine Bartstoppeln kratzten über ihre Haut, während er sie mit sanften Bissen erkundete. Sie wollte die Spuren sehen, die Beweise für sein Verlangen. Ein Zittern lief ihr über den Rücken, und das Ziehen zwischen ihren Beinen wurde stärker.

»Lass mich runter«, flüsterte sie. »Ich will dich berühren.«

»Noch nicht.«

Er trug sie zum Bett, ließ sie auf die Matratze sinken,

kniete sich hin und drückte sein Gesicht zwischen ihre Beine. Dort küsste er sie und kreiste mit der Zunge über ihre Perle. Lainey schrie auf.

»Du bist so verdammt perfekt.« Er legte eine Spur aus Küssen über ihre heiße Mitte, und jeder davon jagte ihr Schockwellen durch den Körper.

Womit hatte er diese unglaubliche Frau in seinem Bett verdient? Damian nahm sich die empfindliche zarte Haut innen an ihren Oberschenkeln vor und musste schmunzeln, als Lainey sich ihm entgegenstemmte. Er würde es hinauszögern, sie betteln lassen. Er hatte so lange gehungert, und sie war eine heiße Mahlzeit, ein kaltes Getränk, das Licht am Ende des Tunnels. Jedes verdammte Klischee, das es nur gab … aber es fühlte sich real an. Einzigartig.

Sie wand sich auf dem Bett, als er genüsslich jeden Winkel ihres Körpers erkundete. Er strich mit der Zunge nach oben und ließ sie über die empfindsame Perle ihrer Klitoris schnellen.

Sie grub ihm die Fingernägel in die Haut, und ein köstlicher Schmerz durchdrang den Nebel in seinem Kopf. Er packte ihre Hände, legte sie aneinander und umfasste ihre Handgelenke. Er hielt sie mit einer Hand fest, sodass sie sich nicht bewegen und ihn berühren konnte, während er sie verwöhnte. Sie stemmte die Hüften vom Bett hoch und drückte sich schamlos an sein Gesicht.

»Geduld«, sagte er, und ließ dann seine Zunge wieder gnadenlos kreisen. Ganz sanft nur berührte er sie, um sie zu reizen und weiter zu erregen, ohne ihr den Orgasmus zu gewähren.

»Du bist ein grausamer Mann, Damian.« Sie warf den Kopf nach hinten. »Ich halte das nicht aus.«

»Du *musst* es aushalten.« Seine Stimme klang rau, roh.

Ein mittlerweile vertrautes Verlangen überwältigte seine Sinne. Er stand kurz davor, die Kontrolle zu verlieren. Seine Selbstbeherrschung schwand mit jedem Stöhnen und jedem unterdrückten Fluch aus Laineys Mund. Die Frau war wie ein Feuerwerkskörper, der kurz vor der Zündung stand und sie beide verbrennen würde.

Und er wollte verbrannt werden. Heute Nacht brauchte er das mehr als die Luft zum Atmen.

»Damian, bitte.« Sie hob den Kopf, und ihre grünbraunen Augen fingen seinen Blick auf. »Ich bin zu schüchtern, um zu betteln.«

Dann lachte sie atemlos, und das jagte ihm einen weiteren Hitzeschauer durch den Leib. Sie versuchte, ihre Handgelenke aus seinem Griff zu befreien, aber er hielt sie fest, kontrollierte ihre Bewegungsfreiheit. Allein diese Regung ließ ihn härter werden als alles, was er seit Langem erlebt hatte. Und erst der hungrige Ausdruck in diesen Smokey-Eyes … verdammt.

Er verkniff sich die Worte, die ihm durch den Kopf wirbelten. Die schmutzigen Dinge, die er ihr so gern sagen würde. Aber Lainey war jemand, der ihm etwas bedeutete … und mit Prinzessinnen redete man nicht so, wie er es in diesem Moment am liebsten getan hätte.

»Bitte.« Sie zog das Wort in die Länge, köstlich und quälend. »Ich muss jetzt unbedingt kommen.«

Ohne Vorwarnung steigerte er das Tempo, sodass ihm ihr Keuchen gefühlte Stunden lang in den Ohren klang. Er schob einen Finger in sie hinein und genoss es, wie sich ihre Muskeln um ihn herum zusammenzogen. Bei dieser Frau an der Schwelle zu einem Orgasmus, über den er die Kontrolle hatte, war es möglich, pure Ekstase zu erleben. Lainey schwebte über dem Abgrund, sie wand sich und rieb ihren Körper an ihm, während sie nach Erlösung lechzte und er sie an der Schwelle baumeln ließ.

»Du schmeckst so süß«, murmelte er dicht an ihrer Haut, atmete ihren Duft ein und genoss jede Sekunde davon. »Du bist so weich, so perfekt.«

Er sog die pralle Knospe ihrer Klitoris zwischen die Lippen. Ihre leise gemurmelten Laute der Begierde schwollen zu einem Crescendo der Lust, als der Orgasmus Lainey davonriss. Damian hielt ihre Handgelenke fest und spürte das Zucken ihrer Muskeln, als sie mit seinem Namen auf den Lippen zusammenbrach.

Er ließ sie erst los, als die letzten Wellen des Orgasmus abebbten und sie erschöpft, mit Beinen und Armen von sich gestreckt auf dem Bett lag. Ihre Haut war feucht und glänzte im Mondschein, ihre Augenlider flatterten. Damian krabbelte auf dem Bett nach oben und nahm sie in den Arm. Er drückte ihr einen Kuss auf die Lippen, und sie rollte sich an ihn.

»Ich habe immer gewusst, dass du das gut kannst.« Sie streichelte ihm über den flachen Kreis um seine Brustwarze und kratzte mit einem Fingernagel sanft über die empfindliche Spitze. »Du hast den perfekten Mund zum Lecken.«

Er grinste. »Ist das so?«

»Jepp.« Sie ließ die Hand nach unten wandern und legte sie auf die Wölbung seines prallen Schwanzes. »Volle Lippen, Bartstoppel für ein bisschen Reibung …«

Sie schloss die Finger um ihn und streichelte sein Glied durch den dünnen Stoff der Anzughose hindurch.

»Ich finde, wir sollten dich davon befreien«, sagte sie mit einem koketten Lächeln auf ihren süßen Lippen.

Damian konnte sich gar nicht schnell genug aus seinen Kleidern schälen – wenn er Lainey nicht augenblicklich nehmen würde, würde er platzen. Verlangen pulsierte in seinen Adern und drängte ihn, sich schneller zu bewegen. Er riss die Nachttischschublade auf und wühlte darin nach den kleinen Folienverpackungen. Er hatte schon so lange kein Kondom mehr gebraucht, dass er gar nicht wusste, ob er noch welche hatte. Doch als seine Finger die zerknitterte Packung berührten, seufzte er erleichtert auf. Er zog sich den Gummi über, drehte sich wieder um und stemmte die Hände zu beiden Seiten von Laineys Kopf aufs Bett. Die Matratze gab nach, als er das Gewicht verlagerte und Laineys Beine mit dem Knie auseinanderschob.

»Daran habe ich seit dieser Ballnacht ununterbrochen gedacht«, sagte er.

Sie warf ihm einen selbstzufriedenen Blick zu. »Selbst als du mir erzählt hast, es sei ein Fehler gewesen?«

»Nur weil ich versuche, das Richtige zu tun, heißt das nicht, dass ich mir nicht vorgestellt habe, mich in dir zu versenken.« Er beugte den Kopf zu ihr hinunter.

»Und jetzt?« Laineys Wimpern berührten sich, ihre Lippen teilten sich und glänzten im Schein der Lampe.

»Und jetzt ... wenn du noch weiter redest, werde ich dich knebeln müssen, weil ich nämlich keine Sekunde mehr länger warten will.«

Sie machte den Mund auf, als wolle sie noch etwas sagen, schloss ihn aber sofort wieder.

»Kluge Entscheidung, Prinzessin«, knurrte er, schob seine Hand zwischen sie beide und spürte, wie feucht Lainey vor Begierde war. »Mach dich bereit. Du hast mich mächtig auf Touren gebracht.«

Er drang in sie ein und versenkte sich tief in ihr. Als sie die Hände gegen seine Brust stemmte, packte er ihre Handgelenke mit einer Hand und zog sie ihr über den Kopf. Sie wimmerte, und ihre Mitte spannte sich um seinen Schwanz an, als er zustieß.

Seine Fantasievorstellung konnte nicht mal ansatzweise mit der Realität mithalten. In den Nächten seit dem Ball hatte er so oft an sie gedacht, doch sein Verstand hatte nicht präzise wiedergeben können, wie eng und heiß und perfekt sie im wahren Leben war. Sie war wie für ihn gemacht, sie passten perfekt zusammen. Und diese eine verrückte Nacht in der Limousine war nichts im Vergleich zu dem hier.

Denn hier ging es nicht nur um ihren festen Körper oder ihren sexy Blick aus diesen dunkel geschminkten Augen. Es ging um *sie* … um alles von ihr.

Sie stemmte ihm die Hüften entgegen, und ihre Arme wehrten sich gegen seinen Griff. »Lass die Hände über dem Kopf«, knurrte er. »Zwing mich nicht dazu, aufzuhören.«

Er ließ sie los, und sofort krallte sie die Fäuste in die Bettdecke, sodass ihre Knöchel weiß hervortraten. »Bitte hör nicht auf.«

»Sag mir, was du willst, Lainey.«

»Ich …« Sie stockte und stöhnte auf, als er die Hand zwischen sie beide schob und auf ihre Klitoris legte. »Oh, mein Gott. Ich will noch mal kommen.«

Er beugte den Kopf hinunter an ihr Ohr. »Du willst noch mal kommen, du gieriges Mädchen?«

»Ja«, keuchte sie und warf den Kopf hin und her. »Ich will in deiner Hand kommen.«

Heilige Scheiße.

Als würde es noch nicht reichen, dass sie so empfänglich reagierte – das verzweifelte Verlangen in ihrer Stimme, als sie ihm beschrieb, wie sie kommen wollte ... überwältigte ihn.

Er übte Druck auf ihre Klitoris aus, bewegte die Hand in kreisenden Bewegungen, bis er spürte, wie sie sich um seinen Schwanz herum anspannte, als Schockwellen durch sie hindurchjagten und ihr Körper unter seinem erbebte. Mit letzter Mühe hielt er sich noch einen Augenblick zurück, dann zogen sich seine Eier zusammen, und er folgte ihr in die Abgründe der Lust.

Dann ließ er sich auf den Rücken rollen und zog Lainey mit sich. Sie schmiegte das Gesicht an seine Halsbeuge, und ihr heißer Atem strich ihm über die Haut, die sich ohnehin schon so anfühlte, als brenne sie. Sie murmelte seinen Namen und stöhnte diffus, was ihn einlullte wie eine warme Decke.

Als seine Kraft zurückkehrte, stemmte er sich hoch und nahm Lainey zärtlich in die Arme. Er trug sie ins Bad und setzte sie ab, ließ aber einen Arm um ihre Taille gelegt, während er den Wasserhahn der großen Badewanne aufdrehte.

»Machen wir uns mal wieder sauber«, flüsterte er ihr ins Ohr.

Sie nickte stumm. Ihr Körper sackte schlaff gegen ihn, und ihre Arme lagen angewinkelt an seiner Brust. Im Spiegel konnte er die blassen rosa Male sehen, wo er sie fest angepackt hatte. Bis zum Morgen würden die Spuren ihrer gemeinsamen Nacht verschwunden und nur Erinnerungen übrig sein, von denen er würde zehren müssen.

Er prüfte die Temperatur, half Lainey in die Wanne und entledigte sich des Kondoms, bevor er ihr folgte und sie an sich zog. Ihr Kopf lag auf seiner Brust, und ihr langes Haar wirbelte im Strom des einlaufenden Wassers umher. Damian zeichnete Kreise auf der Innenseite ihres Schenkels, während sich seine Gedanken daran, wie das hier morgen früh ausgehen würde, überschlugen.

»Hör auf zu grübeln«, sagte Lainey, nahm seine Hand und verschränkt ihre Finger mit seinen. »Alles wird gut.«

12. Kapitel

Damian erwachte am nächsten Morgen und fühlte sich, als wäre er im Paradies. Er drehte sich um und streckte die Hand nach Lainey aus, doch die Matratze war leer. Er rieb sich mit dem Handballen die Augen und setzte sich auf. Klirrende Geräusche drangen aus der Kochnische. Er stand auf und zog sich eine Hose an.

»Guten Morgen, Sonnenschein«, hörte er Lainey singen, als er in den Hauptbereich der Suite trat, und ihre Stimme klang so hell und süß, dass er lächeln musste.

Er fuhr sich mit der Hand durchs Haar. Es war schon eine Weile her, dass er sich morgens dermaßen ausgepowert gefühlt hatte. Zwar war er auf die schönste nur denkbare Art seines Schlafes beraubt worden, aber trotzdem … was er brauchte, war eine Tasse guten, starken …

»Kaffee?« Lainey tauchte mit einer dampfenden Tasse in den Händen vor ihm auf.

»Du bist ein Engel.« Er nahm die Tasse.

Die Beschreibung passte perfekt, so wie sie aussah. Endlos lange Beine schauten unter dem Saum eines weichen, weißen T-Shirts – *seines* T-Shirts – hervor, das ihr nur knapp bis über den Hintern reichte. Ihre Brüste darunter waren nackt, die Nippel hart und aufreizend.

Er runzelte die Stirn. »Du bist noch hier.«

»Hattest du erwartet, dass ich abhaue?« Sie setzte sich auf den Kaffeetisch vor ihm und schlug ein schlankes Bein über das andere.

Er hatte gehofft, dass er ihr bei Tageslicht leichter würde widerstehen können, dass er ohne das enge Kleid und die High Heels eine Chance hätte. Aber nein … das hier war noch tausend Mal schlimmer.

Das Karma war schon ein wirklich grausames, verführerisches Miststück.

»Ich war mir nicht sicher, ob du bleiben wolltest.«

Sie legte den Kopf schief. »Willst du, dass ich gehe?«

Ah, die alte Nummer. Das war etwas, dem er bei den meisten Frauen aus dem Weg ging, indem er möglichst schnell die Kurve kratzte, bevor es nötig wurde, sich zu unterhalten. Aber so wollte er es mit Lainey nicht angehen.

»Das habe ich nicht gesagt.«

»Du siehst verschlafen aus.« Sie grinste, als er die Augen verdrehte. »Trink aus.«

Er schüttelte den Kopf und nippte an seinem Kaffee. »Dieselbe alte herrische Lainey.«

»Ich habe einen Vorschlag für dich.« Sie legte die Füße auf die Couch neben ihm, sodass er die Pfirsichhaut ihrer endlos langen Beine direkt vor der Nase hatte. »Ich bleibe hier bei dir, und falls du bis heute um Mitternacht nicht noch mal mit mir schlafen willst, gehe ich und werde das hier nie wieder erwähnen.«

»Ist das irgend so eine abgedrehte Aschenputtel-Sex-Geschichte?« Er beobachtete sie über den Rand seiner Tasse hinweg.

Sie streckte ihm die Zunge raus. »Wohl eher die Schöne und das Biest.«

»Charmant.«

»Also bist du dabei?« Sie legte ihm die Hände auf die Schultern und beugte sich vor, sodass ihre Haarspitzen seine nackte Brust und seinen Bauch kitzelten. »Nimm's mir nicht übel, aber ich rechne mir gute Chancen aus.«

Ihre Lippen schwebten dicht über seinen, und mit den Knien drückte sie seine Schenkel auseinander. Sein Blut kochte, als hätte sie ihn an eine Steckdose angeschlossen. Jeder Atemzug war eine Anstrengung, und seine Begierde rang ihn von innen heraus nieder. Heilige Scheiße, wenn die Frau das schon allein durch ihre bloße Nähe bewirkte …

Sie zwinkerte und ließ ihn los. »Ich gehe duschen – darfst dich mir gerne anschließen.«

Dann tänzelte sie davon, als wäre dies ihre Wohnung und nicht seine. Das Haar schwang ihr über den Rücken wie ein Schleier aus scharlachroter Seide, der sein T-Shirt bedeckte. Ihre Arroganz hätte ihm auf die Nerven gehen müssen, doch irgendwie fand er sie bezaubernd und tröstlich. Lainey bemühte sich nicht im Geringsten, sich ihm anzupassen oder ihm Honig ums Maul zu schmieren, um ihm zu gefallen. Seit seinem Abstecher ins Fernsehen war ihm aufgefallen, dass sich die Menschen in seiner Gegenwart anders verhielten, und das ärgerte ihn maßlos.

Das Geräusch der Dusche riss ihn aus seinen Gedanken. Es war verlockend, zu ihr zu gehen … oh, so verlockend. Aber er musste wieder zu klarem Verstand kommen und sich überlegen, wie lange er ihr Spielchen mitspielen würde, bevor einer von ihnen beiden sich die Finger verbrannte.

Das Wasser plätscherte warm und tröstlich auf Lainey herab. Letzte Nacht hatte sie eine andere Seite an Damian kennengelernt. Es war in wirklich jeder Hinsicht so perfekt gewesen, wie sie gehofft hatte – heißer Sex, keine Spielchen. Er hatte die Arme um sie geschlungen und sie die ganze Nacht lang gehalten.

Ihr wurde flau im Magen. Sie versuchte bereits, ihn davon zu überzeugen, ihr noch eine Nacht zu gewähren – noch einmal Sex. Sie war eine Süchtige, die sich nach der nächsten Dosis verzehrte, nach Befriedigung lechzte, die nie eintreten würde. Sie hielt das Gesicht in den Wasserstrahl und schmunzelte. Sie war wohl doch verrückt. Wer sonst würde sich so hartnäckig an einen Mann heranmachen, wenn die Sache zu nichts führen konnte?

Die Tür zum Bad hatte sich keinen Zentimeter bewegt. Hmm, also hatte er ihren Köder nicht geschluckt. Sie spülte sich den Conditioner aus den Haaren und drehte das Wasser ab. Flauschig weiße Handtücher hingen an dem glänzenden Silberständer – einer der Vorteile, wenn man in einem Hotel wohnte. Sie runzelte die Stirn. *Wieso* wohnte er hier? Er hatte eine tolle Wohnung verkauft, um in einem Hotel zu wohnen, das wahrscheinlich pro Nacht so viel kostete, wie sie in einem Monat als Friseurin verdiente.

So etwas hätte Corinna ihr normalerweise doch erzählt. Dass sie es nicht getan hatte, bedeutete, dass dies nicht einfach nur ein Tapetenwechsel für Damian war.

Sie trocknete sich rasch ab und schlenderte völlig nackt in sein Schlafzimmer, während sie überlegte, was sie anziehen sollte. Ihr Kleid von gestern war schon kaum angemessen gewesen, um abends in der Stadt auszugehen, geschweige denn für den Morgen danach … andererseits hatte sie keine große Wahl.

Sie zog das Stretch-Kleid an und durchstöberte Damians Kleiderschrank. Sie fand ein sauberes weißes Hemd, zog es über, verknotete die Enden vor dem Bauch und krempelte die Ärmel hoch. Dann kramte sie in ihrer Handtasche nach den flachen Notfall-Ballerinas und ihrem kleinen Make-up-Set. Es war nicht perfekt, aber zumindest würde sie nicht wie eine Vogelscheuche aussehen.

»Wühlst du schon wieder in meinen Kleidern?«

Lainey wirbelte herum. »Ich wollte eben salonfähig aussehen. Also, was ist der Plan für heute?«

Er verschränkte die Arme vor der Brust. »Ich finde, wir sollten keine solchen Spielchen spielen.«

Vermutlich hatte er damit recht. Ihr kleines Häufchen Zweifel wurde bereits immer größer, und die Stimme in ihrem Kopf warnte sie, dass sie letztendlich mit Tränen in den Augen nach London fliegen würde. Doch wenn das Ende nun mal schon in Sicht war, dann würde sie wenigstens mit wehenden Fahnen untergehen. Wo lag der Sinn darin, etwas nur ein bisschen zu bedauern? Wenn schon, dann auch richtig.

»Wir haben eine Abmachung, also bleibe ich. Du kannst mich um Mitternacht zum Teufel jagen, wenn du willst. Aber bis dahin … hast du mich an der Backe.«

»Ich kann mich nicht erinnern, dem zugestimmt zu haben.« Er machte zwei Schritte mit seinen langen Beinen und stand direkt vor ihr. »Außerdem bist du zu jung für mich …«

»Zu jung? Ich bin fast fünfundzwanzig.«

»Du solltest dir jemanden in deinem Alter suchen …«

»Bäh.« Sie verdrehte die Augen und warf sich das Haar über eine Schulter. Dabei war sie sich völlig bewusst, dass sie genau mit dieser Reaktion sein Argument untermauerte. »Du bist gar nicht so alt, Damian, aber manchmal benimmst du dich wirklich, als wärst du schon hundert.«

»Siehst du?«

»Nein, seh ich nicht. Wie gesagt, ich bleibe den ganzen Tag, also kannst du entweder auch hierbleiben und mit mir streiten – was sinnlos wäre, weil ich den längeren Atem habe –, oder du kannst mich auf einen Kaffee einladen. Einen richtigen.«

»Und wenn ich dir geradeheraus sagen würde, dass ich nicht noch mal mit dir schlafen will?« Er zog sie näher und starrte auf sie herab. Wenn er sie damit einschüchtern wollte, scheiterte er kläglich, denn sein Blick ließ Laineys Körper in Flammen aufgehen und ihr Verlangen auflodern.

»Dann würde ich sagen, Blödsinn.«

Seine Mundwinkel zuckten. »Na schön. Kaffee also. Wahrscheinlich ist es sowieso sicherer, mit dir da draußen zu sein als hier drin.«

Sie grinste. »Das möchtest du dir gern einreden, was?«

Der Tag war bereits heiß. Sonnenschein fiel durch die Bäume entlang der Straße, an der die Cafés lagen, und ließ kleine Lichtpunkte über ihren Tisch tanzen. Sie hatten ein ruhiges Fleckchen im Innenhof eines Cafés gefunden, abgeschieden genug, um sich zu unterhalten. Denn Lainey hatte Fragen.

Sie nahm ihr Croissant, riss ein Stück ab und steckte es sich in den Mund. »Also, was hat es mit dem Hotelzimmer auf sich?«

Er seufzte. »Das ist eine lange Geschichte.«

»Wir haben den ganzen Tag.«

Er starrte einen Moment lang in seine Kaffeetasse, bevor er mit ausdrucksloser Miene zu ihr aufsah. »Ich habe es in der Wohnung einfach nicht mehr ausgehalten.«

Lainey hatte Jenny gut genug gekannt, um zu wissen, dass sie und Damian absolut nicht zueinander gepasst hatten, obwohl sie ihm das nie ins Gesicht gesagt hatte. Die beiden hatten mit vierundzwanzig geheiratet – eine konservative Zeremonie ohne Leidenschaft –, und kaum ein Jahr danach waren schon erste Risse erkennbar geworden. Jenny war überheblich gewesen. Ihre Familie war noch schlimmer. Dann, eines Tages, war die Ehe urplötzlich vorbei gewesen, und Damian hatte nie wieder von seiner Ex-Frau gesprochen.

Er hatte nicht einmal erklärt, *woran* die Ehe zerbrochen war. Bis zum heutigen Tage war das ein Geheimnis.

»Wieso?«, fragte Lainey. »Was hatte sich verändert?«

»Nichts, das ist ja genau der Punkt. Ich dachte, ich hätte mit dem Scheiß abgeschlossen, mich weiterentwickelt … irgend so was eben.«

»Aber du hast dich doch weiterentwickelt.« Sie nippte an ihrem Kaffee und schirmte die Augen mit der Hand vor der Sonne ab. »Du bist jetzt ein völlig anderer Mensch. Na ja, verglichen damit, wie du früher warst.«

Er schüttelte den Kopf. »Bin ich nicht.«

»Doch, bist du. Du warst so verkrampft, als du mit ihr zusammen warst. Du warst die ganze Zeit über angespannt.

So als würdest du ständig versuchen, etwas zu erzwingen, wenn sie in deiner Nähe war. Als würdest du versuchen, jemand anderes zu sein.« Sie seufzte. »Du warst nicht du selbst.«

Damian zog eine Augenbraue hoch. »Wirklich?«

»Ja.« Sie gab ihm über den Tisch hinweg einen Klaps. »Und sieh mich nicht so an. Ich darf ab und zu einfühlsamen Kram von mir geben.«

»›Einfühlsamen Kram‹?«

Er machte sich über sie lustig, der Mistkerl. »Ich weiß, wovon ich rede.« Sie verschränkte die Arme und fühlte sich zum ersten Mal befangen.

Sie konnte splitterfasernackt vor ihm stehen, vor ihm einen Orgasmus erleben und sich dabei völlig selbstsicher fühlen. Als Herrin der Lage. Aber sobald es um persönliche Dinge ging – hätte sie sich nicht entblößter fühlen können.

»Kein Grund, gleich in die Defensive zu gehen. Ich habe eine Schwäche für einfühlsamen Kram.« Er musterte sie, ließ den Blick über den Ausschnitt des Kleids und die nackte Haut schweifen, die im offenen Revers seines Hemds zu sehen war. Erinnerte er sich gerade daran, wie er sich gefühlt hatte, als sie den Reißverschluss aufgezogen hatte? Als sie sich vor ihm entblößt hatte?

Sie lehnte sich nach vorn. »Wieso glaubst du, du hättest dich nicht verändert?«

»Das ist ein bisschen schwere Kost für eine Unterhaltung beim Frühstück, findest du nicht?« Er strich sich mit der Hand das dunkle Haar zurück, das sich aber vorn wieder rebellisch aufrichtete.

»Wir sind vielleicht beim Frühstück, aber früh ist es ja wohl nicht mehr. Außerdem habe ich den Eindruck, dass das zu jeder Uhrzeit eine schwierige Unterhaltung für dich wäre.«

»Ich ziehe es eben vor, die Dinge leichter anzugehen. Verklag mich doch.«

Er versuchte lässig dreinzuschauen, aber der Blick, den sie auffing, war heiß und intensiv. Die Sonne war gewandert, sodass die Bäume keinen Schutz mehr boten und das Licht nun direkt auf ihren Tisch fiel. Lainey zog das weiße Hemd aus, rollte es zusammen und legte es auf ihre Handtasche. Die Sonne fühlte sich gut an auf ihren nackten Armen.

»Ich könnte dich schon in Versuchung führen, in die schweren Themen einzutauchen.« Sie grinste. »Immerhin habe ich dich dazu gebracht, mit mir zu schlafen.«

Damians Adamsapfel hüpfte, und sein Blick wurde schmal. Mit steingrauen Augen sah er sie herausfordernd an. »Einmal.«

»Zweimal«, korrigierte sie.

»Das erste Mal zählt nicht.«

»Dann mache ich es eben noch mal.« Sie zuckte mit den Schultern. »Du kaufst dir gerade bloß etwas Zeit.«

»Ich kaufe überhaupt nichts.«

»Noch nicht.« Sie zeigte mit dem Finger auf ihn. »Ich habe den ganzen Tag.«

»Du wirst schon das ganze Wochenende brauchen, bei dem Tempo, das du bei diesem Croissant hier an den Tag legst.« Er nickte in Richtung des kaum berührten Gebäcks, das vor ihr stand.

»Wäre es dir lieber, wenn ich mir das ganze Ding auf einmal in den Mund schiebe?« Sie lutschte an ihrer Unterlippe, um ein Lächeln zu unterdrücken. »Das wäre aber nicht sehr damenhaft, oder?«

Damians ernster Gesichtsausdruck verschwand, in seinen Augenwinkeln erschienen Fältchen, und er lachte, leise und kehlig. Sie musste ihn unbedingt öfter lachen sehen.

»Seit wann bist *du* denn damenhaft?«

»Gutes Argument.« Sie grinste.

Ihr Handy vibrierte auf dem Glastisch, und Corinnas Bild leuchtete im Display auf. Laineys Lächeln verblasste; sie wollte im Augenblick nicht mit ihrer besten Freundin reden. Vor lauter Schuldgefühlen verkrampfte sich ihr der Magen.

Verdammt, wieso mussten die beiden denn bloß verwandt sein? Oder vielmehr: Warum konnte sie nicht einfach nur etwas rein Körperliches mit Damian wollen? Wieso brauchte sie mehr als diese eine unvergessliche Nacht im Bett? Es war doch nichts falsch an gutem, lautem Sex. So viel wusste sie.

Schmutziger, hemmungsloser Sex hatte ihr schon immer am besten gefallen.

Aber mit ihm … würde es immer mehr sein.

»Warum machst du so ein Gesicht?«, fragte er. »Du siehst aus, als würdest du einen Mord planen.«

Lainey zog die Nase kraus. »Einen Mord planen, hm? Woher weißt denn du, wie das aussieht?«

»Ich hab dich doch mal bei diesem Spinner abgeholt, weißt du noch? Jede Wette, wenn ich da an einem Spiegel vorbeigekommen wäre, dann hätte mein Gesicht genau so ausgesehen.«

»Welcher Spinner?« Sie verdrehte die Augen. »Es gab so viele.«

»Warum lässt du dich eigentlich immer auf solche Idioten ein?« Er trank seinen Kaffee aus und wandte das Gesicht zur Sonne. »Gibt es nicht genug normale Typen für dich in Australien?«

»Im Gegensatz dazu, was du vielleicht glaubst, habe ich nicht immer die freie Auswahl.« Sie rollte die Schultern nach hinten und dehnte die Arme vor der Brust. »Außerdem hast du mich verschmäht.«

Er presste die Lippen zu einem schmalen Strich zusammen.

Ja, und das hat nichts mit Corinna oder Jenny zu tun. Es liegt einfach nur daran, dass ich keine Frau fürs Leben bin. Ich bin nicht gut genug für ihn.

Sie würde all ihre Zweifel verbannen, bis das Wochenende vorüber war. Sie würde Damian wieder ins Bett bekommen, und sie *würde* die Tatsache vergessen, dass sie in weniger als zwei Wochen alles hinter sich lassen würde, was sie kannte, nur weil sie den einen Mann nicht haben konnte, nach dem sich ihr Herz verzehrte.

13. Kapitel

Nach dem, was letzte Nacht geschehen war, wollte Damian Lainey nicht mit seinen persönlichen Problemen belasten. Denn damit würden sie von lockerem Gelegenheitssex geradewegs in etwas hineinsteuern, das … na ja, eben kein lockerer Gelegenheitssex mehr war. Entweder lag es daran, oder er schämte sich noch immer so wegen der Scheidung, dass er es nicht ertragen konnte, mit irgendjemandem darüber zu reden. Nicht einmal mit ihr. Seine Familie und Aaron wussten, was vorgefallen war, aber sie waren alle zur Verschwiegenheit verdonnert.

Es war allein *seine* Angelegenheit. Sein persönliches Versagen, dass er es nicht geschafft hatte, seine Frau glücklich zu machen.

»Du hast also die Wohnung verkauft, weil du glaubst, du wärst noch nicht über die Scheidung hinweg?«, hakte Lainey nach, als sie das Café verließen.

»Na ja, es wäre irgendwie nie *meine* Wohnung geworden«, antwortete er und setzte sich eine Sonnenbrille auf, um sich vor Laineys bohrendem Blick zu schützen. »Ganz gleich, wie viel Zeit vergangen war, ich konnte sie noch immer dort spüren.«

»Und du willst damit abschließen und nach vorn schauen?« Sie blickte ihn ernst an, und er sah die Hoffnung darin leuchten. Das war genau das, was er *nicht* von ihr wollte.

Er wusste, dass Lainey in ihn verknallt gewesen war, als sie aufgewachsen waren, weil sie so subtil war wie ein Vorschlaghammer. Das Problem war, dass er sich im Laufe der Zeit mehr und mehr zu dem chaotischen Mädchen mit dem Herzen aus Gold hingezogen gefühlt hatte. Er gab es nur ungern zu, aber seit seiner Scheidung war sie immer wieder in seinen Fantasien aufgetaucht.

Er schob seinen Konflikt beiseite und versprach sich insgeheim, dass es bei dem einen Fehltritt bleiben würde. Bei einer einzigen kleinen Unbesonnenheit – na ja, abgesehen vom Ball, denn an dem Abend hatte er ja keine Kontrolle über die Situation gehabt –, und dass er sie nach Hause schicken würde … später.

»Ich bin bereit, nach vorn zu schauen, ja.« Er hielt inne. »Aber mit diesem ganzen Heile-Welt-Scheiß bin ich durch. Nach vorn zu schauen bedeutet nicht, mir jemand anderem zum Heiraten zu suchen.«

Sie dachte einen Augenblick lang darüber nach, während sie langsam nickte. Er fragte sich, ob sie noch weiter nachhaken würde. Dann würde er sie gnadenlos abkanzeln.

»Dann scheint umzuziehen die richtige Entscheidung gewesen zu sein … aber ein Hotel? Echt jetzt?« Sie runzelte die

Stirn und zog die Augenbrauen zusammen. »Das ist doch kein Zuhause. Du hast nicht mal eine richtige Küche.«

»Ich möchte die richtige Wohnung finden, und diesmal will ich nichts überstürzen.« Weder in Sachen Wohnung noch in Sachen Frauen. »Und der Hotelbesitzer ist ein Klient von mir.«

Bäume säumten den Grünstreifen, der parallel zum Fluss verlief. Hie und da standen Bänke am Rand, und die meisten waren von Paaren und Familien besetzt, die die Sommerwärme genossen. Arm in Arm hätten Damian und Lainey wie all die anderen Pärchen ausgesehen. Ihre Schritte fielen in perfektem Einklang, eine Synchronität, die durch jahrelange Vertrautheit entstand.

»Weißt du, ich kann dir helfen, nach vorn zu schauen.« Ihre Stimme wurde kokett, und sie verzog die Lippen zu einem durchtriebenen Lächeln. »Ich würde dir gern helfen.«

»Ich brauche deine Hilfe nicht.« Wider sein besseres Wissen streckte er die Hand aus und berührte ihr Haar; die lange, leicht gewellte rote Mähne sah aus, als gehörte sie zu einer Meerjungfrau. Zu einem Fabelwesen. Nicht zu dieser verrückten, impulsiven Frau.

»Aber vielleicht *willst* du meine Hilfe ja.« Sie trat näher.

»Tue ich nicht.« Die Worte wollten nicht recht herauskommen, und Damian musste sich zwingen, sie auszusprechen. »Wollen« stand in seinem Wortschatz zu weit oben, wenn es um Lainey ging.

»Warum bist du so verkrampft?«, fragte sie und legte den Kopf schief. Eine kalte Brise wehte vorbei und zerzauste ihr das Haar, blies ihr die leuchtenden Wellen über die Schultern. »Was versuchst du bloß so mit aller Gewalt zu verdrängen, dass du zu so einem …«

»… Miesepeter geworden bist?«, bot er an.

»Ich weiß nicht mal genau, was das ist, aber es klingt passend.« Sie warf die Hände in die Luft und schnaubte.

»Es bedeutet Spielverderber.«

»Ja, Spielverderber. Das ist *genau* das Wort, das ich gesucht habe.« Sie packte ihn an den Schultern und schüttelte ihn. »Ich werde dich schon noch dazu bringen, ein bisschen Spaß zu haben.«

Er packte ihre Handgelenke und zog sie nach unten, wobei er sie einen Moment länger als nötig umfasst hielt.

»Wir könnten dir zum Beispiel eine Wohnung suchen«, schlug sie vor.

Also, das war gar keine schlechte Idee. Ein paar Wohnungsbesichtigungen würden sie zumindest von seinem Hotelzimmer fernhalten, und über Kücheneinrichtungen zu reden war so viel einfacher, als über seine Scheidung zu reden … oder darüber, wieso Lainey ein solches Risiko für ihn darstellte.

»Gut, dann auf zur Wohnungssuche.«

Eine halbe Stunde später folgten sie einer forschen Maklerin in ein Penthouse-Apartment in Southbank. Wie sich herausstellte, war sie ein riesiger Fan von *Australia's Most Eligible* und hatte, als sie den Namen Damian McKnight hörte, ihre anderen Termine schneller fallen gelassen als eine heiße Kartoffel.

»Dieses Apartment gehörte zuvor einem Vorstandsvorsitzenden, der in Sydney lebte und einen Zweitsitz hier in Melbourne brauchte«, erzählte die Maklerin, während sie ihnen die Tür aufhielt. »Es sieht brandneu aus, wie Sie bestimmt gemerkt haben.«

»Das sollte es auch, für drei Millionen«, sagte Damian im Flüsterton.

Lainey unterdrückte ein Lächeln. Sie stand dicht neben ihm, während er die Küchenarmaturen inspizierte. Die Marmorarbeitsflächen glänzten im Sonnenlicht, das durch die raumhohen Fenster hereinfiel. Die Küche war groß, und die Einrichtung sah aus, als wäre sie noch nie benutzt worden. Dem könnte er Abhilfe schaffen.

»Siehst du uns nicht auch schon in dieser Küche, Damian?«, fragte Lainey, so laut, dass die Maklerin es hören konnte.

Ihre grünbraunen Augen funkelten verschmitzt, als sie ihn anstrahlte, und sie hatte die Hände vor der Brust zusammengelegt. Er musterte sie. Was zum Henker machte sie da?

»Wir könnten ja so viel Unordnung anrichten bei all dem Platz hier.« Sie lächelte die Maklerin an, legte einen Arm um Damian und drückte ihn liebevoll. »Wissen Sie, zu Hause koche meistens ich.«

Die Maklerin zog eine Augenbraue hoch und musterte Lainey mit einem Blick wie jemand, dem etwas an der Schuhsohle klebt. Laineys Kleid entblößte ein endlos langes, cremefarbenes Bein. Ihr sexy Smokey-Eyes-Make-up passte eher zu Mitternacht als Mittag, aber das gab noch lange niemandem das Recht, sie zu verurteilen.

»Sie werden sicher bemerkt haben, dass sämtliche Armaturen und Geräte von höchster Qualität sind, Mr. McKnight«, erklärte die Maklerin und setzte sich wieder in Bewegung. »Es wäre doch eine Schande, wenn ein Mann wie Sie sein Geld für etwas vergeudet, das nicht Ihren Ansprüchen gerecht wird.«

Damian entging der kurze Seitenblick nicht, den die Maklerin Lainey zuwarf. Zum Glück war Lainey zu beschäftigt damit, mit der Hand über die Kante der Marmorarbeitsfläche zu streichen und die Aussicht zu genießen, um es zu bemerken. Damians Kiefer verkrampfte sich.

»Ich habe es mir zum Prinzip gemacht, meine Zeit nie mit Dingen zu vergeuden, die nicht meinen Ansprüchen genügen. Meine Verlobte weiß, dass ich einen sehr speziellen Geschmack habe.«

Lainey riss den Kopf hoch und grinste ihn an. »Ja, Schatz. Du bist wirklich *sehr* speziell.«

Die Maklerin sah ihn ungläubig an, ihr Mund klappte eine Sekunde lang auf, bevor sie ihn wieder zumachte und in Richtung Wohnzimmer ging. »Der Wohnbereich ist offen, wie Sie sehen können, aber es gibt noch einen zusätzlichen Freizeitraum. Wenn Sie mir bitte folgen wollen …«

»Freizeit, hmm?« Lainey zog Damian hinter der Maklerin her. »Das ist sehr wichtig. Wir sollten sicherstellen, dass all unsere Freizeitbeschäftigungs…ausrüstung hineinpasst.«

Damian musste sich das Lachen verkneifen. Das Gesicht der Maklerin war tiefrot angelaufen, und sie hastete auf ihren hochhackigen Schuhen weiter, änderte die Richtung und bedeutete ihnen, ihr zum Badezimmer zu folgen. Er wusste, dass es nicht richtig war, es der Maklerin heimzuzahlen, weil sie so arrogant gewesen war … aber es war so lange her, dass er ein bisschen Spaß gehabt hatte.

Es stimmte. All die Arbeit hatte ihn wirklich zu einem trübseligen Mann gemacht.

»Wie Sie sehen, ist das Bad sehr großzügig geschnitten. Es gibt eine Doppeldusche und eine Badewanne. Die Handtuchhalter sind beheizt. Mit den Schaltern hier werden sie reguliert«, brabbelte sie vor sich hin. Sie konnte ihnen nicht in die Augen sehen.

»Eine Doppeldusche wäre toll«, sagte Lainey mit gespieltem Ernst. »Wir wollen schließlich auf keinen Fall wieder das Glas zerbrechen wie damals in diesem Ferienhaus.«

Damian tarnte sein Lachen mit einem Husten. »Ja, das war ziemlich teuer.«

»Aber wir hatten Spaß, nicht wahr?« Sie ging an ihm vorbei und streifte ihm mit der Hand schamlos über den Schritt.

Obwohl Lainey Scherze machte, hatte ihre Berührung zu Damians Pech eine sehr reale Wirkung auf ihn. Sie schlenderte aus dem Bad und schüttelte dabei ihre Haare, sodass sie ihr locker über den Rücken fielen, und Damian wurde die Hose eng. Diese leichte Berührung, ein bloßes Streifen ihrer Fingerspitzen, hatte ihn in Sekundenschnelle steinhart werden lassen.

Er folgte Lainey ins Hauptschlafzimmer und beobachtete ihren Gang. Der Saum ihres Kleides war hart an der Grenze zur Sittenwidrigkeit, aber sie hatte so fantastische Beine, dass es ein Verbrechen gewesen wäre, sie zu verstecken. Eine Erinnerung schob sich ihm vor sein inneres Auge. Vergangene Nacht. Seine Lippen auf ihr, und diese glatten, perfekten Schenkel, wie sie sich für ihn spreizten. Nur für ihn.

»Ist das ein King-Size-Bett?«, fragte Lainey die Maklerin, die sichtlich genervt davon wirkte, es mit seiner Verlobten zu tun zu haben.

»Natürlich, Ma'am.« Die Maklerin nickte steif.

»Bitte, nennen Sie mich nicht Ma'am«, erwiderte Lainey mit einem zuckersüßen Lächeln. »Dafür bin ich viel zu jung.«

Hätte Damian einen Drink in der Hand gehabt, hätte er sich daran verschluckt. Vielleicht hatte er ja falsch mit seiner Vermutung gelegen, dass Lainey die Herablassung der älteren Frau ihr gegenüber nicht bemerkt hatte. Sie schien sich viel zu sehr zu amüsieren.

Hör auf, rief er ihr lautlos zu.

Als die Maklerin zu dem riesigen begehbaren Kleiderschrank ging, packte Damian Lainey am Arm. Er brachte seine Lippen so nah an ihr Ohr, dass er ihr Ohrläppchen streifte. »Wenn morgen auf irgendeiner Klatsch-Webseite ein Bericht erscheint, dass ich gern viel zu junge Frauen date, mache ich dich dafür verantwortlich.«

Sie lachte, und das tiefe, kehlige Geräusch ließ sämtliches Blut, das noch in seinem Gehirn übrig war, geradewegs in seinen Schwanz strömen. Lainey drehte ihm das Gesicht zu und klimperte mit den Wimpern. Das bronzefarbene Make-up um ihre blassen Augen törnte ihn nur noch mehr an. Er wollte, dass diese Augen zu ihm aufsahen, während er sich in ihren Mund schob. Er wollte sie blinzeln sehen, wenn er sich zwischen diese Lippen drängte. Sich so weit hineinschob, wie er nur konnte, um zu sehen, wie viel sie aufnehmen konnte.

Lass diesen Scheiß. Jetzt. Sofort.

»Ich hab ihr doch noch gar nicht erzählt, dass du mich gern wie ein Schulmädchen anziehst«, neckte sie ihn.

»Lügnerin.« Er drückte ihren Arm und zog sie dicht an sich. »Wage. Es. Ja. Nicht.«

»Sonst was?« Sie zwinkerte. »Bestrafst du mich dann?«

Er hätte sie am liebsten gegen die Schlafzimmerwand gedrückt und sie geküsst, bis ihr die Knie versagten. »Führ mich nicht in Versuchung.«

Sie löste sich aus seinem Griff und folgte der Maklerin in den begehbaren Kleiderschrank. Sie beugte sich vor und tat so, als würde sie die eingebauten Regale inspizieren. Der Saum ihres Kleids rutschte noch höher, näher an die Verlockungen heran, die darunter lagen. Zu wissen, dass sie unter dem Kleid nichts trug, war schon schlimm genug. Darauf zu warten, ob er einen Blick erhaschen würde, war die reinste Folter. Er drehte sich zu der breiten Glasfront um, die den Blick auf die Skyline von Melbourne freigab, und rückte sich die Hose zurecht. Sein Schwanz drückte gegen seine Jeans, und er hatte nichts dabei, hinter dem er sich hätte verstecken können. Nichts, um zu verbergen, dass Lainey weit mehr Macht über ihn hatte, als ihm lieb war.

Ihr Lachen klang in seinen Ohren, als sie neben ihn trat. Der Geruch seiner eigenen Seife auf ihrer Haut schürte sein Verlangen. Die Hitze ihres Körpers, der sich sanft an ihn lehnte, stellte seine Grenzen auf die Probe.

»Genießt du die Aussicht?«, fragte sie.

»Sie ist ganz fantastisch«, stimmte die Maklerin zu. »Die Leute bezahlen viel Geld für eine solche Aussicht.«

Lainey legte sich die Hand vor den Mund, um nicht zu lachen. Damian beobachtete sie aus dem Augenwinkel. Ihre Wangen hatten einen rosa Hauch bekommen, und ihre rot lackierten Nägel schimmerten vor ihrer porzellanweißen Haut.

»Mir gefällt die Aussicht wirklich«, sagte er und wagte es nicht, sie direkt anzusehen.

»Kannst du dir vorstellen, jeden Morgen mit diesem Ausblick aufzuwachen? Jede Nacht damit schlafen zu gehen?« Lainey fuhr fort und hakte ihren Arm bei ihm ein. »Den Mond zu beobachten?«

Er prustete und versuchte, es mit einem weiteren Husten zu tarnen. Er musste hier raus. Je länger er sich vorstellte, Lainey völlig nackt vor diesem Fenster stehen zu sehen, die milchweiße Haut ihres Hinterteils wie auf dem Präsentierteller für ihn, desto schwerer würde es werden, sich wieder in den Griff zu bekommen.

»Also, was sagst du, Damian? Willst du für die Aussicht bezahlen?« Sie drückte seinen Bizeps.

»Ich muss darüber nachdenken.« Er nickte der Maklerin zu. »Danke, dass Sie uns herumgeführt haben. Wir müssen darüber reden, bevor wir eine Entscheidung treffen.«

»Ich könnte Ihnen noch weitere Immobilien zeigen.« Die Maklerin eilte zu ihm und zog eine Visitenkarte aus einem schicken Silberetui in ihrem Ledernotizbuch. »Wir könnten einen Termin ausmachen …«

»Ich melde mich, falls ich daran interessiert bin, noch mehr zu sehen.« Er setzte ihrer Verkaufstaktik ein Ende und machte sich auf den Weg zur Eingangstür, Lainey im Schlepptau.

»Oh, du bist interessiert«, flüsterte Lainey, als sie das Apartment verließen und zum Aufzug gingen. »Das merke ich.«

»Wie kommst du darauf?«

»Abgesehen davon, dass deine Jeans ein bisschen … eng aussieht?«

»Ein bisschen?«

Sie lachte. »Ziemlich.«

Als sie wieder unten auf der Straße angekommen waren, hatte Damian sich im Griff. Okay, er fühlte sich also zu Lainey hingezogen. Das wusste er ja schon. Sie war witzig, sexy und selbstbewusst. Wie konnte man sie da nicht mögen? Jeder Kerl würde so auf sie reagieren.

Es war keine große Sache. Er würde sich einfach mit ihr hinsetzen, wenn sie wieder in seinem Hotel waren, und ihr sagen, dass sie ihm zu wichtig war, um sie als etwas anderes als eine Freundin zu sehen. Er hatte einen Fehler gemacht, aber er würde nicht zulassen, dass das zwischen ihnen stand. Bis dahin musste er diese verrückte, aufgestaute sexuelle Frustration irgendwie im Zaum halten. Aber sie sich aus dem Leib zu vögeln, würde nicht funktionieren … so viel war verdammt klar.

»Es ist ja brütend heiß«, stöhnte Lainey, als sie zum Fluss zurückgingen. Sie fächerte sich mit der Hand Luft zu. »Holen wir uns ein Eis.«

»Du hattest noch nicht mal Mittagessen.«

»Danke für die Ernährungsberatung, *Dad.*« Sie gab ihm einen Klaps. »Ich darf Eis zu Mittag essen, wenn ich will.«

Er zuckte mit den Schultern. Eis hörte sich wirklich wie

ein gutes Gegenmittel für seine überhitzte Verfassung an. Sie schlenderten über den von Bäumen gesäumten Boulevard, während er versuchte, seine Gedanken zu ordnen. Alles an dieser Situation schrie förmlich nach einem potenziellen Desaster, aber er konnte sich einfach nicht dazu bringen, dem Ganzen ein Ende zu setzen.

Kommt es denn wirklich darauf an? Sie verlässt bald das Land. Damit hast du doch dein Ablaufdatum.

Aber das war die Sache mit Lainey: Sie hielt sich nie an die Regeln. Hielt sich nie an den Plan. Er musste ihr erklären, wieso er sich nicht auf etwas Ernsthaftes einlassen konnte.

Vielleicht sollte er ihr die Wahrheit über seine Scheidung erzählen. Dann würde sie vielleicht besser verstehen, wieso er so war, wie er war.

Schon beim Gedanken daran wurde ihm ganz heiß im Gesicht, seine Haut prickelte, und die Brust schnürte sich ihm zusammen. Vier Jahre war es her, und noch immer brannte die Scham so hell wie an dem Tag, als er Jenny und Ben erwischt hatte. Alles, was er je gewollt hatte, war, zusammen mit seiner Frau in der Ehe glücklich zu werden, und er hatte geglaubt, dass das auch Jennys Wunsch gewesen war. Doch als ihre Ehe auf den Prüfstand geriet, stellte sich heraus, dass Jenny in Wirklichkeit erwartet hatte, dass er seine Karriere opferte, um mehr Zeit mit ihr zu verbringen … und da er das nicht tat, hatte sie sich gerächt.

Die Sonne brannte auf sie herab, während sie dahinschlenderten. Lainey hatte das weiße Hemd wieder ausgezogen, und auf ihren nackten Armen und ihrer Brust bildeten sich Schweißperlen. Das Kleid klebte an ihr wie eine zweite Haut.

»Warum so ernst?«, fragte sie und sah zu ihm hoch, wobei sie sich die Augen mit der Hand abschirmte.

»Ich habe über das Apartment nachgedacht«, log er, zog seine Sonnenbrille aus der Tasche und gab sie Lainey.

Sie setzte sie auf, und ihre Augen verschwanden hinter den großen Spiegelgläsern. »Wieso hast du dann die Stirn gerunzelt?«

»Es ist eine schwerwiegende Entscheidung.« Ein Stück voraus entdeckte er ein Café mit einer Eistheke. »Ich wäge meine Optionen ab.«

»Was brauchst du denn unbedingt? Die Dinge, für die du keinen Kompromiss eingehen würdest.«

»Du meinst, abgesehen von einer tollen Aussicht?« Er grinste. »Platz für einen großen Schreibtisch, ein größeres Schlafzimmer.«

»Was noch?«

»Einen Ort zum Entspannen und Abschalten. Einen Ort, an dem ich nachdenken kann.«

Lainey schüttelte den Kopf. »Du denkst zu viel nach.«

»Ich dachte, wir sprechen über das Apartment.« Sie reihten sich in die lange Warteschlange an der Eistheke ein.

»Tun wir, und das Apartment ist ein Spiegelbild von dir.« Lainey schob sich die Sonnenbrille auf den Kopf.

»Wie das?«

»Du willst einen großen Schreibtisch, weil du ehrgeizig bist und deine Firma einen wichtigen Teil deines Lebens ausmacht. Du willst ein großes Schlafzimmer, weil du jede Menge Kram hast, mit dem du klarkommen musst, und einen Ort brauchst, wo du du selbst sein kannst.«

Er spürte Druck auf den Schultern und ballte die Hände zu Fäusten. »Was hat das Schlafzimmer damit zu tun, ich selbst zu sein?«

»Weil du Dinge verbirgst, wenn du unter Menschen bist. Wenn du zu Hause bist, dann bist da nur du. Du kannst aufhören, etwas vorzugeben.« Sie lächelte. »Vielleicht ist das der Grund dafür, dass du in ein Hotel gezogen bist, ohne dir eine neue Wohnung zu suchen. Du weißt, dass du nicht der sein willst, der du mit Jenny warst, aber du hast noch nicht herausgefunden, wie der nächste Schritt aussieht.«

Er sah sie mit offenem Mund an und wusste nicht, ob er ihre Bemerkungen mit einem Lachen abtun oder sie augenblicklich zurück in sein Hotelzimmer schleppen sollte. Vielleicht hatte auch er Lainey unterschätzt; offensichtlich konnte sie tief in ihn hineinsehen. Sie kannte ihn weit besser, als seine Ex-Frau es je getan hatte.

»Du gibst *wirklich* manchmal ziemlich einfühlsamen Kram von dir.«

Sie grinste. »Und wie!«

Als sie an die Eistheke kamen, richtete Lainey ihre Aufmerksamkeit auf das bunte Sortiment an Leckereien. Sie tippte sich mit einem Finger an die Lippe.

»Welche Sorte möchtest du, Damian? Ich lade dich ein.«

»Nein, tust du nicht.« Er zog seine Brieftasche heraus, aber sie schlug ihm auf die Hand.

»Ich habe gesagt, *ich* lade dich ein. Du hast dieses lächerliche Kleid bezahlt und das Preisschild dran gelassen. Daher weiß ich, dass du inzwischen pleite sein dürftest.« Sie zwinkerte ihm zu.

»Vanille«, antwortete er. »Eine Kugel.«

Lainey wandte sich zu der Frau hinter dem Tresen um. »Ich hätte gerne zweimal eine Kugel in der Waffel. Einmal Rocky Road und einmal Caramel Crunch.«

»Doch keine Vanille?« Wieso fragte sie ihn überhaupt erst?

»Du bist kein Vanilletyp, Damian. So viel weiß ich.«

»Heißt das, wir sind fertig mit der Amateurpsychologiesitzung?«, fragte er trocken und nahm die zwei Waffelhörnchen von der Frau hinter dem Tresen entgegen, während Lainey bezahlte. »Welches möchtest du?«

Sie entfernten sich von dem Café, und Lainey überlegte einen Augenblick, bevor sie ihm das Karamelleis aus der Hand nahm. Schnell streckte sie die Zunge heraus, um das herabtropfende Eis aufzufangen, und seufzte. »Wahn. Sinnig. Lecker.«

Damian und sie schlenderten gemütlich durch Southbank, vorbei an dem Gitarre spielenden Straßenkünstler in dem Super-Mario-Kostüm und dem Kreidemaler, der Porträts auf den Boden zauberte. Sie aßen schweigend, mit flinken Zungen und Lippen, bevor die Sonne die Eiscreme schmolz und sie ihnen über die Hände lief.

Damian verputzte seine Kugel Rocky Road mit Begeisterung. Und er hatte Vanille haben wollen! Lainey lächelte vor sich hin und dachte daran, wie er einen Ständer bekommen hatte, als sie ihn während der Wohnungsbesichtigung berührt hatte. Vanille war etwas für Typen mit ungeschickten Händen und Fummelfingern, und so ein Typ war Damian nicht.

Sie machten an einer Parkbank halt, von der aus sie Blick auf den in die Jahre gekommenen, aber noch immer schönen Bahnhof Flinders Street hatten. Das prächtige Gebäude hatte Charakter und wirkte außergewöhnlich inmitten der schnittigen Bürotürme der Melbourner Skyline. Es war zwar verwittert, besaß aber mit seiner senfgelben Fassade und der auffälligen grünen Kuppel einen besonderen Charme. Es lag eine gewisse Schönheit in seinem Alter und seiner Geschichte, und die Narben der Jahrzehnte ließen es charmanter erscheinen, als es brandneu gewesen wäre.

»Hat es dich schockiert, dass ich dich so gut kenne?«, fragte Lainey, den Blick noch immer über das Wasser gerichtet.

»Du kennst mich nicht so gut, wie du glaubst. *Eine* zutreffende Psychoanalyse ändert daran nichts.«

»Aber du versteckst dich *wirklich* vor der Welt«, setzte sie nach.

Lainey hatte so eine Ahnung, dass er sein wahres Ich aus dem gleichen Grund verborgen hielt, aus dem sie selbst sich hinter verrückten Eskapaden und jeder Menge Eyeliner versteckte – aus Angst, die Menschen könnten das, was sich darunter verbarg, nicht mögen. Sie verdrängte eine Erinnerung daran, wie sie fallen gelassen worden war, weil sie die Schule abgebrochen hatte.

Aber was war ihr denn anderes übrig geblieben? Die Schule hatte sie langsam erstickt – man hatte sie in eine Schublade stecken wollen, die ihr zu klein und zu dunkel war. Offenbar war sie nicht dazu fähig, Regeln zu befolgen, die für Kinder mit langen Aufmerksamkeitsspannen und einem angeborenen Verständnis für Zahlen gemacht worden waren. Laineys Talente lagen in Bereichen, die nicht auf Papier vorgezeichnet waren.

Der Lehrplan sah keine Benotung für die Fähigkeit vor, angespannte Situationen entschärfen oder jemanden aufmuntern zu können. Und dass sie ein Gespür dafür besaß, welche Farben jemandem gut standen, war ebenfalls bedeutungslos. Nicht einmal im Kunstunterricht konnte ihre Kreativität erblühen, selbst dort hatten die Regeln sie erstickt.

Danach hatte sie sich verändert. Sie trug kurze Röcke und

lebte sich aus. Sie zog Jungs an, denen es egal war, dass sie noch immer an den Fingern abzählte, Typen, die nur auf eins aus waren. Alles nur, damit sie das Heft in der Hand hatte. Damit sie nie wieder die Demütigung erleiden musste, fallen gelassen zu werden, weil sie auf lange Sicht einfach nicht gut genug war.

»Aber das *muss* ich auch tun«, erwiderte er, seine ganze Aufmerksamkeit auf sein Eis gerichtet. Es war die reinste Folter, dabei zuzusehen, wie seine Zunge und Lippen die Leckerei mit chirurgischer Effizienz verschwinden ließen.

»Wieso?«

Er schüttelte den Kopf und zog ein schiefes Lächeln. »Es sind Dinge passiert, die mich vorsichtig haben werden lassen, zu viel von mir preiszugeben.«

»Ich habe noch nie kritisiert, wie du bist.«

»Abgesehen davon, dass du mich langweilig oder öde genannt hast, meinst du?« Er biss von seiner Waffel ab. »Und was war damals, als du gesagt hast, ich wäre der Antichrist des Spaßhabens?«

Laineys Wangen glühten. »Okay, vielleicht habe ich diese Dinge ja gesagt. Aber nur, weil …«

»… man mit mir keinen Spaß haben kann?«

»Kann man, wenn du dir selbst ein bisschen Raum zum Atmen zugestehst.« Sie zuckte mit den Schultern. »Du verhältst dich immer so, als wäre es deine Aufgabe, alle um dich herum zu beschützen.«

»Ist es ja auch«, erwiderte er, ohne zu zögern.

»Nein, ist es nicht. Ich weiß es zu schätzen, wie oft du mir schon aus der Patsche geholfen hast, ehrlich.« Lainey aß ihr Eis auf und legte Damian eine Hand aufs Knie. »Aber du musst aufhören, dir Sorgen um alle anderen zu machen, und anfangen, dich um dich selbst zu kümmern. Sonst wirst du noch zu einem ... wie hast du dich genannt?«

»Einem Miesepeter?«

»Ja, genau.«

»Ich werde nie damit aufhören, mir um dich Sorgen zu machen.« Er drehte sich zu ihr, und Lainey bekam die volle Wucht seines stahlgrauen Blicks ab.

Konnte er direkt bis in ihre Seele sehen? Wusste er, dass sie vor ihrem Leben davonlaufen wollte? Vor der Angst, für immer unerwidert in ihn verliebt zu sein?

Das Gefühl überfuhr sie mit der Wucht eines Güterzugs. Klar, sie hatte schon oft gedacht, dass sie auf Damian stand. Dass sie wie ein Schulmädchen für den gut aussehenden älteren Bruder ihrer besten Freundin schwärmte. Harmlos ... bis es das eben nicht mehr war.

Liebe. Wie war es möglich, jemanden zu lieben, der diese Liebe nicht erwiderte? Es war grausam, dass die Menschen so gestrickt waren. Sie zupfte am Saum ihres Kleids, weil eine irrationale Angst sie erfasste, er könne ihr die Furcht und Verzweiflung ansehen.

»Du musst nichts zu verbergen versuchen, Lainey. Ich

habe letzte Nacht alles gesehen.« Seine Worte waren abgehackt, und seine Stimme klang rau.

Meinte er ihren Körper oder die Angst und das Verlangen, die in ihrem Innern in Clinch lagen?

Sie schluckte und legte ihm eine Hand an die Wange. Ein leichter Schatten lag auf seinem Kiefer, und sie strich ihm mit dem Daumen über die Lippe, um einen winzigen Klecks Schokolade wegzuwischen. Seine einzige Bewegung war sein beschleunigter Atem, der sich heiß an ihrer Hand anfühlte. Er küsste ihren Daumen, dann nahm er ihre Hand und drückte seine Lippen an die Innenseite ihres Handgelenks.

Dunkelheit verschlang seine Augen, seine graue Iris schrumpfte, bis nichts mehr davon zu sehen war als ein dünner Rand um zwei bodenlosen, tiefen Löchern. »Ich verstecke mich, weil ich Angst habe, dass ich dir wehtun könnte.«

Lainey streckte die Brust aus und reckte das Kinn. »Ich lasse nicht zu, dass du mir wehtust.«

Sie würde es nicht zulassen. *Sie konnte es nicht.* Denn wenn sie zuließ, dass er die Mauer einriss, die sie so sorgfältig um diese Begegnung errichtet hatte, würde er ihr Herz so aus der Bahn werfen, dass es endgültig zerbrach. Das hier war nur Sex – die Erfüllung einer Fantasie. Und das war alles, was es je würde sein können.

14. Kapitel

Lainey saß in der Mitte ihres Zimmers, umringt von Kartons. Sie waren beschriftet – nicht mit Beschreibungen dessen, was sich darin befand, sondern mit Namen. Imogen. Corinna. Mum. Sie hatte ihre wenigen weltlichen Besitztümer in zwei Haufen unterteilt – behalten und wegwerfen. Der Behalten-Haufen war wiederum in Kartons für die Personen unterteilt, denen diese Dinge am meisten bedeuten würden.

Irgendwie kam Lainey das alles wie eine Testamentsverlesung vor. Sie ging fort, und alles, was von ihr übrig blieb, war eine irrsinnig große Schuhkollektion und die *Powerpuff-Girls*-DVD-Sammlung aus ihrer Kindheit. Sie hätte einen Testamentsvollstrecker für ihren Kram anheuern sollen. Auf die Weise hätte sie schleunigst nach London abhauen und das alles jemand anderem überlassen können.

Sie öffnete den Deckel einer verstaubten Plastikkiste, die bis zum Rand mit Erinnerungen vollgestopft war – ihr Polohemd aus der sechsten Klasse mit den Unterschriften all ihrer Freunde in verquollenen Stoffmalstiften. Ein ausgefranstes Freundschaftsarmband mit Silberperlen, auf denen die Initialen *C*, *L* und *I* standen. Ein Fotoalbum, das in einen *Mein-kleines-Pony*-Kopfkissenbezug eingewickelt war. Der Einband war mit pinkfarbenem Glitzer von ein paar Aufklebern bestäubt, die überall glitzernde Partikel verstreut hatten.

Sie schlug es auf und musste grinsen. Auf der ersten Seite waren drei beinahe identische Aufnahmen von ihr, Corinna und Imogen in fürchterlichen Hüftjeans mit superbreiten Gürteln, Metallic-Neckholder-Tops und silbernem Lippenstift. Auf jedem Bild machte eins der Mädchen ein albernes Gesicht, während die anderen beiden lachten. Sie hatten es nicht geschafft, ein Bild hinzubekommen, auf dem alle drei gleichzeitig gut aussahen. Die drei Knalltüten, hatte ihre Mutter sie genannt.

Lainey blätterte durch das Album, und mit jeder Seite wurde ihr das Herz schwerer. Durch alle Höhen und Tiefen hatten diese Mädchen sie begleitet. Bei jeder schrecklichen Frisurenphase, jedem Augenbrauenzupf-Unfall, jeder Promi-Schwärmerei und jedem tränenreichen Herzschmerz waren Imogen und Corinna an ihrer Seite gewesen. Es gab nichts in Laineys Vergangenheit, wo die beiden nicht dabei gewesen waren.

Sie schlug die letzte Seite auf und fand ein loses Foto. Beim Anblick dieses Bilds geriet ihr Herz ins Stottern. Mit Kugelschreiber war ein Datum von vor zehn Jahren darauf geschrieben. Neujahr. Lainey hatte darauf noch ihr von

Natur aus mattbraunes Haar, das ihr einfach glatt bis zur Taille hing. Auf dem Kopf trug sie ein Plastikkrönchen mit »Happy New Year« in glitzernden Buchstaben. Sie hielt eine riesige Scheibe Wassermelone in den Händen.

Aber ihr Blick war nicht auf die Kamera oder das Essen gerichtet. Sie sah zu Damian hoch. Er war damals Anfang zwanzig gewesen, muskulös und sonnengebräunt. Doch sein Gesicht wirkte locker und unbeschwert, und um seine grauen Augen lagen Lachfältchen. Er besaß noch nicht die emotionalen Narben, die seinen Kiefer versteinert hatten.

Die Erinnerung durchzuckte sie wie ein Feuerwerk – sie war zu Corinna gegangen, um mit den McKnights zu feiern. Sie hatten eine Wassermelone gekauft und in Stücke gehackt. Damian war leicht verkatert gewesen und hatte, ohne aufzupassen, in sein Melonenstück gebissen, sodass ein Kern quer über den Tisch und Imogen mitten zwischen die Augen geschossen war. Sie hatten gelacht, bis ihnen die Tränen übers Gesicht gelaufen waren.

Lainey erinnerte sich nicht mehr daran, Damian so angestarrt zu haben, aber das Foto hatte ihre unverhohlene Bewunderung deutlich eingefangen. Auf die Rückseite hatte sie in violetter Tinte »Wenn doch nur« und das Datum geschrieben.

Wenn er sich doch nur nicht von Jenny das Herz hätte brechen lassen. Wenn sie doch nur nicht all die Jahre seit seiner Scheidung dadurch vergeudet hätten, dass *sie* zu feige gewesen war, ihm zu sagen, wie sie wirklich empfand, und *er* sie ansah, als wäre sie zu jung, obwohl sie das nicht war.

»Können wir reinkommen?« Corinna und Imogen steckten die Köpfe in Laineys Zimmer. »Oder laufen wir Gefahr, unter einer Lawine von Stilettos begraben zu werden?«

»Alles gefahrlos.« Lainey war der Hals eng, und sie brachte die Worte nur mit Mühe an dem Kloß vorbei, der ihr die Luft abschnürte.

»Was ist los?« Corinnas Lächeln verblasste. Sie streifte ihre Pumps ab und ließ sich im Schneidersitz neben Lainey nieder.

»Ah, du schwelgst in Erinnerungen.« Imogen bückte sich und hob das Album auf, blätterte es durch und lachte. »Oh, Gott, Corinna. Was hast du dir bei der Frisur nur gedacht?«

Sie drehte das Album um, und Corinna zuckte zusammen. »Ich sehe ja aus wie ein Stinktier mit diesem breiten Strähnchen.«

Lainey schluckte den Kloß im Hals hinunter und zwang sich, Imogen anzulächeln. »Also, was gibt's Neues von deiner Schwester und Dan?«

»Oh, frag nicht.« Imogen schüttelte den Kopf. Seit dem Ball hatte sie nicht wieder von ihrer Mission gesprochen. »Das totale Chaos.«

Corinna zog eine Augenbraue hoch. »Wieso?«

»Ich musste noch jemand anderen mit hineinziehen. Einen Typen von der Arbeit, der ihn kennt.« Ihre Wangen wurden rot. »Aber ich habe so das Gefühl, er versucht, es gegen mich einzusetzen. Ich hätte ihn nie bitten soll, mir zu helfen.«

Das Rot ihrer Wangen wurde noch dunkler, und Lainey vermutete, dass noch viel mehr hinter der Story steckte als nur das. Aber eines wusste sie über Imogen – sie würde erst dann darüber reden, wenn sie bereit dazu war.

Sie nach Informationen auszuquetschen, ging nie gut aus.

»Nimmst du all deine Fotoalben mit?«, fragte Corinna und wandte sich Lainey zu.

»Kann ich nicht.« Sie schüttelte den Kopf. »Kein Platz.«

Imogen tätschelte ihr den Arm. »Ich kann für dich darauf aufpassen.«

»Ich dachte, ich käme mit alldem klar.« Zu ihrem Entsetzen schossen Lainey heiße Tränen in die Augen, und wie wild sie auch blinzelte, sie ließen sich nicht verjagen. Sie liefen ihr über die Wangen bis zum Kinn. »Begehe ich einen Riesenfehler?«

»Nein.« Corinna legte ihr einen Arm um die Schultern. »Nicht, wenn du *nach* London gehst und nicht *aus* Melbourne weg.«

»Wie kann ich das eine ohne das andere tun? Es sind zwei Seiten derselben Münze.« Sie schniefte und wischte sich mit dem Handrücken über die Wange.

»Wenn du irgendwohin gehst, ist das so eine Art Vorwärtsbewegung – du nimmst eine Chance wahr oder jagst nach einer Erfahrung. Wenn du einfach nur Australien hinter dir lässt, weil du weglaufen willst, und du dabei zufällig in London landest, dann ist das keine Vorwärtsbewegung, nicht wahr?«

»Erinnert ihr euch noch an diesen Tag?«, fragte Lainey und rutschte ein Stück, sodass die drei in dem beengten Platz zwischen ihrem Bett und dem Schrank sitzen konnten.

»Ja, ich glaube, ich habe noch immer eine Beule am Kopf von diesem verdammten Kern«, sagte Imogen trocken.

Corinna lachte. »Wie könnten wir das vergessen? Wir hatten diese Wasserrutsche im Garten, und du wolltest unbedingt die Katze draufsetzen.«

»Stimmt ja!« Lainey musste herzlich lachen. »Sie hat mir den Arm blutig gekratzt und monatelang einen Riesenbogen um mich gemacht. Was waren wir damals doch albern.«

»Wir?«, fragte Imogen mit gespielter Empörung. »Schließ nicht von dir auf andere … *Ich* hab das schon damals für eine schlechte Idee gehalten und es dir auch gesagt. Du warst bloß zu beschäftigt damit, Damian und seine Freunde zu beeindrucken.«

»Nicht seine Freunde«, entgegnete Lainey mit einem Seufzen. Ihr Bauch verkrampfte sich vor lauter Sorge. Sie hatte Corinna gegenüber bisher noch nie ernsthaft ihre Gefühle eingestanden, sondern die Worte immer mit viel Getue und Übertreibungen getarnt. »Nur ihn.«

Schuldgefühle nagten an ihr. Das war das Einzige, was sie jemals vor Corinna geheim gehalten hatte, ohne zumindest die Absicht zu hegen, es ihr später zu beichten. Wir hatte sie nur glauben können, sie könne einfach weggehen und so tun, als wäre nichts von alldem je passiert – der Ball, das Wochenende mit Damian? Dass sie Imogen in ihre Lügen mit hineingezogen hatte?

»Ich habe ihm mal gesagt, er soll gefälligst die Finger von dir lassen«, sagte Corinna und schlang Lainey einen Arm um die Schulter. »Nach der Scheidung. Ich habe ihm gesagt, wenn er unsere Freundschaft ruiniert, würde ich ihm das nie verzeihen.«

»Das hast du gesagt?«

»Ja. Ich bezweifle, dass er mich allzu ernst genommen hat. Aber ich habe mitbekommen, wie er dich damals angesehen hat.« Corinna seufzte. »Und ich war neidisch. Zwischen euch beiden hat es schon immer geknistert, und ich wusste, dass du in ihn verknallt warst und, na ja, *alle* Jungs waren in dich verknallt. Seit wir Teenager waren.«

»Waren sie nicht.« Lainey verdrehte die Augen.

»Ich glaube, ich war noch nie so neidisch wie in dem Sommer, als du dir die Haare platinblond gefärbt hast und deine Zahnspange losgeworden bist. *Alle* hatten nur noch Augen für dich, und ich steckte noch immer mitten in meiner Hässliches-Entlein-Phase.« Sie schob sich die Brille auf der Nase zurecht. »Nach seiner Trennung von Jenny habe ich Damian dabei ertappt, wie er dich beobachtete, als du mal zum Schwimmen rüberkamst, und es hat mich wütend gemacht. Es war idiotisch, aber ich wollte, dass jemand mich so ansieht. Im Nachhinein wünschte ich, er wäre mit dir statt mit ihr zusammengekommen.«

»Ich habe mit ihm geschlafen«, platzte Lainey heraus, weil sie die Schuldgefühle keine Sekunde länger ertragen konnte. Dann erfasste Angst sie, weil ihr klar wurde, dass sie damit eine Grenze überschritten hatte – Geständnisse ließen sich nicht zurücknehmen.

Corinna setzte sich auf und drehte abrupt den Kopf zu Lainey. »Wann?«

Imogen biss sich auf die Lippe und sah hektisch zwischen ihren Freundinnen hin und her. Aber sie sagte kein Wort.

»Neulich.« Lainey schluckte. »Mir ging durch den Kopf, dass ich ja bald abreise …«

»Und es deine letzte Chance wäre?«

»Ja.«

Corinnas Gesichtsausdruck war schwer zu deuten, aber sie sah nicht aus, als würde sie gleich aus der Haut fahren. »Und du reist trotzdem ab?«

»Sex ändert daran nichts.« Sie wartete darauf, dass Corinna wie üblich angewidert reagierte, aber ihre beste Freundin war uncharakteristisch ernst.

»Ist das alles, was es war?«

»Willst du überhaupt darüber reden? Er ist schließlich dein Bruder.« Tränen brannten Lainey schon wieder in den Augen, und sie legte den Kopf in den Nacken in der Hoffnung, sie würden versiegen. »Ich weiß, was du davon hältst, dass zwischen uns etwas passiert. Ich dachte, du wärst stinksauer.«

»Es ist ja nicht so, als hätte ich es nicht schon lange kommen sehen.« Corinna rieb mit dem Daumen über das Foto. »Ehrlich, ich dachte, einer von euch beiden würde schon viel früher einknicken.«

»Du bist wirklich nicht sauer auf mich?«, fragte Lainey.

Corinna schüttelte den Kopf. »Wie gesagt, da war schon immer etwas zwischen euch. Und ich weiß inzwischen, dass man sich nicht aussuchen kann, in wen man sich verliebt. Ich hätte nie im Leben gedacht, dass ich mal bei Joe lande.«

»Ihr passt so perfekt zueinander.«

»Tun wir ja auch, aber ich hatte halt die Vorstellung, dass ich mal einen ehrgeizigen Anwalt heirate. Ein Karrieretypen, der den australischen Traum verfolgt.« Sie zuckte mit den Schultern. »Stattdessen habe ich einen Lehrer kennengelernt, der ein Häuschen am Strand, einen Gemüsegarten und ein paar Hühner haben möchte – und ich könnte nicht glücklicher sein.«

»Ihr beiden seid die totalen Gegensätze.« Ein seltsamer Ausdruck lag in Imogens Gesicht. »Das ist schön. So ausgewogen.«

Langsam fiel die Zentnerlast von Lainey ab. Es hatte sie sehr bedrückt, Geheimnisse vor Corinna zu haben, ihr die Leichtigkeit genommen. Aber schlimmer noch war die wachsende Angst, dass auch ihre Flucht nach London den Schmerz in ihrer Brust nicht lindern konnte. Dass sie, ganz gleich, wie viele Kontinente und Ozeane sie auch zwischen sich und ihn brachte, niemals über Damian hinwegkommen würde.

»Er hat dich doch nicht schlecht behandelt, oder?« Corinna zupfte an einer Franse in Laineys Teppich. »Ich weiß, dass er sich nicht absichtlich wie ein Arsch benimmt, aber in den letzten Jahren war er eben nicht er selbst. Manchmal habe ich das Gefühl, ich erkenne ihn gar nicht mehr wieder.«

»Er war toll«, erwiderte Lainey. »Hat mich behandelt, als wäre ich etwas Besonderes, auch wenn ich das nicht bin.«

»Sag das nicht.« Imogen runzelte die Stirn. »Du *bist* etwas Besonderes.«

»Aber nicht besonders genug, wie es scheint. Wenn ich wirklich so toll wäre, hätte er länger mit mir zusammen sein wollen als nur ein Wochenende.«

Corinna sah sie eindringlich an. »Hast du ihn denn um mehr gebeten?«

Lainey biss sich auf die Wangeninnenseite. »Na ja, nein … Ich meine, er wusste ja, dass ich abreise. Das stand nie zur Debatte.«

»Warum sollte er dir dann mehr anbieten, wenn er doch

weiß, dass diese unglaubliche Karrierechance in Übersee auf dich wartet?«

Lainey wollte ihre Freundinnen anschreien, damit sie aufhörten, ihr Hoffnung zu machen – aufhörten, sie zu ermutigen, diese wunderbare, glückselige Möglichkeit offenzulassen, denn dazu würde es einfach niemals kommen. Wenn sie jetzt mit dem Herz auf der Zunge zu Damian gehen würde, würde er sie zerstören. Sie vernichten.

Bin ich denn schon total am Ende? Wenn es mir gut ginge, würde ich nicht hier auf dem Boden hocken und wegen eines alten Fotos weinen. Ob ich's ihm nun sage oder nicht, meinen Gefühlen werde ich niemals entkommen.

»Und was, wenn ich zu ihm gehe und es *doch* nur Sex war?«, flüsterte sie.

»Ändert das irgendetwas am großen Ganzen?« Corinna legte den Kopf schief. »Ich meine, wenn du doch sowieso abreist, willst du es da nicht lieber wissen?«

»Cori hat recht«, sagte Imogen. »Du kannst nicht damit abschließen, wenn du dich weiterhin fragst, was er wirklich für dich empfindet.«

Lainey hatte keine Ahnung, welche Option ihr lieber war. Wenn sie jetzt abreiste, ohne Damian wiederzusehen, würde sie sich ihr Leben lang fragen, was hätte sein können. Doch wenn sie zu ihm ging und er sie zurückwies …

Würde sie dann überhaupt in der *Lage* sein, weiterzumachen? Sie wusste es einfach nicht.

Lainey erhaschte einen Blick von sich in dem Ganzkörperspiegel auf der anderen Zimmerseite. Ihr Haar glänzte wie scharlachrote Seide, üppig und gewagt und leuchtend. Es war keine Farbe, die man trug, um mit dem Hintergrund zu verschmelzen, auch wenn sie als Tarnung gedacht gewesen war. Sie stemmte sich vom Boden hoch, ging zu ihrer Handtasche und zog die Puderdose heraus.

»Diese verdammte Puderdose.« Corinna lachte und schüttelte den Kopf. »Wieso ist es mir da noch nicht klar geworden?«

Dieses kleine Ding hatte Lainey nach jener schicksalhaften Nacht zu Damian zurückgeführt. Was wäre geschehen, wenn sie sie nicht in der Limousine verloren hätte? Sie hätten wahrscheinlich nicht das vergangene Wochenende zusammen verbracht. Sie hätte wahrscheinlich nie erfahren, wie perfekt sie zusammenpassten. Wie perfekt sie sich ergänzten. Sie strich mit der Fingerspitze über das in die Blumen eingestickte *LK*.

Tu es.

Die Stimme in ihrem Kopf begann als Flüstern und schwoll an, bis die Worte im Takt zu ihrem Pulsschlag erklangen, der ihr das Blut durch die Adern rauschen ließ.

Tu es. Tu es. Tu es.

Sie holte tief Luft. Ihre Freundinnen hatten recht – es *machte* einen Unterschied, ob sie nach England ging oder aus Australien fortlief. Sie wollte nicht, dass ihr die Zweifel in ein neues Land folgten. Es war Zeit für eine Beichte.

Sie liebte Damian McKnight, und das schon, solange sie zurückdenken konnte. Und jetzt würde sie es ihm sagen.

Damian konnte sich das Grinsen nicht verkneifen, als ihn das Gefühl des Triumphes erfasste. Er starrte jetzt seit fünf Minuten auf die E-Mail und kostete das Wissen aus, dass er gewonnen hatte. Jerry McPartlin würde den Vertrag unterzeichnen.

Sie hatten sich Anfang der Woche getroffen, und Damian hatte alle Register gezogen. Er hatte zusammen mit seinem besten Berater zahlreiche Möglichkeiten ausgearbeitet, wie das Unternehmen verbessert werden konnte, und McPartlin & Co damit schwer beeindruckt – Kostensenkung durch Prozessoptimierung, sodass der Profit stieg, ohne dass Mitarbeiter entlassen werden mussten, ganz zu schweigen von der Einführung eines Mitarbeiterbindungsprogramms zur Senkung der Fluktuationsrate, damit McPartlin die Arbeitskräfte behalten konnte, in die er investiert hatte. Für das Verkaufsgespräch hatten sie etliche Nachtschichten in Folge einlegen müssen, und Damian hatte auf der Couch in seinem Büro geschlafen. Aber es hatte sich gelohnt.

Sieg.

Er konnte es kaum erwarten, Bens Nummer im Telefondisplay aufleuchten zu sehen. Sein alter Boss würde stinkwütend sein. Geschah ihm recht – das Schicksal schlug bei dem Mistkerl genau dort zu, wo es wehtat.

Seltsamerweise verspürte Damian den Drang, Lainey anzurufen und die guten Neuigkeiten mit ihr zu teilen. Ihr dafür zu danken, dass sie ihm geholfen hatte, den größten Deal seiner Karriere zu landen. Denn ohne sie an seiner Seite hätte all seine harte Arbeit nichts gebracht – sie hatte die McPartlins bezaubert und das perfekte, liebenswerte und freche Gegengewicht zu seiner eignen, ernsteren Persönlichkeit gespielt. Und all das, ohne ihn zu verurteilen, ohne ihm das Gefühl zu vermitteln, er müsse sich dafür schämen, dass er seine Karriere mit so unbändigem Hunger verfolgte.

Sie stand hinter ihm. Verstand ihn. Hatte nicht ein einziges Mal versucht, ihn zu ändern.

Er blätterte die Kontaktliste in seinem Handy durch, bis er ihren Namen fand. Doch bevor er auf Wählen drücken konnte, summte seine Gegensprechanlage.

»Damian, Ihre 16-Uhr-Konferenzschaltung wurde verschoben. Stacy sagte, sie bräuchten weitere vierundzwanzig Stunden, um die Informationen zu beschaffen, die Sie für die Fallstudie verlangt haben.« In den Sprechpausen war zu hören, wie Fingernägel auf einer Tastatur klapperten. »Und Lainey Kline möchte zu Ihnen, aber sie hat keinen Termin.«

»Schon gut.« Ihm klopfte das Herz. »Schicken Sie sie herein.«

Eine Sekunde später trat Lainey durch die Tür wie die Verkörperung all seiner Sehnsüchte. Bei ihrem Anblick regte sich seine Libido jedes Mal, als hätte sie einen Stromschlag abbekommen. Und seit ihrem gemeinsamen Wochenende war dieses Gefühl war nur noch stärker geworden.

»Hey«, begrüßte sie ihn und fummelte dabei an ihrem langen roten Pferdeschwanz herum. Heute sah sie anders aus. Kein dramatisches Make-up, keine figurbetonte Kleidung oder mörderische High Heels – eigentlich überhaupt keine ihrer üblichen Hilfsmittel, um Aufmerksamkeit zu erregen. »Ich hoffe, ich störe nicht.«

»Du bist hier immer willkommen«, sagte er und bedeutete ihr, sich zu setzen. »Ich wollte dich sowieso anrufen.«

»Wirklich?« Ein Lächeln huschte über ihre Lippen.

»Ich habe Jerry McPartlin!« Er klatschte die Hände zusammen und lehnte sich in seinem Sessel zurück. »Und zur Feier des Tages schulde ich dir einen Drink. Ohne dich hätte ich das nicht geschafft.«

»Das stimmt nicht.« Sie strich mit den Händen den Saum ihres luftigen weißen Baumwollkleids glatt. Der krasse Kontrast zu ihrem feuerroten Haar ließ sie aussehen wie ein Feuerwerk vor schwarz-weißem Hintergrund – als wäre sie das einzige bisschen Farbe, das er sehen konnte.

»Mein erstes Meeting mit dem Mann war eine Katastrophe.« Er lachte. »Hättest du nicht bei der ganzen Verlobungsgeschichte mitgespielt, hätte er mir garantiert keine zweite Chance gegeben.«

»Freut mich, dass ich helfen konnte. Ich weiß, dass er ein wichtiger Klient ist.«

»Ist er.« Aus irgendeinem Grund war die Euphorie über seinen Sieg nicht mehr ganz so groß wie in dem Moment, als die E-Mail in seinem Posteingang aufgetaucht war – würde Lainey noch immer froh sein, geholfen zu haben, wenn er ihr die ganze Geschichte erzählte? »Er war der Klient meines alten Chefs.«

Sie zog die Augenbrauen zusammen, als wüsste sie nicht ganz, welche Rolle dieses Detail spielte.

»Jenny hatte eine Affäre mit ihm. Meinem Boss … Ex-Boss.« Er räusperte sich, verwundert über den Zorn, der frisch und roh zurück an die Oberfläche schoss. Wie viele Jahre würden wohl noch vergehen müssen, bevor diese Gefühle verschwanden? »Ich habe sie erwischt. In flagranti.«

Lainey blinzelte. »Das habe ich nicht gewusst.«

»Ich wollte nicht, dass du es weißt. Ich wollte nicht, dass *irgendjemand* es weiß.« Er holte tief Luft. »Das Schlimmste war, dass es als Rachefick angefangen hatte. Sie war dagegen, dass ich mein eigenes Unternehmen gründe, weil es noch längere Arbeitszeiten bedeutete, und sie fand, dass ich sie ohnehin schon genug vernachlässigte. Sie hat gesagt, wenn ich ein guter Ehemann gewesen wäre, hätte sie sich niemand anderen suchen müssen.«

»Das ist doch völliger Schwachsinn.« Lainey schürzte die Lippen. »Und es entschuldigt ganz gewiss keine Affäre.«

»Na ja, mein Boss war ein Mistkerl, und als ich gekündigt habe, sagte er mir, dass ich es niemals in die erste

Liga schaffen würde, dass ich nie auf sein Niveau kommen würde. Er hätte mich als seinen Laufburschen eingestellt, mehr nicht.«

»Also hast du ihm seinen Klienten gestohlen?«, fragte Lainey.

»Seinen Lieblingsklienten.«

Sie zupfte an der Stickerei am Saum ihres Kleids. »Warum erzählst du mir das?«

»Du warst in die Sache involviert.« Er zuckte mit den Schultern. »Ich fand, du hast ein Recht, es zu erfahren.«

»Wenn du das fandest, hättest du es erwähnen können, *bevor* ich involviert wurde.« Sie blickte auf. »Liebst du sie noch?«

»Jenny?« Er zuckte zurück. »Scheiße, nein. Nicht nach dem, was sie getan hat.«

»Aber du hältst noch immer an ihr fest.« Laineys Gesichtsausdruck war sanft und traurig und ganz und gar nicht das, was er erwartet hatte. »Diese ganze Vergeltungsgeschichte zeigt, dass du noch nicht über das hinweg bist, was passiert ist. Du hast selbst gesagt, dass es der Grund war, weshalb du nicht in der Wohnung bleiben konntest. Jenny gehört noch immer zu deinem Leben, auch wenn du das nicht willst.«

Damians Gedanken überschlugen sich. Er wusste, dass er Jenny nicht mehr liebte. Da war er sich hundertprozentig sicher. Aber ihr Verrat folgte ihm auf Schritt und Tritt. Verhöhnte jeden seiner Erfolge und rief ihm zu, dass es niemals genug sein würde. Dass *er* niemals genug sein würde. Nicht, bis er bewiesen hatte, dass die beiden mit ihren Zweifeln an ihm falschgelegen hatten.

Deshalb war McPartlin so wichtig. Diesen Klienten an Land zu ziehen, war der Schlüssel, um mit der Vergangenheit abschließen und nach vorn blicken zu können. Denn damit bewies er, dass er doch erfolgreich geworden war … oder nicht?

Ist das wirklich die Art von Erfolg, die du willst?

»Sie gehört nicht mehr zu meinem Leben«, stieß er durch zusammengebissene Zähne hervor.

Lainey schüttelte den Kopf. »Aber du hast seitdem keine richtige Beziehung mehr gehabt.«

»Weil ich keine will.« Er schluckte. »Das habe ich dir gesagt.«

»Wieso hat sich das geändert?« Frust schwang in ihrer Stimme mit, so subtil, dass die meisten Menschen es nicht gehört hätten, doch Damian schon, weil er sie kannte. »Weil sie dich betrogen hat, oder lag es an etwas anderem?«

»Ich war es leid, mich zwischen ihr und meiner Karriere entscheiden zu müssen. Ich wollte nicht noch einmal in diese Lage geraten.«

»Blödsinn.« Sie verschränkte die Arme.

»Du glaubst, ich lüge?« Er legte die Hände auf den Schreibtisch, und seine Finger lagen wie Krallen auf dem polierten Holz.

»Ich glaube, du machst dir selbst etwas vor. Wenn das, was du gesagt hast, wahr wäre, hättest du die Sache mit ihr beendet, *bevor* du sie in flagranti erwischt hast. Oder wenn du gewusst hast, dass die Beziehung sowieso keine Zukunft hatte, wärst du nicht Jahre danach noch sauer.«

Ihre Fähigkeit, geradewegs durch seine Fassade hindurchzusehen, war fast erschreckend. Niemandem war das je zuvor gelungen. Er verstand sich verdammt gut darauf, ein bestimmtes Bild von sich nach außen zu projizieren und eine Rolle zu spielen, hinter der sein wahres Ich sicher war und ihm kein Unglück widerfahren konnte. Aber Lainey durchbrach seine Abwehrmauern wie mit einem Rammbock.

»Und ich soll Beziehungsratschläge von dir annehmen?« Er bereute seine Worte, noch während er sie aussprach. Sie entsprangen seinem Bedürfnis nach Selbstschutz, so unangebracht es auch war.

Toll hinbekommen, Schwachkopf. Du hast die Person angegriffen, deren Meinung dir wichtig ist.

Die Erkenntnis erschreckte ihn. Laineys Meinung war ihm *tatsächlich* wichtig. Sehr. Wieso sonst wusch er seine schmutzige Wäsche vor ihr? Er wollte sie nicht belügen.

»Die Sache ist die: Ich weiß, woher meine Probleme kommen. Ich verschließe die Augen nicht davor, wer ich bin.« Laineys Stimme zitterte, und dieser Klang bohrte sich wie ein Messer in sein Herz. »Der Grund, weshalb ich all diese

Idioten date, ist, weil ich weiß, dass ich den Mann nicht haben kann, den ich wirklich will.«

Damian gefror das Blut in den Adern. Sie konnte nur zwei Dinge meinen, und er wollte keins von beiden hören. Denn wenn sie jemand anderen liebte, würde er das nicht ertragen können. Und wenn sie ihn liebte …

Scheiße. Wie hatte er diese Sache so außer Kontrolle geraten lassen können? Er hätte sie am Abend nach dem Dinner nie mit zu sich nehmen dürfen. Nur die verdammte Macht der Lust und Begierde hatte ihn dazu gebracht, seine eigenen Regeln zu verwerfen. Keine andere Frau nach Jenny hatte ihm etwas bedeutet. Er hatte immer nur seine körperlichen Bedürfnisse befriedigt. Natürlich hatte er sich zu anderen Frauen hingezogen fühlt. Aber das war auch schon alles. Das konnte er so leicht hinunterschlucken wie eine Pille.

Aber bei Lainey rann ihm seine Selbstbeherrschung wie Wasser durch die Finger.

Ihre Unterlippe zitterte. »Willst du mich nicht fragen?«

Sie hatte ihn an eine Weggabelung geführt, ihn gezwungen, anzuhalten und nach vorn zu sehen. Sich zu entscheiden. Wenn sie sein Büro verließ, würde eine Sache unabänderlich feststehen: Entweder würde sie Teil seines Lebens sein, oder sie würde endgültig daraus verschwinden.

»Ich bin nicht sicher, ob ich es wissen will«, sagte er.

»Tja, ich muss es dir aber sagen.« Sie legte die Hände in den Schoß. »Ich liebe dich, Damian. Schon immer.«

15. Kapitel

Lainey hatte es immer für ziemlichen Schwachsinn gehalten, wenn die Menschen beschrieben, wie die Zeit nach einem wichtigen Ereignis stillsteht. Aber jetzt begriff sie es. Es war, als hätte Gott persönlich eine Hand an die Erde gehalten und ihre Drehbewegung gestoppt. Als hätte er alles verlangsamt, sodass jeder Atemzug eine mühselige Qual war.

Damians Gesichtsausdruck blieb unverändert. Seine dicken Augenbrauen waren leicht gerunzelt, und der harte Zug um seinen Kiefer war niederschmetternder als je zuvor. Dass er nicht reagierte, sagte alles.

Sie hatte einen schrecklichen Fehler begangen.

»Du darfst mich nicht lieben.« Er zuckte zusammen, als er die Worte ausgesprochen hatte, denn Lainey sprang auf, als wolle sie flüchten. Er räusperte sich, als könne er so seine Gedanken ordnen, und sagte: »Bleib … bitte. Lass uns darüber reden.«

Oh, Gott, jetzt kam es. Das »Tja, wir hatten unseren Spaß, aber …«-Gespräch, dem sie immer aus dem Weg gegangen war, indem sie sich als Erste aus dem Staub gemacht hatte. Und jetzt würde sie hier sitzen müssen, als zerbräche ihr

Herz nicht gerade in eine Milliarde winzig kleine Scherben.

Wieso hast du dir das angetan? Du weißt doch, dass ein Mann wie er eine Bilderbuch-Ehefrau finden wird und nicht irgendein durchgeknalltes Girlie will, das keine Unterwäsche trägt und Schnaps trinkt und sich verkleidet, um Männer zu verführen.

Nicht Männer. Nur ihn.

»Du gerätst in Panik.« Damian ballte die Hände zu Fäusten und löste sie wieder, und Laineys Hände zuckten wie als Reaktion darauf. »Ich sehe es dir an.«

»Na ja, nach ›Wir müssen reden‹ kommt nie irgendetwas Gutes. Das kommt normalerweise vor ›Ich bin nicht sauer, bloß enttäuscht.‹« Sie versuchte, sich ein Lächeln abzuringen, aber sie fühlte sich, als wäre ihr der Boden unter den Füßen weggerissen worden.

»Ich fürchte, einer von uns wird das wohl sagen.« Er blickte finster drein. »Und das werde nicht ich sein.«

»Ich weiß, dass du nichts Langfristiges willst.« Sie konnte ihm nicht einmal in die Augen sehen. »Aber ich dachte …«

Er sagte nichts, und die Stille legte sich schwer auf ihr Herz.

»Du hast recht«, gab er schließlich zu. »Ich *will* nichts Langfristiges.«

Ihr schnürte sich die Brust zu. »Dann springen wir vielleicht am besten einfach zu dem Teil, wo ich das Land verlasse, und vergessen, dass es je passiert ist.«

Verdammt, wie erbärmlich bist du eigentlich? Warum wirfst du ihm dein Herz nicht einfach vor die Füße, damit er darauf herumtrampeln kann?

»Ich will es nicht vergessen.« Er wirkte todernst. »Lainey, ich … Scheiße, ich weiß nicht, wie ich es sagen soll.«

»Tu's einfach. Wie beim Pflasterabreißen.« Ihr stotterte das Herz in der Brust, und Tränen brannten ihr in den Augen, sodass sie mehrmals blinzeln musste, um sie zurückzudrängen. »Du sagst: ›Lainey, wir hatten unseren Spaß, aber du bist nicht die richtige Frau für mich.‹«

Er schüttelte den Kopf. »So ist das nicht.«

»Wie ist es denn *dann*? Denn von meiner Warte aus wirkt es, als ob wir beide unterschiedliche Dinge wollen.« Sie verschränkte die Hände vor sich und betete, dass sie die Tränen zurückhalten konnte, bis sie allein wäre.

Allein. An die Vorstellung sollte sie sich besser gewöhnen, denn schon sehr bald würde sie eine ganze Hemisphäre weit von ihrer Familie und ihren Freunden entfernt sein. Und von dem Mann, den sie so verzweifelt liebte.

»Du gehst doch weg«, sagte er.

Die Worte waren wie eine Pistolenkugel, die ihr Innerstes in Fetzen riss. Für Damian hatte es immer ein Verfallsdatum gegeben. Sie hatte ihr Flugticket, und er hatte sich wohl darauf verlassen, dieses Gespräch nie führen zu müssen. Er hatte nie die Absicht gehabt, mehr daraus zu machen.

Aber hatte sie *diese Absicht verfolgt? Sie hatte nicht mehr als eine Nacht geplant. Und er sollte es nie erfahren.*

Aber von ihm wegzugehen war so viel schwerer gewesen, als sie erwartet hatte. Zu ihm zurückzugehen ohne ihre Verkleidung – als sie selbst mit ihm zusammen zu sein – hatte sie hingegen völlig überwältigt. Die Krönung all ihrer kindischen, schwärmerischen Wünsche, all ihrer Lust und Begierde. All ihrer geheimen, nächtlichen Gebete. Und jetzt hatte er ihr das Herz herausgerissen. Hatte ihr mit seinen Worten den Todesstoß versetzt.

»Ja, das tue ich«, sagte sie. »Und ich hätte nicht herkommen sollen.«

»Lainey, bitte. Lass uns nicht zerstören, was wir hatten.«

»Was zum Teufel heißt denn das?« Sie stand auf, schlang die Arme um sich selbst und machte einen Schritt zurück. Aber auch mehr Abstand zu ihm würde sie nicht retten, nicht einmal, indem sie Australien verließ. Verdammt, an diesem Punkt würde ihr wahrscheinlich nicht mal eine Reise zum Mars mehr helfen.

Sie war erledigt. Am Ende.

Himmel noch mal. Wieso hatte sie sich von Corinna und Imogen bequatschen lassen? Als ob er einfach so die Hände hochreißen und ausrufen würde »Ich liebe dich«. Aber sie hatte auf irgendetwas gehofft … worauf auch immer. Einen Hauch einer Emotion. Nicht auf die Ausrede, dass er dachte, sie würde ja sowieso fortgehen.

Damian fluchte leise und trat um den Schreibtisch herum. »Ich will dich nicht verlieren. Aber das bedeutet nicht, dass ich mehr zu geben habe.«

»Du hast jede Menge zu geben, Damian, aber du bist nicht bereit, ein Risiko einzugehen.« Sie trat den Rückzug an, machte für jeden Schritt, den er näher kam, einen Schritt nach hinten. »Oder vielleicht bin ich es auch einfach bloß nicht wert, dass du es versuchst.«

Ihr resignierter Tonfall war, als würde ihm jemand ein Messer in den Eingeweiden herumdrehen. Lainey war der großherzigste, schönste, interessanteste Mensch, den er kannte, und dass sie sich wertlos fühlte, machte ihn wütend. Sein Widerstreben, eine Beziehung einzugehen, hatte rein *gar nichts* mit ihr zu tun.

»Daran liegt es nicht.«

»Es ist wahrscheinlich sowieso das Beste«, fuhr sie fort. Ihre Augen schimmerten feucht. »Wir wären einander niemals ebenbürtig. Ich würde ständig in der Angst leben, dass du jemand Besseren findest.«

»Es gibt niemand Besseren, das ist ja genau der Punkt.« Seine Worte überschlugen sich beinahe – zu laut und viel zu nah an der Wahrheit.

»Das ergibt keinen Sinn. Warum willst du nicht mit mir zusammen sein, wenn es niemand Besseren gibt?«

»Lainey, was willst du von mir hören? Ich habe dir nie

etwas versprochen, und dafür gab es einen verdammt guten Grund.« Er streckte die Hand nach ihr aus, aber sie wich so abrupt zurück, dass er erstarrte. »Aber das heißt nicht, dass du mir nichts bedeutest. Tust du. So viel. *Zu* viel, was genau der Grund ist, warum ich es lieber bei einer platonischen Beziehung belassen möchte.«

»Mir war nie bewusst, wie egoistisch du bist«, sagte sie. »Wie wichtig dir dein Selbsterhalt ist.«

Jenny hatte ihn auf die gleiche Weise angesehen an dem Morgen, nachdem er sie mit Ben erwischt hatte. Sie war dabei gewesen, ihre Sachen zu packen, um ihn endgültig zu verlassen. Diese großen Augen, der Vorwurf darin und ihre Abwehrhaltung, die förmlich geschrien hatte *Wieso hast du dich nicht mehr bemüht?* hatten ihn vor lauter Schuldgefühlen erstarren lassen.

Er wollte jetzt kämpfen, aber es war nichts mehr übrig. Es würde ihn einige Zeit kosten, zu verarbeiten, was geschehen war – und herauszufinden, wie es weitergehen sollte. Wie er seine Beziehung zu Lainey wieder kitten und sie in die Schublade zurückbefördern konnte, die er ihr zugeteilt hatte – damit sie ihm nicht zu nahe kommen konnte.

Es war das Klügste, jetzt fortzugehen – sie brauchten beide Raum und Zeit, um die Dinge wieder abkühlen zu lassen. Er hatte keine Ahnung, ob es ihm gelingen würde, die Situation so zu bereinigen, dass Lainey sich nicht zurückgewiesen fühlen würde.

Aber eines wusste er mit Sicherheit: Heute würde das nicht mehr geschehen.

»Selbsterhalt *ist* wichtig«, sagte er.

»Sieht ganz so aus.« Sie musterte ihn, und die Tränen, die ihr in den Augen standen, ließen ihre grünbraunen Iriden intensiv grün schimmern. Sie war so schön, dass es schmerzte, sie anzusehen. »Diese Lektion habe ich wohl lernen müssen.«

»Ich wollte dir nicht wehtun.« Er schloss die Augen einen Moment lang und musste all seine Willenskraft aufbringen, um die Hände in die Taschen zu schieben und Lainey nicht in die Arme zu reißen.

»Aber das hast du getan«, erwiderte sie. »Aber dafür gebe ich mir die Schuld, nicht dir.«

Damians Kopf und Herz lagen im Krieg miteinander – das eine drängte ihn, sie zu trösten, das andere drängte ihn, den Abzug zu drücken. Es zu beenden. Er konnte sich nicht bewegen, die widerstreitenden Gefühle hielten ihn in Schach – der Wunsch, nach vorn zu schauen, und die Angst, die Vergangenheit könne sich wiederholen.

Die Worte lagen ihm schon auf seiner Zunge, und er musste den Atem anhalten, um sie nicht auszusprechen.

Ich will mit dir zusammen sein.

Nein. Da sprachen bloß Schuldgefühle und Verlangen aus ihm, und er wusste, dass sie nicht seine Verbündeten waren. Er musste stark bleiben.

»Es tut mir leid.«

»Muss es nicht. Du hast recht, du hast mir nie irgendetwas versprochen. Ich habe wohl einfach nur gehört, was ich hören wollte, anstatt zuzuhören, was du tatsächlich sagst.« Sie ging zur Tür. »Wir sehen uns … oder auch nicht.«

Eine Sekunde darauf schloss sich die Tür mit einem leisen *Klick*, und Damian stand regungslos da. Es juckte ihn in den Händen, etwas kaputt zu werfen, als er ihren leiser werdenden Schritten lauschte. Als er den Aufzug im Vorzimmer klingeln hörte, ging er zu seinem Sessel zurück und sackte in sich zusammen.

Er versuchte, sich einzureden, dass er das Richtige getan hatte. Warum fühlte er sich dann wie der elendste Mistkerl der Welt?

Damian hatte eine Patentlösung, wenn es um Herzensangelegenheiten ging: leugnen. Verbunden mit einer Erhöhung seines Arbeitspensums, sodass er gar keine Zeit hatte, groß darüber nachzudenken, in wie vielerlei Hinsicht er sein Leben verpfuscht hatte. In aller möglicher Hinsicht. Damian wusste, dass er beruflich trotz allem erfolgreich war. Was Beziehungen anging … eher weniger.

Corinna und Imogen hatten am Tag zuvor eine Abschiedsparty für Lainey geschmissen und alle ihre Freunde und ihre Familie zu einer sensationellen Verabschiedung zusammengetrommelt. Er war nicht hingegangen. Stattdessen hatte er in seiner Suite gesessen und über das Foto nachgegrübelt, das am Empfangsschalter des Hotels für ihn gelegen hatte. Es war alt und leicht vergilbt. Aber er erinnerte sich noch gut an den Anlass. Der Neujahrstag, damals vor so vielen Jahren.

Lainey war am Morgen abgereist und flog von Melbourne über Dubai nach London. Laut Google war die Maschine pünktlich gestartet und jetzt seit exakt sieben Stunden und sechsundvierzig Minuten in der Luft. Er hatte eine Benachrichtigung für sein Handy eingestellt, damit er wusste, wenn sie landete.

Wieso? Er hat keine Ahnung. Schließlich hatte er nicht vor, sie anzurufen. Was könnte er denn schon sagen, um die Dinge wieder in Ordnung zu bringen? Dazu hätte er schon die Zeit zurückdrehen müssen. Aber er musste einfach wissen, dass sie sicher gelandet war.

Draußen war strahlend blauer Himmel. Unten auf der Straße fand ein Festival statt, bei dem als Drachen verkleidete Menschen über den Boulevard von Southbank tanzten. Ihre Kostüme waren rubinrot, auffallend und leuchtend. Wild, so wie sie. Er spürte ein Flattern in der Magengegend, so wie jedes Mal, wenn er an Lainey dachte – eine unangenehme Mischung aus Lust, Verlangen und Bedauern.

Damian ging auf den Balkon und legte die Hände aufs Geländer. Hübsche Topfpflanzen standen dekorativ herum, und er unterdrückte den Drang, dagegenzutreten. Diese Zerstörungswut würde wieder vergehen … musste sie. Denn Lainey würde nicht zurückkommen, und er würde seine Meinung über die Liebe nicht ändern. Ganz gleich, was sein Schwanz – oder sein Herz – dazu zu sagen hatte.

Ein Klopfen an der Vordertür schreckte ihn auf. Wer zum Teufel störte ihn in seinem Selbstmitleid? Er hatte kein Essen bestellt und schon seit Tagen kaum eine richtige Mahlzeit zu sich genommen. Essen hatte zurzeit keinerlei Reiz für ihn. Er ging zurück in die Suite, schnappte sich ein T-Shirt von der Sofalehne und zog es sich über den Kopf, bevor er die Tür aufriss.

Die Begrüßung blieb ihm im Hals stecken, als er sah, wer da stand.

»Lange nicht gesehen.« Ben hatte noch immer dasselbe schmierige Grinsen, an das er sich erinnerte. Trug noch immer den gleichen widerlichen rot-schwarz-gestreiften Anzug, mit dem er aussah wie ein Möchtegern-Mafioso. Roch noch immer nach zu starkem Eau de Cologne und Kaugummi.

»Ben«, sagte Damian ausdruckslos. »Was zum Henker willst du?«

»Begrüßt man so seinen alten Mentor?« Ben gab ein »ts« von sich. »Wo bleiben deine Manieren?«

»Du warst nicht mein Mentor.« Damian legte eine Handfläche an den Türrahmen, um deutlich zu machen, dass er Ben nicht hereinbitten würde. »Und du bist hier nicht willkommen.«

»Du kannst mich nicht wirklich des Hauses verweisen, es ist nämlich nicht *dein* Haus, nicht wahr?« Er grinste noch breiter. »Interessante Entscheidung, in einem Hotelzimmer zu wohnen. Ich weiß, dass du weit über Marktwert bezahlt hast, um die Wohnung von Jenny zu bekommen, und trotzdem wohnst du hier. Interessant.«

Damian biss die Backenzähne zusammen und schluckte die Obszönitäten hinunter, die er Ben am liebsten ins Gesicht geschrien hätte. »Ich habe eine neue Wohnung. Ich warte nur noch darauf, dass der Verkauf abgewickelt wird.«

Gelogen. Aber das ging Ben nichts an.

»Na klar.« Der andere Mann nickte, aber an seinen hochgezogenen Augenbrauen und seinem durchtriebenen Grinsen war zu erkennen, dass er Damian kein Wort glaubte. »Wie ich höre, hast du es geschafft, mir einen meiner Klienten abzuluchsen. Ich wäre schon früher vorbeigekommen, aber ich habe ein paar Tage gebraucht, um dich aufzuspüren.«

Hmm, das hieß, Ben hatte sich nicht in Damians Büro blicken lassen wollen.

»Nicht *einen* deiner Klienten, Ben. *Den* Klienten.« Damian reckte das Kinn vor.

»Nein, einfach nur einen Klienten. Weißt du, wenn man erst mal an dem Punkt angekommen ist, wo ich bin, hat ein einzelner Klient keine große Bedeutung mehr. Die Summe des Portfolios ist das, was zählt, du Grünschnabel.«

Damian legte den Kopf schief. »Dein Mund sagt das eine, aber deine Augen sagen etwas ganz anderes.«

Ben war stinkwütend, wie erwartet. Er tat zwar so, als wäre es ihm egal, als hätte das, was Damian getan hatte, ihm nicht das Geringste ausgemacht. Aber wieso war er hier, wenn es keine Rolle für ihn spielte?

»Du kannst McPartlin & Co. gern haben. Der alte Mann war sowieso ein Idiot.« Ben zuckte mit den Schultern, doch die Geste wirkte steif. »Aber ich bin neugierig. Womit hast du ihn zum Gehen bewegt? Hast du ihm erzählt, wie ich dir deine Frau unter der Nase weggeschnappt habe?«

Damian musterte seinen ehemaligen Boss einen Moment lang und ließ den Hass, den er für ihn empfand, über sich hinwegspülen. Dieser Mann war mal sein Freund gewesen. »Ich habe einfach meinen Job gemacht, Ben. Ich habe ihm eine Strategie präsentiert, durch die er eine beträchtliche Summe Geld einsparen wird. Was deine Leute längst hätten tun sollen. Wenn deine Firma wirklich so gut laufen würde, wäre er nicht gegangen.«

»Du sitzt auf einem ganz schön hohen Ross, was? Der große Damian McKnight, ein Mann mit Moral. Das ist doch bloß ein Haufen Scheiße. Du bist kein Stück besser als ich.« Bens Kiefer zuckte. »Ich dachte, es wäre unter deiner Würde, dich auf unser Niveau herabzulassen.«

»Ich vögele nicht mit der Frau von jemand anderem«,

erwiderte Damian kalt. »Wage es ja nicht, mich mit dir zu vergleichen. Wir sind uns nicht im Geringsten ähnlich.«

»Glaubst du echt, das mit dem Vögeln wäre von Bedeutung?« Ben schüttelte den Kopf. »Es ist der Vertrauensbruch, der am meisten wehtut. Du *weißt*, dass das, was du tust, falsch ist, aber du tust es trotzdem, weil du egoistisch bist.«

Das Wort traf ihn wie ein Schlag ins Gesicht. Hatte Lainey nicht dasselbe gesagt?

»Hey, versteh mich nicht falsch.« Ben hielt die Hände hoch. »Ich hätte nie gedacht, dass du das Zeug dazu hättest. Du hast tatsächlich Eier in der Hose, auch wenn Jenny etwas anderes behauptet hat.«

Damians Blut kochte, aber er würde vor Ben nicht die Fassung verlieren. Die Tage, in denen er seine Gefühle offen gezeigt hatte, waren vorbei. Er würde diesen Aasgeier – oder überhaupt jemanden wie ihn – *nicht* sehen lassen, dass er verletzlich war. Niemals wieder.

»Freut mich, dass Jenny und du so ausführlich über meine Eier gesprochen habt.« Er gähnte. »Gab es einen bestimmten Grund dafür, dass du vorbeigekommen bist, oder hattest du nur Lust darauf, dass wir uns gegenseitig die Haare flechten und ein bisschen plaudern? Denn was mich betrifft: kein Interesse.«

»Ich wollte dir das hier persönlich geben.« Ben zog einen weißen Umschlag aus der Jackentasche und reichte ihn

Damian. Darauf stand in Prägeschrift Damians Name, und in der Ecke unten rechts waren zwei Tauben zu sehen.

Eine Hochzeitseinladung.

»Genau, wir schließen endlich den Bund fürs Leben. Wie du ja bestens weißt, ist es für Jenny der zweite Versuch, aber es ist ja nichts verkehrt an einem Testlauf.« Ben plusterte sich auf wie ein lächerlicher Pfau.

Damian wartete darauf, dass die Welle der Wut über ihn hinwegschwappen würde, doch seltsamerweise kam sie nicht. Ihm wurde klar, dass es ihm scheißegal war, ob Jenny und Ben heirateten, denn soweit er im Bilde war, verdienten sie einander.

»Ich wünsche euch ein langes und glückliches gemeinsames Leben«, sagte er.

Ben blinzelte. Das war offenbar nicht die Reaktion, die er erwartet – oder erhofft – hatte. Aber Damian war etwas eingefallen, das Lainey gesagt hatte.

Wenn du gewusst hast, dass die Beziehung sowieso keine Zukunft hatte, wärst du nicht Jahre danach noch sauer.

Ihm dämmerte allmählich, dass er *tatsächlich* gewusst hatte, dass das mit Jenny enden würde, schon bevor er sie mit Ben erwischt hatte. Er hatte sogar mehr als einmal darüber nachgedacht, wie er die Ehe beenden könnte. Naiverweise war er davon ausgegangen, dass Jenny das trotz ihrer zahlreichen Streits nicht wollen würde. Und es war auch nicht die Tatsache, dass sie mit ihrem Leben weitergemacht hatte, die ihn so verletzt hatte. Es war noch nicht einmal der Betrug gewesen, jetzt, wo er darüber nachdachte. Sondern es war die Tatsache, dass sie sich dafür seinen Boss ausgesucht hatte – jemanden, den Damian einst bewundert und respektiert hatte –, die ihn rotsehen ließ.

Sie hatte ihn so sehr verletzen wollen wie nur möglich.

Und inwiefern unterscheidet sich das davon, wie gezielt du Jerry McPartlin ins Visier genommen hast? Auch du wolltest Ben da treffen, wo es wehtut.

Heilige Scheiße. Die Erkenntnis überkam ihn mit der Wucht einer Frontalkollision: Indem er seinen Rachedurst an die erste Stelle gesetzt hatte, indem er alles dafür getan hatte, jemand anderem Schmerz zuzufügen, um sich selbst besser zu fühlen, hatte er sich genauso verhalten wie Ben und Jenny. Er hatte zugelassen, dass er durch das, was die beiden ihm angetan hatten, nun selbst das verkörperte, was er doch angeblich so hasste.

Und die ganze Zeit über hatte er Lainey auf Abstand gehalten, weil er zu feige war, sich wieder in eine Position zu begeben, in der er verletzlich war. Wenn das mal nicht scheinheilig war.

»Ich meine es so, wie ich es sage«, antwortete er. »Ich hoffe, dass eure Ehe besser wird als das, was wir hatten. Das wünsche ich niemandem. Nicht einmal dir.«

»Wie bitte?«, stotterte Ben.

»Ich werde nicht zur Feier kommen. Aber ich schätze, das

wusstest du schon.« Damian gab ihm den Umschlag zurück. »Hör auf, über mich nachzudenken, und fang an, an deine zukünftige Frau zu denken.«

Er ließ den völlig verdatterten Ben einfach stehen und schloss die Tür. Lainey hatte von Anfang an recht gehabt – statt mit seinem Leben weiterzumachen, hatte er sich an seiner Vergangenheit festgeklammert. Jerry McPartlin unter Vertrag zu bekommen war nicht der Schlüssel gewesen, um mit der Vergangenheit abschließen und nach vorn blicken zu können – sondern nur eine weitere Fessel, die ihn an seine Vergangenheit kettete. Eine Möglichkeit, das *Gefühl* zu haben, als würde er Fortschritte machen, während er gleichzeitig noch immer seinen Schutzpanzer aufrechterhielt.

Doch stattdessen hatte er die eine Frau verloren, die seinen ganzen Mist durchschaute und ihn, Damian, trotzdem noch wollte. Eine Frau, die ihn so in den Wahnsinn trieb und so betörend und wundervoll war, dass er alles hätte daransetzen sollen, ihr das Gefühl zu geben, dass sie tatsächlich eine Göttin war. Er hatte sie enttäuscht. Kläglich.

»Nie wieder«, sagte er und griff nach seinem Handy. Er wischte über das Display, rief seine Assistentin an und hoffte, dass sie noch im Büro war, auch wenn er selbst schon früher gegangen war, weil er sich nicht hatte konzentrieren können.

»McKnight Management, Sie sprechen mit Leila.«

Gott sei Dank. »Hey, ich bin's. Sie müssen mir dringend einen Flug nach London buchen. Für morgen früh.«

Er schnappte sich den kleinen Notfallkoffer, den er immer für spontan erforderliche Beratungsreisen bereithielt und der schon mit dem Notwendigsten gepackt war.

»Sie haben morgen ein Meeting mit Mr. McPartlin«, sagte Leila. Im Hintergrund war Rascheln zu hören. »Um elf Uhr dreißig.«

»Verschieben Sie das.« Er hob den Koffer aufs Bett und klappte ihn auf.

»Aber es ist Ihr erstes Meeting. Mr. McPartlin hat ausdrücklich gebeten …«

»Verschieben Sie es«, wiederholte Damian. »Ich muss nach London. Seine Firma läuft gut. Sie wird nicht gleich zusammenbrechen, wenn er ein paar Tage warten muss. Und wenn er nicht warten kann, darf er uns gern verlassen.«

Die schockierte Stille am anderen Ende der Leitung dauerte einige Augenblicke, bevor seine Assistentin zustimmte. Zehn Minuten später schickte sie ihm die Flugdaten.

Jetzt musste er bloß noch herausfinden, wo Lainey wohnte, und sich überlegen, wie er alles wiedergutmachen könnte. Leicht würde es nicht werden, aber das war in Ordnung. Lainey verdiente etwas Ehrliches, Echtes, Aufrichtiges – all die Dinge, vor denen er Angst gehabt hatte. All die Dinge, die ihn verletzen konnten.

Aber es wurde Zeit, sein Sicherheitsnetz zu kappen. Er liebte Lainey Kline, und wenn er deshalb verrückt war, dann war das eben so.

16. Kapitel

Lainey bewegte sich auf der Stelle und versuchte, unauffällig an dem Mieder ihres Kleids zu ziehen. Zum zweiten Mal stand sie nun schon in einem geliehenen Kleid auf einer Nobelparty und fühlte sich völlig fehl am Platz. Nur hatte sie diesmal keine Maske, um sich dahinter zu verstecken.

»Du musst lächeln, Darling«, sagte ihr neuer Boss, Andre, in seinem abgehackten britischen Englisch. »Es sind jede Menge wichtige Leute hier.«

Das war kein Scherz. Lainey war zwar noch nicht auf dem neusten Stand, was das Who-is-who der britischen Gesellschaft anging, aber sie erkannte definitiv viele der Gäste. Vivienne Westwood, Rosie Huntington-Whiteley, Stella McCartney. Im Grunde war das hier wie eine Londoner Fashion Week ohne die Laufsteg-Show.

»Natürlich.« Lainey nickte und klebte sich ein Lächeln ins Gesicht, aber innerlich fühlte sie sich, als hätte ihr jemand das Herz mit einem Löffel herausgeschabt.

Sie war erst seit ein paar Tagen in London und sollte am Montag ihre neue Stelle antreten. Ihr Boss brannte schon jetzt darauf, sie auszuführen und den Leuten vorzustellen, und sie war dazu bereit gewesen, sich in die Arbeit zu stürzen. Sie hatte ihm bereits geholfen, ein paar kleine Einblicke für Instagram-Storys zusammenzustellen. Aber die Arbeit gab ihr nicht den Kick, den sie erwartet oder erhofft hatte.

Eines hatte Lainey ziemlich schnell über Andre Lawrence-Jenkins herausgefunden: Seine Social-Media-Strategie bestand weniger darin, sein Geschäft auszubauen, als den Anschein zu erwecken, er stünde auf der Sonnenseite des Lebens. Lainey würde ihn schon noch zu der Einsicht bewegen, dass er eine etwas ausgereiftere Strategie brauchte, aber drei Tage nach ihrer Ankunft war noch etwas zu früh für diese Art von Unterhaltung. Also machte sie brav Fotos und Small Talk und versuchte, sich nicht ständig zu wünschen, sie wäre wieder in ihrer Wohnung und könnte sich die Bettdecke über den Kopf ziehen.

»Entschuldigen Sie mich bitte kurz.« Sie nickte ihrem Boss zu, aber der ließ nur ganz kurz das männliche Model aus dem Blick, mit dem er gerade plauderte.

Dankbar, dass sie sich ohne große Diskussion davonmachen konnte, ging sie in den Innenhof und zog ihren Mantel an. An der Tür standen ein paar Leute und rauchten; wegen des Wetters waren sie nicht weiter nach draußen gegangen. Der Regen hatte zum ersten Mal seit Laineys Landung nachgelassen, aber es war noch immer bitterkalt. Trotzdem musste sie frische Luft schnappen. Bei dem engen Kleid und der lauten Musik und den ständig drohenden Tränen brauchte sie dringend einen Augenblick für sich allein.

Sie ließ sich auf eine schmiedeeiserne Bank fallen und zitterte, als ihr die Kälte durch die Kleidung kroch. Eigentlich hätte das hier doch alles sein müssen, was sie gewollt hatte: ein aufregender neuer Job, eine Einladung zu einer exklusiven Party, Chancen am Horizont wie die glitzernden Lichter der Skyline. Aber sie fühlte sich so elend wie das Wetter. Alles, was sie wollte, war, Damians Stimme zu hören, seine Lippen auf ihren zu spüren und ihr Gesicht an seine starke Brust zu schmiegen.

Doch er hatte sie zurückgewiesen. Bestätigt, dass sie mit ihm niemals das haben würde, was sie sich wünschte. Dass ihre Fantasien dumm und kindisch waren und sie für immer allein sein würde. Oder zumindest dazu bestimmt, weiter mit Idioten auszugehen, weil die sie nicht an ihn erinnerten.

Sie zog die Puderdose ihrer Großmutter aus ihrer Clutch und öffnete sie. Darin hatte sie ein winziges Foto von sich, Imogen und Corinna versteckt, es sicher in die abgenutzte antike Fassung geklemmt, um es immer bei sich zu haben. Beim Anblick der lächelnden Gesichter ihrer Freundinnen tat ihr das Herz weh. Sie vermisste sie schon jetzt. Sie vermisste ihre Familie. Und sosehr sie sich auch dafür hasste, sie vermisste auch Damian.

Es hatte sie überrascht, dass Heimweh sich als richtige Krankheit äußern konnte, aber seit der Sekunde, in der sie die Sicherheitsschleuse am Flughafen passiert hatte, war ihr

Magen ein einziger verkrampfter Knoten. So als ob sich ihr Körper gegen die Trennung von den anderen sträuben würde. Die Menschen behaupteten immer, das Gefühl würde mit der Zeit nachlassen, aber Lainey war sich da nicht sicher. Vielleicht war es ein Fehler gewesen, hierherzukommen.

»Ist auf der Bank noch Platz?« Eine Gestalt ragte über ihr auf – dunkel und stattlich. Der Mann trug einen makellosen Anzug mit adrettem, weißem Hemd und roter Krawatte. Sein Gesicht war von einer schwarzen Maske verdeckt.

Aber das hier war doch gar kein Maskenball.

Lainey schüttelte den Kopf. Er konnte es nicht sein. Er war zu Hause, und sie war hier, leckte ihre Wunden und versuchte, damit fertig zu werden, dass sie ihn niemals haben konnte. Vielleicht hatte das Heimweh ihr neben einem aufgewühlten Magen jetzt auch noch Halluzinationen beschert.

Sie legte sich den Handrücken an die Stirn. Kein Fieber.

»Sie wissen, dass das keine Kostümparty ist, oder?«, fragte sie mit einem Stirnrunzeln.

Sie stand auf, schlang die Arme um sich und wollte gerade gehen, als er sie mit der Hand aufhielt – sanft und dennoch fest. Niemand beherrschte diesen Balanceakt so wie er.

»Wollen Sie mich denn gar nicht nach meinem Namen fragen?« Seine Finger brannten ein Loch durch ihren Mantel, und sie spürte seine Wärme durch den Wollstoff hindurch.

Es gab keinen Zweifel mehr. Damian war hier. Bei ihr. *Wegen* ihr?

»Danach muss ich nicht fragen.« Sie schluckte. »Ich weiß, wer Sie sind. Rumpelstilzchen.«

»Hässlicher Name, oder? Verflucht seien meine Eltern.« Seine vollen Lippen, die unter der Maske zu sehen waren, verzogen sich zu einem sündhaften Lächeln. Es ließ ihn auf finstere Art und Weise sogar noch besser aussehen, jetzt, wo sie wusste, wie viel Lust und wie viel Schmerz er ihr bereiten konnte. »Und ich hatte gehofft, wir würden wieder unser Ratespiel spielen.«

»Mit Spielen bin ich fertig.«

Sie waren allein in dem Innenhof, die Raucher hatten sich wieder nach drinnen verzogen, als Donnergrollen zu hören war. Jede Minute würde es anfangen zu regnen, und hier im Freien zu stehen, war nicht sonderlich ratsam. Aber Lainey konnte sich nicht bewegen – sie war wie erstarrt. Wie gelähmt. Und noch immer nicht ganz sicher, ob das hier ein Traum war oder nicht.

»Ich auch«, sagte er.

»Und doch bist du hier und trägst eine Maske. Warum?«

»Ich musste dich sehen.« Der Duft seines Aftershaves vermischte sich mit der drückenden Luft, und der Geruch des bevorstehenden Sturms gab ihr das Gefühl, als würde sie Damian durch einen Schleier hindurch wahrnehmen. Es war außerweltlich. Wie in einem Traum. »So sehr, wie ich noch nie irgendetwas in meinem Leben gewollt habe.«

Lainey versagte der Atem. Es war schwer, ihm zu glauben, weil sie sich wieder und wieder in ihn verliebt hatte – noch einen Hieb konnte ihr Herz nicht verkraften. Sie war angeschlagen und verletzt und hatte sich noch lange nicht erholt.

»Wie zum Teufel bist du überhaupt hier reingekommen?« Sie sah zu den Türen, aus denen warmes Licht strahlte. »Diese Party ist ziemlich exklusiv, nur so zu deiner Information.«

Seine Lippe zuckte. »Ich hab so meine Methoden.«

»Soll das heißen, du hast dich mit Maske auf eine Party geschlichen, nur um mit mir zu reden?«

Sein leises Lachen spülte über sie hinweg wie eine Welle, drohte, sie in die Tiefe zu ziehen und festzuhalten, bis auch das letzte Quäntchen Luft aus ihr entwichen war. »Ich würde gern behaupten, ich wäre genauso gut darin, mich auf Partys einzuschleichen, wie du, aber nein. Ich habe ein paar Fäden gezogen … ziemlich viele sogar. Eigentlich sogar alle.«

»Alle?« Sie hob das Gesicht und bekam entsetzliche Angst, als sie den Funken Hoffnung in ihrer Stimme hörte.

»Ich habe Imogen und Corinna bestochen, um zu erfahren, wo du bist. Ich habe jeden Menschen angerufen, den ich auf dieser Hemisphäre kenne, bis ich jemanden gefunden hatte, der mich auf diese Party bringen konnte, und ich habe mir am Telefon eine bitterböse Standpauke von Jerry McPartlin anhören dürfen, weil ich mein Meeting mit ihm abgesagt habe, um den frühestmöglichen Flug zu erwischen.« Er lachte. »Der Mistkerl hat mich gefeuert und ist zu Ben zurückgegangen.«

Und er klang nicht das kleinste bisschen niedergeschlagen deswegen. Lainey blinzelte und schüttelte den Kopf. »Aber du hast so hart daran gearbeitet, ihn unter Vertrag zu bekommen.«

»All das war es wert, dich zu sehen.« Er hob die Hand, um ihr eine Haarsträhne hinters Ohr zu stecken, und Lainey zitterte – nicht vor Kälte, sondern weil sie gegen den Drang ankämpfen musste, sich in seine Arme zu stürzen. »Ich finde es wundervoll, dass du deine roten Haare behalten hast. Sie passen perfekt zu dir.«

»Damian, hör auf.« Sie schloss eine Sekunde lang die Augen und versuchte, sich auf den Boden der Realität zurückzuholen. »Warum hast du das alles getan?«

»Weil du recht hattest. Ich war auf Rache aus und habe an meiner Vergangenheit festgehalten. Ich wollte ihn aus den falschen Gründen unter Vertrag nehmen. Für keinen anderen Klienten hätte ich jemals vorgegeben, verlobt zu sein, aber ich war so versessen darauf, es Ben heimzuzahlen, dass ich bereit war, alles dafür zu tun.«

»Sogar so zu tun, als wärst du mit mir verlobt«, flüsterte sie.

»Der Teil ist mir nicht schwergefallen, glaub mir. Aber es war trotzdem falsch.«

»Und du bist den ganzen Weg hierhergekommen, um mir zu sagen, dass es falsch war, unsere Verlobung vorzutäuschen.« Bittere Enttäuschung kratzte ihr im Hals. »Den Flug hättest du dir auch sparen können.«

»Ich bin hergekommen, um dir zu sagen, dass es mir leidtut.« Er legte ihr eine Hand an die Wange und wischte eine verirrte Träne weg. Sie hatte nicht einmal bemerkt, dass ihr die Tränen in die Augen gestiegen waren, bis sie die Nässe auf seinem Daumen sah, als er die Hand wieder wegnahm. »Ich hätte dich nie in meine persönlichen Probleme hineinziehen dürfen. Vor allem hätte ich dich nicht bitten dürfen, für mich so zu tun, als ob. Aber noch viel mehr tut es mir leid, dass ich zu dämlich war, mir einzugestehen, dass du schon lange mehr als nur eine Freundin für mich warst.«

»Wie lange?«, flüsterte sie.

»Zu lange. Damals, als du mich geküsst hast ... Gott, wie sehr ich den Kuss erwidern wollte! Aber es wäre einfach unangemessen gewesen.« Er schüttelte den Kopf. »Du warst so jung und so voller Leben, und ich hatte solche Angst, dich mit all meinem Ballast zu erdrücken.«

»Scheiß auf unangemessen. Ich bin von der Schule abgegangen, sobald ich konnte, weil mich all dieser *Du-musst-dich-benehmen*-Schwachsinn krank gemacht hat. Ich lasse mich von niemandem in eine Schublade stecken.«

Das wusste sie inzwischen. Der Versuch, ihre Gefühle zu verbergen – ob nun hinter einer echten Maske oder hinter schrillen Klamotten und anzüglichen Witzen –, brachte sie einfach nicht weiter. Ein bisschen davon war echt, aber zum größten Teil war es eine Fassade. Eine Möglichkeit, so zu tun, als könne nichts sie verletzen.

Aber dem war nicht so. An jenem letzten Abend von Damian wegzugehen, hatte weit mehr geschmerzt als jeder echte Schlag.

»Du hast schon immer dein eigenes Ding gemacht. Nicht wahr?«, sagte er.

»Ja. Zu schade, dass du eine perfekte Frau wolltest, die sich nicht gegen die Regeln auflehnt.« Sie köderte ihn. »So jemand kann ich nicht sein. So jemand *will* ich nicht sein. Ich muss ich selbst sein.«

Das musste sie – nur so konnte sie glücklich sein.

»Du sollst auch du selbst sein. Aber ich liebe es an dir, dass du verrückt genug bist, dich zu verkleiden und dir zu nehmen, was du willst.« Er legte die Stirn an ihre. »Ich liebe es, dass du kein Nein als Antwort gelten lässt und dir eigene Wege suchst, wenn das Leben dir nicht das gibt, was du willst.«

»Selbst obwohl ich dich ausgetrickst habe, damit du mit mir schläfst?«

»Hättest du das nicht getan, wären wir wahrscheinlich jetzt nicht hier. Und ich würde noch immer die Augen vor der Tatsache verschließen, dass ich mich schon viel zu lange nach dir verzehrt habe.«

»Und was willst du jetzt deswegen tun?« Sie straffte die Schultern und erwiderte seinen Blick. Ihr ganzer Körper sagte ihm, dass sie nicht einfach einknicken würde.

Der Regen fiel nun in dicken, prasselnden Tropfen auf sie herab. Laineys Strumpfhose klebte an ihren Beinen, ließ sie frösteln, und sie sehnte sich nach der Wärme von Damians Lippen und Händen und Zunge. Aber sie würde sich keinen Zentimeter bewegen, bis sie hatte, was sie wollte. Ihn. Alles von ihm. Den einzigen Mann, den sie je geliebt hatte.

»Ich will ehrlich zu mir selbst sein. Zu dir.« Er nahm ihre Hände, während der Regen in Rinnsalen über sie hinwegfloss. »Ich liebe dich, Lainey Kline. Ich liebe deine Albernheiten, deine Entschlossenheit, deine Loyalität, deinen unglaublich sexy Körper. Ich habe dich gewollt, und zwar schon immer, selbst als ich es nicht zugeben konnte.«

»Wieso jetzt?« Ihre Stimme bebte.

»Weil ich dich verloren habe und das die schmerzvollste Erfahrung meines Lebens war.« Sein Adamsapfel hüpfte. »Es fühlte sich an, als hätte mir jemand das Herz herausgerissen, und darauf war ich nicht vorbereitet. Darum bin ich hier. Ich habe McPartlin & Co. aufgegeben, und ich werde auch alles andere in meinem Leben aufgeben, wenn ich dafür dich haben kann. Ich werde mein ganzes beschissenes Leben in diese gottverlassene Gewitterwolke von einem Land verlegen, wenn das dazu nötig ist.«

Der Funke Hoffnung war zu einer Feuersbrunst geworden, so hatten seine Worte und seine Berührung das Feuer in ihrem Herzen angefacht. »Du würdest für mich hierherziehen?«

»Für dich, Prinzessin, würde ich überall hingehen.«

Sie schlang ihm die Arme um den Hals und presste die Lippen auf seine. Es war kein Kuss wie in einem Märchen – sondern wild und heiß. Mit offenem Mund und mit Regen und Tränen gewürzt. Der Regen goss weiter auf sie herab, aber Lainey ließ Damian nicht los. Das alles war nicht ansatzweise so, wie sie es sich als Kind erträumt hatte. Aber es fühlte sich so richtig an. So vollkommen unvollkommen. Genau wie sie selbst. Wie sie beide.

»Ich schätze, dann muss ich dich jetzt wohl mit reinnehmen und allen vorstellen.« Sie grinste. »Wie erklären wir die Maske?«

»Sag einfach, sie dient der Vergeltung.« Er drängte ihre Lippen auseinander und stahl sich noch einen heißen Kuss. »Du hast mich einmal reingelegt, und jetzt zahle ich es dir heim.«

»Du bist ein rachsüchtiger Mann, Rumpelstilzchen.« Sie zog ihn in Richtung des beleuchteten Eingangs. »Du hast Glück, dass ich dich liebe.«

»Ich habe unfassbares Glück.« Selbst hinter seiner Maske konnte sie die Aufrichtigkeit in seinen durchdringenden grauen Augen erkennen. »Und ich verspreche dir, dass ich den Rest unseres Lebens damit verbringen werde, all die Zeit, die ich vergeudet habe, wiedergutzumachen.«

Lainey sah zur Tür. »Ah, was soll's, ich kann dich auch später noch mit allen bekannt machen«, sagte sie und zog ihn tiefer in den Schatten des Gartens. »Wozu Zeit vergeuden? Fangen wir lieber sofort mit dem Wiedergutmachen an.«

Epilog

Drei Monate später.

Damian wippte auf den Fußballen auf und ab, zappelnd vor Aufregung wie ein Kämpfer, der darauf wartet, den ersten Schlag zu landen. Adrenalin schoss ihm durch die Adern und machte ihn, der normalerweise stets ruhig und gefasst war, zu einem Nervenbündel. Heute war der große Abend. *Der* große Abend.

Er hatte Lainey *endlich* zurück in Australien. Ganz für sich. Ihr Job in London hatte sie auf Trab gehalten, und sie hatte sich gut eingelebt. Nach einer Weile. Aber die Fernbeziehung war nicht einfach, und Lainey hatte darauf bestanden, dass er sein Unternehmen in Australien beließ. Denn sie wollte ihren Sechsmonatsvertrag zu Ende bringen und dann mit all ihrem neu gewonnenen Wissen zurück nach Hause kommen, um sich ihren Traumjob an dem Ort zu suchen, wo sie hingehörte. In Melbourne, an seiner Seite.

Aber Skype-Sex konnte Damian nur bis zu einem gewissen Grad befriedigen, und angesichts ihrer beider Terminpläne – ganz zu schweigen von der vierundzwanzigstündigen Reise von Melbourne nach London – hatte er sie wahnsinnig vermisst. Er hatte sie einen ganzen verdammten Monat lang nicht gesehen, und es war die Hölle gewesen.

Heute jedoch war der Abend, auf den er gewartet – und den er groß geplant – hatte. Er hatte etwas länger gebraucht, als ihm lieb gewesen war, um alles zu arrangieren. Aber es hatte eben eine Weile gedauert, um die Sterne – oder in diesem Fall den Mond – in die richtige Position zu bringen.

Er tippte mit dem Fuß auf den Boden, während er dem Strom der Menschen im Ankunftsbereich entgegensah. Sie schienen allesamt zu einem Klumpen zu verschmelzen, bis *sie* auftauchte. Ihr leuchtend rotes Haar bildete einen krassen Kontrast zu ihrem komplett schwarzen Outfit. Sie sah aus wie eine sexy Ninja-Superheldin.

Und genauso fühlte es sich auch an, als sie sich mit all der Wucht, die ihre zarte Gestalt aufbringen konnte, in seine Arme stürzte. Damian stemmte die Füße in den Boden, schlang die Arme um Lainey, presste seine Lippen auf ihre und atmete den oh-so-vertrauten Duft ihres Parfüms ein. Eine Hand in ihrem Haar, eine auf ihrem Rücken, hielt er sie ganz fest, denn seine Angst, sie könne sich in Luft auflösen, war erschreckend real. Sein Hals fühlte sich wund an vor lauter Emotionen, die ihn plötzlich wie aus dem Nichts überwältigten.

Damian war ganz und gar nicht nah am Wasser gebaut,

aber verdammt noch mal, spürte er da etwa gerade ein Stechen in den Augen? Was zum Henker war mit ihm los?

»Du hast mir so gefehlt«, sagte Lainey, und auch ihre Augen schimmerten. »Und ich wünschte, man würde endlich eine Teleportationsmaschine erfinden, damit die Leute nicht so elend lange im Flugzeug sitzen müssen.«

»Komm mal wieder runter, Prinzessin. Du bist erster Klasse geflogen. Da gibt es nichts zu jammern.«

Sie grinste. »Es *war* ja auch gemütlich. Aber es hat einfach viel zu lange gedauert, bis ich bei dir sein konnte.«

»Jetzt bist du ja hier.« Die Worte blieben ihm im Hals stecken. »Wir sind zusammen. Alles ist wieder gut.«

Die Fahrt war kurz. Lainey erzählte munter drauflos, was es in ihrem Leben in London an Neuigkeiten gab, und sie strahlte eine solche Lebendigkeit und Zufriedenheit aus, dass Damian sich davon wohlig eingelullt fühlte. Er hatte den Abend akribisch geplant – jedes Detail war sorgfältig arrangiert, von der Location über das Dessert bis hin zur Aussicht. Und trotzdem war er so nervös wie ein Teenager bei seinem ersten Date.

»Also, was steht heute Abend an?«, fragte sie, als er in Richtung Stadtkern fuhr.

»Was ansteht?«

Sie sah ihn mit zusammengekniffenen Augen an. »Ich habe den Eindruck, du hast irgendwas geplant.«

Damian unterdrückte ein Grinsen. Der Himmel war jetzt

dunkler, aber um sie herum funkelten die Lichter der Stadt. Er kam zu dem Gebäude, in dem sich sein neues Zuhause befand, und fuhr in das unterirdische Parkhaus.

»Wohin fahren wir?« Lainey sah aus dem Fenster, aber außer Betonpfeilern und Wagenreihen gab es nichts zu sehen. »Hattest du nicht gesagt, du wolltest im Hotel bleiben, damit wir uns gemeinsam eine Wohnung suchen können, wenn ich zurück bin?«

»So habe ich das nie ausdrücklich gesagt.« Damian fuhr auf seinen Parkplatz und schaltete den Motor aus. »Hörst du jetzt vielleicht mal auf mit der Fragerei?«

»Niemals.« Sie grinste ihn an.

Wie war es nur geschehen, dass er sich Hals über Kopf in dieses verrückte Mädchen verliebt hatte, das ein Jahrzehnt jünger war als er, das nach außen hin wild, aber im tiefsten Innern loyal und leidenschaftlich war? Das ein Herz aus Gold und einen offenen Geist hatte und Beine, die ihn völlig um den Verstand brachten.

Sie saßen im Wagen, und in der Stille war nur ihr Atem zu hören. »Vertraust du mir?«, fragte er.

Sie sah ihn voller Liebe an. »Völlig.«

Er stieg aus und holte ihren Koffer aus dem Kofferraum. Die Räder daran quietschten, während sie zum Fahrstuhl gingen, und Damian machte sich im Geist eine Notiz, ihr einen neuen zu besorgen, bevor sie am Ende der Woche nach London zurückflog.

Als sich die Aufzugtüren öffneten, kreischte Lainey. »Ich kenne diesen Aufzug!«

»Verdammt, und ich hatte gehofft, ich könnte die Überraschung bis zur großen Enthüllung bewahren.« Er grinste schelmisch und strich sich mit der Hand über den Kiefer.

»Wann bist du eingezogen?« Sie erreichten den obersten Stock und betraten das Apartment.

»Letzten Monat. Sie sind es nicht losgeworden, und so konnte ich noch ein bisschen handeln.«

»Und ich weiß doch, wie gern du verhandelst.« Sie grinste. »Ich kann nicht glauben, dass du diese Wohnung gekauft hast.«

Das Apartment sah beinahe noch genauso aus wie damals, als sie es gemeinsam besichtigt hatten, denn Damian hatte Laineys Ideen und Vorschläge hören wollen, wenn sie endlich aus London zurück war.

»Sie ist perfekt«, sagte Lainey. Sie hatte die Augen weit aufgerissen und eine Hand über den Mund gelegt.

»Wir werden sie zu unserem Zuhause machen, Lainey. Gemeinsam, als Partner.« Er zog ihre Hand sanft nach unten und hob sie in seine Arme. »Wir werden sie gemeinsam einrichten, und wir werden hier unsere eigenen Erinnerungen schaffen. Als ich gesagt habe, ich würde den Rest meines Lebens damit verbringen, die verlorene Zeit wiedergutzumachen, habe ich es genau so gemeint.«

Er trug sie ins Schlafzimmer und legte sie aufs Bett. Ihr rotes Haar lag wie ein Fächer um ihr Gesicht. Sie sah aus wie eine Göttin. Eine Vision.

»Denk nicht mal dran«, protestierte Lainey und wand sich unter ihm. »Ich habe zwar auf meinem Zwischenstopp in Singapur in der Lounge geduscht, aber das war vor acht Stunden. Noch lasse ich dich nicht in mein Höschen.«

»Denk nicht mal dran?« Damian lachte, krabbelte über sie und drückte ihr mit dem Knie die Beine auseinander. »Baby, das ist alles, woran ich denken kann. Du hast ja keine Ahnung, wie hart es mich macht, zu wissen, dass ich die Frau meiner Träume in meinem Bett habe. *Unserem* Bett. Ich lasse dich nicht los, bevor ich diese wunderschönen Schenkel an meinen Hüften zittern gespürt habe, bevor ich diese sexy raue Stimme gehört habe, wie sie mich anbettelt, noch härter und tiefer einzudringen.«

»Du hältst dich wohl für unwiderstehlich«, neckte sie ihn und schlang ihm die Arme um den Hals. Sie bog den Rücken durch, als er seine Hüften gegen ihre presste. »Und um das mal festzuhalten, ich weiß genau, wie hart du bist.«

»Es ist so schön, dass du endlich zu Hause bist. Skype bringt's einfach nicht.« Er legte die Lippen an ihren Hals, schob eine Hand unter ihr Top und umfasste ihre Brust. Sein Schwanz pochte vor Verlangen, nachdem er wochenlang nur seine eigene Hand gespürt hatte.

Lainey griff nach unten, zog ihm den Reißverschluss auf

und umfasste sein hartes Glied. »Hmm, zu Hause. Gefällt mir, wie das klingt.«

»Genug geredet.« In einer geschmeidigen Bewegung zog er ihr die Hose herunter.

Als er in sie hineinglitt, erfüllte sich alles, auf das er gewartet hatte – es fühlte sich so verdammt richtig an. Er nahm sie fest in die Arme, so wie er es sich jede Nacht erträumt hatte, seit er von dieser ersten Reise nach London zurückgekehrt war. Ihre Lippen lagen auf seinen, ihr Körper empfing ihn voller Verlangen, ihre Hüften kamen ihm bei jedem Stoß entgegen, während er sich in ihr versenkte. Sie waren noch immer größtenteils bekleidet, aber das war ihm egal. Weil er sie jetzt brauchte. Er durfte keine einzige Sekunde vergeuden.

»Lainey«, seufzte er ihr ins Ohr, während er sie zärtlich an sich drückte, sich alles nahm und ihr alles von sich selbst gab. »Ich liebe dich so sehr.«

»Ich liebe dich auch.« Ihre Augen waren halb geschlossen, ihre Wangen gerötet. Und die kleine Delle, als sie sich auf die Unterlippe biss, ließ seinen ganzen Körper vor Wonne erschaudern.

»Weißt du, für mich ist das hier etwas Langfristiges.« Er wischte ihr eine Strähne ihres roten Haars aus der Stirn, dann küsste er sie. »Für immer.«

»Und ewig«, flüsterte sie, und ihr Körper erzitterte, als Damian ihre Haut mit Küssen bedeckte. »Genau so, wie ich es mir immer gewünscht habe.«